DAMILARE KUKU

FAST ALLE MÄNNER IN LAGOS SIND VERRÜCKT

PH
V

DAMILARE KUKU

FAST ALLE MÄNNER IN LAGOS SIND VERRÜCKT

Aus dem nigerianischen Englisch
von Henriette Zeltner-Shane

Peter Hammer Verlag

Für Oluremi Abake und diejenigen unter euch, die sich mit einem verrückten Mann herumgeschlagen haben – Respekt.

INHALT

DAS WAR'S, CUCKOLD

Eines Abends wirst du in aller Ruhe ein Messer an den Penis deines Ehemanns halten und versprechen, ihn abzuschneiden. Das wird ihm solche Angst einjagen, dass er am nächsten Tag Mitglieder seiner Familie zu einer Besprechung bei euch zu Hause zusammenrufen wird. Von deiner Familie wird er niemanden einladen, aber das wird dir egal sein. Du wirst sie nicht brauchen.

Die Familie deines Mannes wird sich in der neuen Wohnung drängen, die ihr vor drei Monaten ergattert habt – ein Schlafzimmer und ein Wohnzimmer (die Makler in Lagos nennen es Einliegerwohnung). Du wirst dich wie umzingelt fühlen. Sie werden schreien, seufzen, die Stirnen runzeln, mit ihren Zungen schnalzen, mit den Zähnen knirschen und eine Million Mal wiederholen, dass du eine Schandtat begangen hättest.

Sein dickbäuchiger Onkel Buraimo, der immer auf deinen Busen glotzt, wird mit dem Finger auf dich zeigen und sagen: »*Shebi*, es stimmt doch, dass ich ihm gesagt habe, er soll dich nicht heiraten! Ich hab ihm gesagt, heirate eine aus deinem

Tribe. Igbo-Frauen sind gefährlich.« Während er das sagt, wird er deine Brüste anstarren. »Also, ich werfe ihm vor, dass er dich nicht richtig behandelt hat. Denn wenn ich an seiner Stelle gewesen wäre, mit dir umzugehen …« An dieser Stelle wird er sich kummervoll ans Herz greifen. »Wenn ich an seiner Stelle gewesen wäre, dann hättest du so einen Unfug gar nicht erst versucht.«

Seine älteste Schwester Azeezat wird scheinheilig an eure Solidarität als Frauen appellieren. »Isi, weil ich selbst eine Frau bin, weiß ich, dass Männer schwierig sein können. Aber was du getan hast, ist schrecklich. So was hat noch keine Frau in unserer Familie getan. Es ist tatsächlich eine Schande für alle Frauen, wenn du deinem Mann das Glied abschneiden willst. *Haba!* Ich bitte dich! Wenn du Lukumons Glied abschneidest, wie wollt ihr beide dann noch ein Kind kriegen? Du weißt, wir erwarten, dass euer nächstes Kind ein Junge ist.«

Dich wird amüsieren, dass sie von Glied spricht. Klingt fast nach Mitglied. Es bringt dich zum Lächeln.

Dein Lächeln wird missverstanden.

»Du lächelst noch über deine Schlechtigkeit, *abi,* wirklich? Du bist ja nicht bei Sinnen! Hörst du? Du bist verrückt!« Lati, seine nächstältere Schwester, die mit der leisen Stimme, wird aufspringen und dich anherrschen, bis ihr jemand sagt, sie soll sich beruhigen.

Wie geplant wirst du schweigen. Bis Mufu, der ältere Cousin deines Mannes, der ein Dieb ist, dich zum Reden bringt. »Mufu, nimm Lukumons Uhr aus deiner Tasche und leg sie auf den Hocker zurück«, wirst du leise, aber eindeutig drohend sagen.

Alle werden sich zu Mufu umdrehen. Ihre verlegenen Mienen werden es bestätigen: Sie wissen, dass er ein Dieb ist.

Aber weil er einer von ihnen ist, wird Onkel Buraimo versuchen, ihm beizuspringen. Damit er das Gesicht nicht verliert. »Mufu, äh, ich weiß, du hast Lukumons Uhr … äh … nur gerade … äh … bewundert. Aber *sha,* wie auch immer, leg sie zurück, bevor sie dir deine Männlichkeit absäbelt.«

Alle werden kichern. Nervös, gezwungen. Während Mufu die Uhr aus seiner Tasche holt und auf den Hocker legt. Er wird dich anfunkeln. Du wirst zurückfunkeln, und er kapiert hoffentlich, dass du nicht mehr duldest, wie er bei jedem Besuch ganz unverschämt irgendwelche Sachen klaut. Was teilweise auch daran liegt, dass Lukumon Schiss hat, ihn zur Rede zu stellen.

Du wirst Lukumon ansehen und dich fragen, wie du jemals so eine armselige Witzfigur von einem Mann lieben konntest.

Du wirst dich daran erinnern, wie es war, als du noch jünger warst. Als jeder Mann dich wollte, aber du Lukumons natürlichem Charme erlagst. Du wirst daran denken, wie er immer an die Tür deiner Eltern klopfte, wo er Süßigkeiten und noch süßere Nachrichten für dich hinterließ. Du wirst dich fragen, ob dein Leben besser verlaufen wäre, wenn du dich für den Soldaten mit den *tribal marks* im Gesicht entschieden hättest, der aus den Kasernen in Egbeda kam. Der Soldat liebte dich, doch du hattest Lukumon gewählt, den hübschen, jungenhaften Mann, der dich zum Lachen und dein Herz zum Überlaufen brachte, wenn er »ich liebe dich« sagte. Du wähltest Lukumon wegen seiner Worte – er schrieb Liebesbriefe, rezitierte vorzügliche Lyrik, flüsterte Zauberhaftes in dein Ohr und sang, während du tanztest, bis du überzeugt warst, dass die Texte aller Liebeslieder der Welt nur für dich geschrieben waren.

»Gott behüte, dass du einen Lehrer heiratest. Du musst es besser treffen als wir«, hatte dein Vater gesagt. Doch du warst im Liebesrausch. Du drohtest deinen Eltern – durchzubrennen, schwanger zu werden, dich umzubringen. Es war das erste und einzige Mal, dass du aufbegehrtest. Und sie waren davon derart verwirrt, dass sie dir deinen Willen ließen.

»Isi, warum hast du gedroht, meinen Sohn zu töten?« Die Stimme von Lukumons Mutter ist sanft und ihre Miene wie immer ausdruckslos. Doch du wirst dich erinnern, dass sie dich nie mochte oder auch nur akzeptierte – sie war einfach gleichgültig. Und manchmal nagte das erst recht an dir, denn es wäre dir lieber gewesen, sie hätte dich gehasst. Du wirst es nie laut aussprechen, aber du gibst ihr und den fünf älteren Schwestern die Schuld, Lukumon zu sehr verwöhnt zu haben. Ja, er war das letzte Kind und der einzige Junge, aber ihr Verhätscheln hat dazu beigetragen, dass er faul, fordernd und unfähig angesichts jeglicher Herausforderung wurde.

Bevor du antwortest, wird Kitan, deine sechsjährige Tochter, von ihrem Nickerchen im Schlafzimmer aufwachen, ins Wohnzimmer kommen, sich vor den vielen Leuten erschrecken, dich unter ihnen entdecken und sich in deine ausgebreiteten Arme werfen. Du wirst sie umarmen, hochheben, an ihrem Hals schnuppern und den Puderduft genießen. Sie wird dich fest umarmen, als wüsste sie, dass du unter Beschuss stehst, und als würde sie dich abschirmen wollen. Sie wird dich drücken, bis dir warm ums Herz wird. Bis du ein stummes Gebet gesprochen hast. Ein Gebet um Weisheit, um Frieden, für Kitan – dafür, dass ihr Leben gelingt und sie dich nie verlassen wird. Du liebst sie viel zu sehr.

Es war alles für Kitan. Du wirst dich erinnern, wie dein Ehemann dir Druck machte und dich zu überreden versuchte. »Tu es für Kitan«, hatte er gesagt.

Du wirst ihn ansehen, und dein Zorn wird wieder aufflammen. Doch Kitan wird dein Gesicht mit ihren niedlichen

Fingern streicheln und deine Seele besänftigen. Damit du deine Geschichte erzählen kannst.

♡—♥—♡

Früher hast du an der Kreuzung vor der University of Lagos gegrillte Maiskolben verkauft. Wenn keine Maissaison war, verkauftest du Kochbananen mit Sauce. Dein Verkaufsstand war ziemlich erfolgreich, weil deine Lage strategisch gut war und viele Fußgänger vorbeikamen. Aber auch, weil du dein Geschäft äußerst sorgsam führtest, hattest du viel Stammkundschaft – du besorgtest dir den frischesten Mais und die besten Kochbananen, suchtest die beste Kohle zum Grillen aus und bereitetest die berühmte Boli-Sauce nach dem Rezept aus Port Harcourt zu. Außerdem serviertest du auf ordentlichen Stücken Zeitungspapier und eingepackt zum Mitnehmen. Lukumon meinte, es hätte auch geholfen, dass du freundlich bist und aussiehst wie Naomi Campbell (das mit Naomi Campbell sagten die meisten Leute, aber du hast es nie so empfunden, und ganz ehrlich, nervte es dich, weil du nicht so reich bist wie Naomi Campbell).

Mais und Kochbananen vom Grill zu verkaufen, das war nie geplant. Du dachtest immer, du und Lukumon, ihr würdet etwas aus euch machen. Aber ein Jahr nach eurer Hochzeit verlor er seinen Job, und du musstest deinen als Sekretärin aufgeben, als du schwanger wurdest. Die Zeit gleich nach Kitans Geburt war schwer, weil ihr beide ohne Job wart und eure spärlichen Reserven zur Neige gingen. Lukumon schickte dich zu Onkel Buraimo, damit du ihn um Geld für Essen bitten solltest. Um das zu bekommen, ertrugst du die überschwänglichen Umarmungen, mit denen er dich begrüßte, um deine Boobs an seine Brust zu pressen. Irgendwann weigertest du dich hinzugehen. Das war der Anlass für den ersten Streit eurer Ehe. Dabei sagtest du leichtfertig, du würdest lieber gegrillten Mais an der Straße verkaufen, als Geld von Onkel Buraimo zu erbetteln. Ein paar Wochen später, an einem Abend nachdem der Vermieter wegen der überfälligen Miete eine Szene gemacht hatte, da erinnerte Lukumon dich mit Überredungsgeschick an deine Worte. »Es ist doch nur, um für ein tägliches Einkommen zu sorgen, während ich auf Jobsuche bin«, sagte er. »Mufu hat auf der Arbeit mit seinem *Oga* über mich gesprochen. Hoffentlich werden sie mir in einem Monat oder so eine Stelle geben. Hab noch Geduld, *Ifemi,* meine Liebe.«

Das war vor mehr als sechs Jahren, doch Lukumon hatte immer noch keinen Job gefunden. Die ganze Zeit über hast du Mais und Kochbananen verkauft, und es machte dir nichts aus. Es war ehrliche Arbeit und deckte den Grundbedarf deiner Familie. Im Durchschnitt erwirtschaftetest du fünftausend Naira am Tag. Das reichte fürs Essen und die Miete der Einzimmerwohnung deiner Familie in dem Face-me-I-face-you-Wohnblock. Es genügte auch noch für die Pille, weil ihr euch einig wart, kein weiteres Kind zu wollen, bis eure finanzielle Lage sich nicht stabilisiert hätte. Das Einzige, was ihr euch gönntet, war Kitans Ausbildung. Du bestandest darauf, dass sie eine der besten Privatschulen in Yaba besuchte.

Lukumon hatte dir Verschwendung vorgeworfen, weil Kitan in einer staatlichen Schule Erfolg haben und gut geraten könne, genau wie er. Doch du hast nur leise gesagt: »Mein Kind wird, solange ich lebe, nie eine staatliche Schule in Nigeria besuchen.« Er sah dir ins Gesicht und erwähnte das Thema nie wieder.

Ehi lerntest du an einem verregneten Donnerstag im Juni kennen, als er mit seinem SUV stehen blieb, um Mais zu kaufen. Er ließ das Fenster runter. »Ma'am, Good afternoon. Wie viel?« Du begrüßtest ihn wie jeden anderen. »Good afternoon, Sir. Danke, dass Sie angehalten haben. Ein Stück kostet zweihundert Naira.«

»Okay, geben Sie mir fünf und dazu noch sechs Birnen. Die sind hoffentlich weich.«

»Ja, Sir.« Du nicktest, packtest sein Essen ein, standest auf und reichtest es ihm durchs Fenster. Er gab dir fünf 1000-Naira-Scheine.

»Sir, Sie haben nur zweitausend Naira zu bezahlen.«

»Ich weiß. Behalten Sie den Rest. Mir gefällt, wie höflich Sie sind.«

»Vielen Dank, Sir.«

Zwei Tage später kehrte er zurück. Diesmal war Kitan bei dir. Wie immer an jedem Tag, nachdem du sie von der Schule abgeholt hattest. Er parkte und stieg aus. Zum ersten Mal sahst du ihn dir genauer an. Er hätte als durchschnittlich durchgehen können – Gesichtszüge, Größe und Statur waren unauffällig –, doch seine Kleidung (ein gut geschnittener Kaftan und Designerslipper) und die forsche Entschlossenheit, die er ausstrahlte, ließen ihn auffallen.

»Ma'am, Ihr Mais war so ausgezeichnet, dass ich extra den ganzen Weg aus Surulere gekommen bin, um noch mal welchen zu kaufen.«

»Good afternoon, Sir. Danke, dass Sie wiedergekommen sind.«

»Good afternoon, Sir«, sagte Kitan. Es war eine feste Regel, dass deine Tochter all deine Kundschaft grüßte.

Er strahlte sie an. »Good afternoon. Wie heißt du?«

»Olaoluwakitan«, antwortete sie.

»Ein schöner Name. Was bedeutet er?«

»Gottes Reichtum ist unendlich«, sagtest du.

Er musterte euch beide einen Moment lang. »Ihre Tochter sieht genauso aus wie Sie.«

»Ich danke Ihnen.«

»Sie sprechen so schön. Welche Schule haben Sie besucht?« Er hatte eine sehr direkte Art.

»Yabatech.«

»Schön. Und wie läuft das Geschäft?«

»Wir sind Gott dankbar. Und wir geben uns Mühe.« Du warst froh, dass er nicht fragte, wie es dazu gekommen war, dass du an der Straße Mais verkaufen musstest.

»Gut. *Oya,* ich nehme das Gleiche wie beim letzten Mal.«

Du packtest zwei Maiskolben und fünf Birnen extra dazu. »Hier, Sir.«

Er nahm die Bestellung entgegen und gab dir ein Bündel Scheine. Es waren fünfzehntausend Naira.

»Sir, bitte, das kann ich nicht annehmen.«

Er zuckte mit den Achseln. »Ich werde es nicht zurücknehmen.« Dann lächelte er. »Aber ich schlage vor, Sie nehmen es und kaufen damit etwas für Olaoluwakit…«

»Kitan. Es ist einfacher, sie Kitan zu nennen.« Lächelnd danktest du ihm und behieltest das Geld. Es hätte gereicht, um dir die nächsten drei Tage freizunehmen, doch das tatest du nicht, weil du dir nur am Sonntag Ruhe gönntest. Aber du folgtest seinem Vorschlag und kauftest fünf Kleider für Kitan: zwei neue für den Kirchenbesuch und Ausflüge, drei gebrauchte einfache Kleider für zu Hause. Sie hatte ein paar Jahre lang immer dieselben Kleider getragen. Zum ersten Mal kauftest du ihr die neuen Sachen spontan in ihrer Größe. Als Lukumon, nachdem du ihm von Ehis Großzügigkeit erzählt hattest, fragte, warum du die Kleider nicht zwei, drei Größen größer gekauft hattest, wie ihr es immer getan hattet, da sagtest du, du hättest es vergessen. Als er daraufhin die Stirn runzelte, fragtest du dich selbst, warum du ihm nicht erklären konntest, dass du deine Tochter nur ein einziges Mal in neuen Kleidern der passenden Größe sehen wolltest. Sodass sie nicht schon verwaschen wären, bis sie hineinwuchs.

Ehi kam jede Woche, um Mais zu kaufen, und bezahlte immer weit mehr als nötig, vor allem wenn Kitan bei dir war. Für ein Kind, das Fremden gegenüber normalerweise skeptisch war, war Kitan erstaunlich aufgeschlossen ihm gegenüber. Das lag wohl an den kleinen Gesten seinerseits – immer begrüßte er sie mit einem Fistbump, schnitt lustige Grimassen mit ihr und hörte zu, wenn sie über die Schule und ihre beste Freundin Lola plapperte. An dem Tag, als er dir zweihundert Dollar für Kitan gab, brachst du fast in Tränen aus. Du danktest ihm, betetest für ihn und merktest, dass es ihm unangenehm war.

Nie blieb er länger als zwanzig Minuten, aber erst später wurde dir klar, dass das für euch beide eine Auszeit war. Mit der Zeit entwickelte sich eine Art herzliche, verständnisvolle Freundschaft. Er erzählte nicht viel von sich, doch du erfuhrst ein paar grundlegende Informationen – er leitete eine internationale Spedition. Sein voller Name war Ehioze, und er steckte gerade mitten in einem Scheidungskrieg. Seine beiden Kinder lebten bei seiner baldigen Ex-Frau in London. Im Laufe der Zeit erzähltest du ihm von dir – älteste von drei Töchtern eines ehemaligen Soldaten und einer Lazarettschwester, verheiratet mit deiner ersten Liebe und Mutter eines Kindes.

Lukumons erfolglose Jobsuche erwähntest du nicht bis zu dem Tag, als er dich fragte, was Lukumon beruflich machte. Als du ihm, ohne dass er dich dazu aufforderte, erzähltest, dass Kitan nach der Schule immer bei dir sei, weil Lukumon sich während der Jobsuche nicht um sie kümmern könne, da wurde dir klar, dass das gar nicht stimmte. Lukumon hatte sich seit Monaten nicht mehr um einen Job bemüht und verbrachte seine Tage faul zu Hause. Nachdem du zu Ende gesprochen hattest, sagte Ehi: »Wenn er möchte, kann er mir über Sie seinen Lebenslauf geben, und ich werde sehen, was ich tun kann. Sagen Sie mir einfach, wie er sich entschieden hat.«

»Oh, ich danke Ihnen, Sir.«

»Bitte lassen wir das. Nenn mich Ehi.«

Zu Hause erzähltest du Lukumon von deiner Unterhaltung mit Ehi und batest ihn um einen Ausdruck seines Lebenslaufs. Du warst enttäuscht, weil er nicht begeistert wirkte.

»Okay«, sagte er nur abwesend.

»Wann gibst du ihn mir?«

»Isi, du siehst doch, dass ich mich gerade in die Schlange stellen will, um die Toilette zu benutzen. Ich muss vor Ngozi drankommen, die alles mit ihrer stinkenden Scheiße verpestet. Danach stelle ich mich an, um zu baden. Hoffentlich bin ich vor dem Nichtsnutz Alao dran, der immer zwei Stunden zum Baden braucht.«

»Okay, mein Mann. Dann gib ihn mir, wenn du fertig bist.«

»Ich hab's gehört.«

Als zwei Wochen vergangen waren und er dir den Lebenslauf nicht gegeben hatte, verfasstest du einen für ihn und gingst in einen Büroladen, um ihn abschreiben und ausdrucken zu lassen. Dann gabst du ihn Ehi. Es machte dir nichts aus, solche Dinge für Lukumon zu tun, denn grundsätzlich war er dir ein guter Ehemann, nur ein bisschen faul.

Als Ehi den Lebenslauf entgegennahm, las er ihn aufmerksam. »Ich denke, ich kann deinen Mann irgendwo in meinem Unternehmen unterbringen.« Dann sah er dich eindringlich an. »Was ist mit dir, Isioma?«

»Was soll mit mir sein?«

»Möchtest du einen Job?«

»Nicht wirklich, weil mir dann keine Zeit mehr bleiben würde, mich um Kitan zu kümmern. Ich möchte sie jeden Tag zur Schule bringen und abholen.«

»Dann wirst du diesen Stand für immer betreiben?«

»Gott bewahre.«

Du wandtest den Blick ab. Weil du mit ihm inzwischen so vertraut warst, erzähltest du ihm von deinem Plan, in den du noch nicht einmal Lukumon eingeweiht hattest. »Wenn ich genug Geld gespart habe, möchte ich einen Lebensmittelladen eröffnen. In meinem Viertel gibt es keinen, und das sollte von Vorteil sein. Von Lieferanten, die ich auf dem Mile 2 Market kenne, kann ich gute Ware bekommen. Außerdem wäre ich dann näher an zu Hause und näher bei Kitan.« Achselzuckend seufztest du. »Aber vorläufig ist das nur ein Traum.«

»Wie viel kostet dein Traum?«

Du schwiegst lange, bevor du darauf antwortetest. »Letzten Monat habe ich es ausgerechnet. Für Miete, Mobiliar und den ersten Warenbestand kam ich auf knapp achthunderttausend Naira.«

Sein Gesicht blieb reglos, als er sagte: »Isioma, du bist eine großartige Frau. Ich will dir helfen, aber ich bin auch nur ein Mensch und selbstsüchtig. Deshalb lautet mein Angebot: Ich werde deinem Mann einen Job in meinem Unternehmen geben, und dir gebe ich zwei Millionen Naira. Alles, was ich dafür verlange, ist, dass du das kommende Wochenende allein mit mir in Osogbo verbringst. Ich muss geschäftlich dorthin. Ja, das ist mein Vorschlag. Wenn du zustimmst, musst du mich nach dem Wochenende nie wiedersehen, wenn du nicht willst. Ich verstehe, wenn du mein Angebot ablehnst. Aber ich schlage vor, dass du erst einmal darüber nachdenkst.«

Wie konnte dieser Mann es wagen, dich derart zu beleidigen? »Sir«, sagtest du kühl, »bitte kaufen Sie nichts mehr bei mir. Ich bin eine verheiratete Frau. Mein Ehemann genügt mir vollkommen, und ich werde ihn niemals betrügen. Sie haben uns beide beleidigt und …«

»Es ist ein Angebot, keine Beleidigung«, unterbrach er dich tonlos. Dann wurde seine Stimme sanfter. »Du hast meine Nummer, Isioma. Überleg es dir.«

Als er davonfuhr, spürtest du eine Träne über deine Wange laufen. Du gingst früh nach Hause.

♡—♥—♡

Du warst immer noch wütend, als du Lukumon von Ehis Vorschlag erzähltest. Eigentlich hattest du erwartet, dass sein Zorn so groß sein würde wie deiner. Dass er der Donner zu deinem Blitz wäre, doch er schwieg einen langen Moment. Schließlich fragte er: »Ist das nicht der Mann, der Kitan zweihundert Dollar gegeben hat?«

»Ja.«

»Verrückter reicher Kerl.«

»Ja.«

Lukumon stand auf, zog ein zerknittertes T-Shirt vom Kleiderbügel und zerrte es sich über den Kopf. Das war ein Signal dafür, dass er rausgehen würde, um mit ein paar Männern aus der Nachbarschaft Dame zu spielen. In der Tür blieb er noch mal stehen. »Du bist meine Frau. Und du wirst immer meine Frau bleiben, egal was passiert. Verstehst du?«

»Ja«, sagtest du, obwohl du irritiert warst.

♡—♥—♡

»Warum willst du meinen Sohn umbringen?«, wird Lukumons Mutter ihre Frage wiederholen und dich damit zurück in die Gegenwart bringen.

Du wirst ihr weiterhin nicht antworten. Du wirst Kitans widerspenstiges, aber dennoch weiches Haar streicheln und dir vornehmen, es später auszukämmen und ihr neue Cornrows zu flechten. Du wirst Kitan ins Ohr flüstern, sie soll draußen spielen gehen, aber das Grundstück nicht verlassen. Du wirst ihr für später Süßigkeiten versprechen. Alle werden spüren, dass du nicht reden wirst, solange Kitan im Raum ist. Also werden sie in gespannter Erwartung schweigen, während sie zögernd hinausgeht.

Lukumons schrille Schwester wird als Erste das Wort ergreifen: »Oya, beantworte Mummys Frage. Wir warten.«

Du wirst sie warten lassen.

♡—♥—♡

An jenem Freitag, eurem ersten Abend in Osogbo, ließ Ehi dich warten.

Tagsüber hatte er dich zu seinen Terminen mitgenommen. Zur Besichtigung von Tabakfarmen am Stadtrand, die er zu kaufen erwog. Er bat dich, bei Besprechungen mit Grundbesitzern und Farmern neben ihm zu sitzen, stellte dich als seine Geschäftspartnerin vor und fragte nach deiner Meinung. Die letzte Besprechung ließ er dich leiten. Als ihr in die Stadt zurückkehrtet, ging er erst mit dir einkaufen, dann zu einem späten Mittagessen.

In der Hotelsuite herrschte verlegene Stille, während er auf einem Sofa saß und beobachtete, wie du dich unbehaglich auf die Bettkante setztest. Er fragte, ob du irgendwas wollen würdest. Du verneintest. Da bestellte er eine Flasche Rotwein und trank allein davon. Dann erkundigte er sich nach deiner Kontonummer. Beschämt antwortetest du, du hättest kein Bankkonto. (Nachdem du den Job als Sekretärin aufgegeben hattest, ließest du dein Konto ruhen, und jetzt konntest du dich nicht mal mehr an die Kontonummer erinnern.) Er fragte, ob du irgendeinen Ausweis hättest. Du sagtest, eine Wahlkarte und einen Personalausweis. Da rief er seine Buchhalterin an und gab ihr Bescheid, dass er dich am Montag mit einem Scheck zu ihr schicken würde. Und dass sie dir helfen solle, ein Konto zu eröffnen.

Er schrieb den Scheck aus und gab ihn dir – zwei Millionen achthunderttausend Naira. »Für deinen Traum und noch ein bisschen mehr«, sagte er leise.

Obwohl du von der ganzen Situation hin- und hergerissen warst, gelang es dir zu antworten: »Für meine Seele, meinst du?«

»Ich weiß, dass das hart für dich ist, Isioma. Ich glaube, in einer anderen Welt wären wir perfekt füreinander. Aber wir sind in dieser Welt, und das Beste, was wir bekommen können, ist das hier – ein flüchtiger Blick darauf, was wir hätten sein können.«

»Ich dachte, das hier wäre ein Angebot. Eine Transaktion, wie du sie täglich durchführst.«

Er seufzte. »Eine meiner vielen Schwächen ist, dass ich über alles im Leben verhandle, selbst über das, was man für Geld nicht kaufen kann. Hätte ich dir erklärt, dass ich dich unglaublich finde, verrückt nach dir bin, dich in meinem Leben haben will und Kitan auch – dann hättest du doch Nein gesagt, oder?«

Verblüfft nicktest du.

»Deshalb habe ich um dieses kleine bisschen verhandelt.«

Du hast nie verstanden, warum diese Worte deine Mauern

zum Einsturz und dir Seelenfrieden brachten. Danach fühlte es sich ganz selbstverständlich an, wie ihr beide auf dem Bett lagt und miteinander spracht. Wie er dein Gesicht in seine Hände nahm und dich wunderschön nannte, wie du ihn küsstest und den Wein auf seinen Lippen schmecktest. Das alles stieg dir zu Kopf. Ein Teil von dir war enttäuscht, weil ihr euch an diesem Abend nur aneinanderkuscheltet, bis du einschliefst. Doch du begriffst, dass er dich nicht drängen wollte.

Am nächsten Morgen wachtest du allein in der Suite auf. Du gingst ins Badezimmer, um dein Gesicht zu waschen und dir die Zähne zu putzen. Da kam er herein, lächelnd und verschwitzt, in Sportklamotten – er war laufen gewesen. Er zog seine Sachen aus und trat unter die begehbare Dusche. Du musstest lächeln, als du ihn unter dem rauschenden Wasserstrahl schief singen hörtest. Als du nackt zu ihm unter die Dusche kamst, hörte er auf zu singen.

Bis auf die Küsse und das Stöhnen schwiegt ihr, während ihr euch gegenseitig wuscht und massiertet. Als ihr damit fertig wart, glühtet ihr beide unter dem kalten Wasserstrahl. Dann presste er dich gegen die Fliesen, und du hobst ein Bein in die Höhe, um ihn willkommen zu heißen, als er in dich glitt. Im ersten Moment blieb er reglos, während ihr euch spürtet und anstarrtet. Schließlich begann er, sich langsam zu bewegen, doch wegen des beengten Platzes und des rutschigen Bodens wurde es schnell schwierig. Also lieft ihr aus der Dusche und fielt nass von Wasser und Körperflüssigkeiten aufs Bett. Er lag auf dir, während du deine Beine um ihn schlangst. Er war erstaunlich anders als Lukumon – versierter, sexyer, selbstloser.

Deine Brustwarze in seinem Mund, seine rechte Hand auf deiner linken Pobacke. So streichelte er mit dem linken Daumen deine Klitoris, während er in einen energischen Rhythmus verfiel. Dein rasender Orgasmus war eine angenehme

Überraschung. Erst als du seine Hand von deiner Klitoris schobst, weil das Gefühl zu intensiv war, merktest du, dass ihr beide vergessen hattet, ein Kondom zu benutzen. Zwar nahmst du die Pille, aber trotzdem gingst du lieber auf Nummer sicher. Also schobst du ihn sanft von dir, bis er rücklings auf dem Bett lag. Dann knietest du dich zwischen seine Beine, schobst sie auseinander, nahmst seine Eier in die Hände und saugtest an seinem Penis, bis er in deinen Mund und deine Hand kam.

Als du anschließend auf seiner Brust lagst, fandst du es faszinierend, wie schnell sein Herz schlug.

An eurem letzten gemeinsamen Abend schlug es immer noch schnell.

»Bleib bei mir«, flüsterte er.

Du hörtest auf, mit den Fingern leicht auf seinen Brustkorb zu trommeln.

»Ich meine, wenn wir nach Lagos zurückkommen. Komm und lebe bei mir. Du und Kitan. Ich weiß, dass mein Privatleben ein Chaos ist und deine Ehe kompliziert, aber ich weiß auch, dass wir beide ein gutes Team sein werden.«

Lange sagst du nichts. Dann seufzt du tief. »Du verhandelst schon wieder.«

Er lachte leise. »Ich weiß. Ich kann's einfach nicht lassen.«

»Ich will gar nicht, dass du's lässt.«

♡—♥—♡

Schließlich wirst du deiner Schwiegermutter antworten.

»Frag Lukumon«, wirst du sagen.

Lukumon, dessen Kopf an eine getrocknete Kolanuss erinnert, wird in seiner Ecke hochschrecken, als er seinen Namen hört. Er wird nach seiner Uhr greifen, die Mufu inzwischen zurückgelegt hat. Dann werden eure Blicke sich treffen. Beide werdet ihr euch daran erinnern, dass du die Uhr, eine echte Tissot, von deinem Geldsegen gekauft hast, weil er sich immer eine gewünscht hat. Du wirst dich fragen, ob sein Stolz es ihm unter diesen Umständen erlauben wird, sie weiterhin zu tragen. Er wird den Blick abwenden, während er sie um sein Handgelenk legt.

»Was soll ich Lukumon fragen?«

»Frag deinen Sohn, warum er mich dazu gebracht hat, für Geld mit einem anderen Mann zu schlafen«, wirst du leise sagen.

Deine Worte werden die gesamte Luft aus dem Zimmer saugen, denn keiner wird mehr atmen. Sie werden ihre Augenbrauen hochziehen, Augen und Münder vor Staunen aufreißen. Onkel Buraimo wird auf seinem Stuhl beide Hände an seinen Kopf legen, die Füße in die Luft heben und »Ah! Ah! Ah!« rufen.

»Und wenn ich sage, mich dazu gebracht hat, meine ich, dass er drei Tage lang mit mir gestritten, mein Essen und mich nicht angerührt und mich sogar angefleht hat, es für die sichere Zukunft unserer Tochter zu tun. Hier ist er – frag ihn, warum.«

Lukumon wird auf den Boden starren und sich weigern, dich anzusehen.

»Lukumon, bitte erzähl deiner Familie, warum du mich dazu gebracht hast, für Geld mit einem anderen Mann zu schlafen, aber mich nach meiner Rückkehr wie eine Leprakranke behandelt hast. Erklär, warum du dich geweigert hast, den Job anzunehmen, den der Mann dir angeboten hat, aber darauf bestanden hast, dass ich das Geld akzeptiere, dieses Haus miete und dir diese blöde Uhr kaufe. Sag ihnen, warum du dich geweigert hast, mich anzurühren, aber mit jedem

Mädchen in der Nachbarschaft geschlafen hast. Warum hast du gestern gesagt, dass du denkst, Kitan sei nicht dein Kind?«

Du wirst tief Luft holen und deiner Schwiegermutter direkt in die Augen sehen. »Eine letzte Sache noch – wenn Lukumon nicht aus diesem Haus auszieht, dann schneide ich ihm den Penis ab und benutze ihn für Rituale, um zu Reichtum zu kommen.«

Dann wirst du lächeln.

DER GIGOLO AUS ISALE EKO

19:26 Uhr

Ich sehe, das ist deine erste Junggesellenparty für Iggy.

Woher ich das weiß? Ich habe die beiden anderen organisiert und dich dort nicht gesehen. Ja, dies ist die dritte Junggesellenparty, die ich für Iggy schmeiße. Und weil ich ihn kenne, vermute ich, dass ich noch mindestens drei weitere für ihn veranstalten werde, bevor wir alt sind und sterben. Schlimmer noch, ich fürchte, dass meine Hölle im Leben nach dem Tod darin bestehen wird, dass ich bis in alle Ewigkeit täglich Junggesellenpartys für ihn geben muss. *Sha,* wie auch immer, mach dich drauf gefasst, denn ich werde dich zu allen einladen.

Woher kennst du Iggy? Du kennst ihn gar nicht? Eine Freundin hat dich hierhergeschleppt? Das ist klasse. Ich freue mich, dass du da bist, und ich glaube, es sollte so kommen, denn meiner Erfahrung nach gibt es im Leben nur ganz wenige Zufälle.

Woher ich Iggy kenne? Ha! Iggy ist wie ein Bruder für mich. Aber nein, das heißt nicht, dass ich die geeignetste Person bin, um deine Frage zu beantworten, warum er immer wieder heiratet. Aber wenn ich raten soll, würde ich sagen, vielleicht sucht er nach etwas, das er niemals findet. Ich weiß jedenfalls nicht, was es ist. Meine Aufgabe besteht nur darin, die Junggesellenpartys zu organisieren und auf den Hochzeiten so richtig aufzudrehen. Warum? Weil er seit Ewigkeiten mein Freund ist und weil ich damit meinen Lebensunterhalt bestreite. Ich organisiere Musikfestivals und Events. Und mir gehört eine Lounge, die sich am Wochenende in einen Nachtclub verwandelt. Für mich hört die Party nie auf. Deshalb werde ich auch ein Dutzend Junggesellenpartys für Iggy schmeißen, wenn er das möchte. Aber ich schwöre, die größte und beste Junggesellenparty werde ich für Seni geben.

Wer Seni ist?

Siehst du den großen Typen, der sich mit Iggy unterhält? Ah, ich bin froh, dass du ihn gut aussehend nennst – du hast ein waches Auge. Ja, das ist Seni. Er ist mein Freund und auch wie mein Bruder. Was meinst du? Seni hätte eine Aura von Trauer? Hmm, ich sehe, du bist empfindsam. Warum ich noch keine Party für Seni geschmissen habe? Weil er Single ist. Ja, ich meine ein richtiger, noch nie verheirateter Single. Kaum zu glauben bei einem so korrekten Typen, was? Nein, da gibt's nichts, was mit ihm nicht stimmt. Tatsächlich ist er der Beste von uns, ein Juwel von einem Mann: Jede Frau könnte sich glücklich schätzen, ihn zu kriegen.

Also, warum ist Seni nicht verheiratet? Hmm, das ist eine lange Geschichte, *sha,* und, um die Wahrheit zu sagen, teilweise auch Iggys Schuld. Was passiert ist?

Soll ich dir das überhaupt alles erzählen? Du hast ein vertrauenswürdiges Gesicht, und ich bin ein bisschen angeschickert, aber trotzdem. Okay, okay, du kannst aufhören zu betteln.

Um diese Geschichte, unsere Geschichte zu erzählen, werden wir einen ganzen Abend und reichlich Alkohol brauchen.

Zum Glück haben wir beides. Es ist ja eine offene Bar, also hol dir einen Drink. Genieß die Party ein bisschen. Ich muss mal bei den Köchen und in der Küche nach dem Rechten sehen. Bin gleich wieder da.

♡—♥—♡

21:34 Uhr

Hmm? Tut mir leid, ich hab dich nicht verstanden. Oh, du hast gehört, dass Iggy Pamela morgen wegen ihres Geldes heiratet? Ja, das habe ich auch schon gehört, und offen gestanden kann ich verstehen, warum Leute so was sagen. Ja, sie ist reich: Gerüchte besagen, sie hätte dreißig Millionen Euro, geerbt von ihrem verstorbenen Mann, der ein Mogul in der Bergbaubranche war. Und dann ist da ja der offensichtliche Altersunterschied von knapp zwanzig Jahren. Ja, ich glaube, sie ist sechzig. Aber Iggy beharrt darauf, er würde sie nicht wegen des Geldes heiraten. Er schwört, dass er sie liebt. Hör mal, ich hab gesehen, wie er für sie schwärmt. Ob ich glaube, dass er das nur spielt? Wenn ja, ist er ein fantastischer Schauspieler und macht das wahrscheinlich bereits so lange, dass die Grenzen verschwimmen. Aber wie auch immer, ich sagte dir ja, dass es im Leben nur wenige Zufälle gibt.

Du musst wissen, dass Iggy schon immer charmant war, von Kindheit an. Wir lernten uns in Isale Eko kennen. In der Dosunmu Street, um genau zu sein. Ich weiß, wenn die Leute Isale Eko hören, dann denken sie drei Sachen, je nachdem wer sie sind. Sie denken an Verbrechen, an Awori und an Slums. Diese Dinge sind alle zutreffend. Isale Eko ist einer der ältesten Teile von Lagos, und, ja, inzwischen ist es voller armseliger Behausungen, und auf den Straßen herrscht Kriminalität. Doch das ist es nicht, was uns ausmacht. Wenn du wirklich aus Isale Eko stammst, dann zählen Familie und Gemeinschaft für dich. Ich rede jetzt nicht von der Mummy-Daddy-zwei-Kinder-Familie. Ich meine die zusammengewürfelte, nicht durch Blutsverwandtschaft, sondern durch Loyalität entstandene Familie.

Wie auch immer, wir lernten uns jedenfalls kennen, als wir beide acht Jahre alt waren. Seine Mutter, Mama Perpetua, kochte an Feiertagen immer für meine Familie, und wir gingen alle in dieselbe Kirche, St. Joseph. Ich erinnere mich, Iggy ein paarmal gesehen zu haben, aber wir sprachen nicht miteinander, bis seine Mutter ihn mit zu uns brachte. Während sie kochte, machte er sich ohne ihr Wissen auf den Weg und erkundete unser Haus, als würde es ihm gehören. Ich erinnere mich so gut daran, weil er frech in mein Zimmer marschiert kam und mich fragte, wer ich sei und was ich mache.

Ich spielte gerade Ludo gegen mich selber. Weil ich ein Einzelkind war, spielte ich oft allein, und außerdem war ich damals schüchtern. Jedenfalls setzte sich Iggy, ohne dass ich ihn dazu aufgefordert hätte, auf mein Bett, schnappte sich den Würfel, schüttelte ihn und sagte: »Ich heiße Iggy. Lass uns Freunde sein.«

Und das war's. Wir wurden beste Freunde und Brüder. Ich sage Brüder, weil wir so unzertrennlich waren, dass ich drohte, die Privatschule abzubrechen, um zu Iggy in die staatliche Schule zu gehen. Da bot meine Mum an, ihn auf meine Schule zu holen. Schließlich sorgten meine Eltern dafür, dass seine dreiköpfige Familie in unsere Boys' Quarters, also die frühere Dienstbotenwohnung, einziehen konnte. Doch dort war er nie, weil wir uns mein Zimmer teilten. Im Laufe der Jahre teilten wir auch alles andere, unter anderem Kleidung (wobei er Outfits besser zusammenstellen konnte und so ein gewisses Auftreten hatte, das ihn immer herausstechen ließ).

Wir fingen auch an, gemeinsam Mädchen nachzulaufen, und wieder war er viel besser als ich. Ich erinnere mich, wir waren ungefähr achtzehn, wie wir uns fortschlichen, um in der legendären Buka von Iya Lati am Tinubu Square zu essen. In diesen Imbiss gingen Männer wegen des köstlichen Essens und um die Mädchen anzugaffen, während die Frauen kamen, um sich die Mädchen anzusehen, die ihnen die Ehemänner ausspannten, aber dem Essen selbst nicht widerstehen konnten. Viele Männer begehrten Iya Latis Mädchen, doch die waren alle in Iggy verliebt. Eigentlich waren sie berüchtigt für ihre ruppige Art, doch wann immer er kam, lächelten sie und überschlugen sich schier, um ihn zu bedienen. Seine Portion war immer größer, obwohl wir das Gleiche bezahlten. Dann fing eins der Mädchen an, Iggy Essen nach Hause zu liefern. Als ich ihn darauf ansprach, grinste er nur. »Bro, *na Grace.*«

Ich begriff nicht, was er damit meinte, bis ungefähr einen Monat später ein großer Catfight unter Iya Latis Mädchen losbrach – ein Zickenkrieg so richtig mit fliegenden Schüsseln, zerkratzten Gesichtern und zerrissenen Klamotten. Es stellte sich raus, dass eine von ihnen, die gedacht hatte, Iggy exklusiv für sich zu haben, erfahren hatte, dass er auch mit drei anderen schlief.

Sie hieß Grace.

♡—♥—♡

Zum ersten Mal heiratete Iggy drei Jahre nach der Teilnahme am National Youth Service Corps.

Ganz schön jung, oder? Aber verglichen mit den meisten Typen unseres Alters war er da schon ein großer Junge. Obwohl er nach den Herkunftsregeln zu hundert Prozent ein Kind aus Isale Eko war, galt er für die Postenvergabe des

NYSC nicht als jemand aus Lagos. Das nutzte er zu seinem Vorteil und absolvierte seinen Dienst in Lagos (ich wurde nach Enugu geschickt), obwohl man das eigentlich nicht in der Heimatregion tun durfte. Während des einen Jahres NYSC arbeitete er bei einer Spedition, einem Familienbetrieb, der erstaunlicherweise ein möbliertes Zweizimmerapartment für ihn mietete. Dort arbeitete er immer noch, als ich nach dem NYSC-Jahr nach Lagos zurückkehrte. Und weil wir Bros waren, fragte er, ob ich bei ihm einziehen wolle. Das machte ich, und ich kam schnell dahinter, dass er all diese Vergünstigungen bei der Arbeit bekam, weil er Folakemi, die Tochter des *Oga,* datete und die die Firma führte.

Es gab eine hässliche Trennung zwischen den beiden, als Iggy sechs Monate nach dem NYSC den Job wechselte und bei einem FinTech-Unternehmen in Victoria Island anfing. Eine Senior Ma'am des FinTech-Ladens holte ihn als Headhunterin. Und ja, du hast es erraten – er und seine neue Ma'am hatten was miteinander, was Folakemi rauskriegte. *Omo!* Alter! Weil sie den Mietvertrag gerade für ein Jahr verlängert hatte, wollte Folakemi Iggy aus der Wohnung werfen. Was ihn rettete, war, dass die Bestätigung und der Mietvertrag auf seinen Namen ausgestellt waren. Außerdem gehörte die Wohnung zu einer bewachten Anlage. Also erklärte er den Leuten vom Sicherheitsdienst, sie sollten sie nicht mehr reinlassen.

Das waren verrückte, wilde Zeiten für Iggy und uns. Ich kann mich nicht mehr erinnern, welche Lady ihm ein Blackberry kaufte (das waren die Jahre der Blackberrys), seine Ma'am von der Arbeit besorgte ihm einen Toyota RAV4 (ganz diskret natürlich), eine andere Frau nahm ihn mit in den Urlaub auf Mauritius, irgendein Mädchen dekorierte die Wohnung neu, andere schickten uns Essen. *Omo!* Seni und ich konnten über Iggys Aktionen nur staunen. Seni? Oh, er und Iggy fingen ungefähr gleichzeitig bei der FinTech-Firma an und wurden Freunde, als sie feststellten, dass sie beide Jungs aus Isale Eko waren. Am Ende zog Seni aus dem Haus seiner Eltern aus und zu uns in die Wohnung. Er und ich teilten uns ein Zimmer, Iggy blieb in dem anderen.

Du musst wissen, das war ungefähr zwei Jahre nach dem NYSC, und wir waren im Herzen noch Jungs, keine richtigen Männer. So lebten wir den Traum jugendlicher Junggesellen in Lagos, mit einer Wohnung in Lekki, Clubbing und Bar-Hopping an den Wochenenden. Wir entwickelten dafür eine Art System: Ich fand raus, wo man Spaß haben konnte und auf welche Partys wir gehen sollten; Iggy hatte das Auto, etwas Geld und seinen Vorrat an Frauen; der ruhige und sensible Seni behielt uns im Auge, beschützte uns vor diebischen Frauen und Raufereien in Bars, wenn wir betrunken waren, irgendwann fuhr er uns nach Hause und schleppte uns in unsere Betten.

Wie auch immer, es geht um Iggys erste Hochzeit, stimmt's? Wir chillten also an einem Wochenende zu Hause, als Iggy aufkreuzte und die Bombe platzen ließ. Er würde heiraten. Wir fragten: Dude, bist du dafür nicht noch zu jung? Der Mann sagte Nein. Okay. Wir fragten: Welche von deinen Frauen? Der Mann sagte: Odunola. Wir sagten: Wen? Wir kennen das Mädchen nicht. Um es kurz zu machen – wir sollten sie kennenlernen. Im Unterschied zu den Frauen, mit denen Iggy sich damals gerne rumtrieb, war sie nicht gerade ein Hingucker. Sie war still, machte sich nicht wichtig, hielt sich lieber im Hintergrund, aber sie schaute zu Iggy auf, als wäre er Gott. Wir versuchten, seine Motive zu ergründen, aber er sagte nichts. Er brachte sie mit meiner Mutter zusammen, die quasi seine Mutter vertrat (sie war während seines letzten Jahrs an der Uni gestorben). Sogar meine Mum fragte, ob er die Sache nicht überstürze, doch er meinte: er wisse schon, was er tue.

Ich schmiss Iggys erste Junggesellenparty. Und die bleibt mir unvergesslich. Nicht, weil es so eine großartige Party war, sondern weil sie mir Orientierung gab. Ich meine, da gab es diesen Moment, mittendrin, ich stand in einer Ecke und beobachtete, wie alle tanzten und sich amüsierten, und boom, hatte ich eine Erleuchtung. Ich konnte ein Business für Partys und Events starten. Und genau das machte ich. Aber das ist eine andere Geschichte.

Zurück zu Iggy. Am nächsten Tag feierten sie also eine beschauliche Hochzeit. Ihre Eltern schenkten ihnen ein Doppelhaus in Parkview, in das sie einzogen. Sechs Monate später gingen sie gemeinsam in die USA, und er schenkte mir den RAV4. Fünf Jahre blieb er dort, und obwohl wir in Verbindung blieben, war es nicht dasselbe. Nach fünf Jahren kam Iggy jedenfalls wieder zurück, allein und geschieden. Seni und ich fragten: Dude, was ist passiert? Der Mann sagte: nichts, sie hätten sich nur auseinandergelebt.

Was hast du gefragt? Was sein Motiv für die Hochzeit mit Odunola war? Tja, er kam mit einem amerikanischen Pass zurück, *sha,* so einfach ist das, falls du das meinst. Wie sich rausstellte, war sie Amerikanerin.

Aber wie ich schon sagte, im Leben gibt's nicht viele Zufälle.

♡—♥—♡

22:45 Uhr

Iggys zweite Ehe? Klar, dazu komme ich gleich.

Erst mal tat sich die Gruppe wieder zusammen wie bei den *Blues Brothers.* Iggy, Seni und ich.

Manche Dinge blieben gleich. Iggy und Seni fingen wieder an zusammenzuarbeiten. Diesmal in ihrer eigenen FinTech-Firma, die sie gemeinsam gründeten. Ihr Unternehmen entwickelte Plattformen und Lösungen für Zahlungsprozesse. Seni kümmerte sich um die grundlegende Technik und den operativen Betrieb, Iggy leitete Marketing und Vertrieb. Ihre Kunden waren hauptsächlich Firmen, und obwohl sie einigen Erfolg hatten und beständig wuchsen, erinnere ich mich, dass Iggy meinte, sie bräuchten einen Großauftrag der Regierung, um richtig abzukassieren.

Und manche Dinge waren anders. Wir wohnten nicht mehr zusammen. Ich hatte kurz vorher eine Lounge und ein Grillrestaurant in einem alten Bungalow eröffnet. Ich wohnte in den Boys' Quarters hinter dem Bungalow, weil ich immer so spät arbeitete und auf diese Weise meinen Betrieb im Blick hatte. Der frisch geschiedene Iggy machte es genauso: Er wohnte in dem umgebauten Dienstbotenquartier hinter dem Doppelhaus in Ikoyi, wo seine und Senis Firma ihren Sitz hatte. Seni war in dem alten Apartment geblieben.

Jeden Tag nach der Arbeit kamen sie in meine Lounge, um mit mir abzuhängen. Wir aßen zusammen und gönnten uns ein paar Drinks.

So lernten wir Jamilah kennen.

Sie kam eines Abends in Jeans, Converse-Sneakers und Hidschab – und bestellte Schweinekoteletts zum Mitnehmen. Wie ein Teenie-Boy, der sein erstes Kondom kauft. Ich muss gelächelt haben, als ich ihre Bestellung aufnahm und an die Küche weitergab, denn sie murmelte: Verurteil mich nicht. Da sagte ich: Ich bin Katholik, heute ist Karfreitag, und ich hatte schon Schweine- und Lammkoteletts. Lächelnd sagte sie: Wow, du wirst in die Hölle kommen. Und ich: Da sieht man sich dann. Wir lachten beide. Es stellte sich raus, dass sie in der Werbeagentur ein Stück die Straße hinunter arbeitete. Sie hatte eine Schwäche für Schweinekoteletts, doch sie war zum ersten Mal da, weil der Mann vom Sicherheitsdienst, der sie ihr sonst heimlich besorgte, an dem Tag nicht da war.

Ich überredete sie, sich an unseren Tisch zu setzen, während sie auf ihre Bestellung wartete. Und dann ergab es sich, dass sie mit uns aß, und es war harmonisch wie mit einer alten Freundin. Rasch bürgerte es sich ein, dass sie zwei- oder dreimal pro Woche mit uns zu Abend aß. Jamilah hatte was. Nein. Streich das wieder. Jamilah hatte viele Vorzüge. Sie war umwerfend, ja. Aber sie selbst machte sich nicht das Geringste daraus. Von ihr ging ein Leuchten aus, als könne sie durch Zuhören und ein herzliches Lächeln die Stimmung von jedem Menschen aufbessern. Sie war unglaublich witzig, kapierte unsere Witze, und ich kann gar nicht genau erklären, wie wichtig das war. Vergiss Sex und gutes Essen – nichts gewinnt das Herz eines Mannes schneller als eine schöne Frau, die von Herzen über all seine Jokes lacht.

Seni war verknallt. Iggy auch, obwohl er versuchte, es runterzuspielen. Ich? Nicht wirklich. Damals hatte ich gerade angefangen, meine spätere Frau zu daten. Aber was noch wichtiger war, ich begriff, dass es sinnlos wäre, mir Hoffnungen auf Jamilah zu machen, weil die unterschiedliche Religion immer ein Problem sein würde. Seni wusste das auch, aber es hielt ihn nicht davon ab, sich in sie zu verlieben. Ob er ihr das sagte? Nein. Versuchte er, sie zu daten? Nein. Aber die beiden wurden so vertraut miteinander, dass einige meiner Mitarbeiter dachten, sie wären ein Paar.

Na ja, ungefähr sechs Wochen nachdem wir Jamilah kennengelernt hatten, kam jedenfalls eines Tages Iggy zu mir und sagte, er wäre zum Islam konvertiert und hätte den Namen Iqbal angenommen. Ich konnte es nicht einordnen, aber ich spürte, es hatte mit Jamilah zu tun und würde nicht gut ausgehen. Also sagte ich: Mach das nicht.

Aber der Mann tat ganz unschuldig und fragte: Was soll ich nicht machen?

Also sagte ich: Ignatius?

Der Mann sagte: Ja.

Ich sagte: Deine Mutter, Gott gebe ihrer Seele Frieden, hat dich nach dem Heiligen Ignatius von Loyola benannt, aber was zum Teufel ist ein Iqbal?

Den Rest der Story kannst du dir jetzt schon denken, oder? Ja, der frisch konvertierte Bruder Iqbal legte los, ließ seinen Charme spielen, und Jamilah war bereit, ihn zu heiraten. Das ist eine der Sachen, die ich bis heute nicht verstehe, denn sie wusste, wer er war. Ich meine, wenn wir alle zusammen abhingen, erzählten wir offen von seinen Eskapaden, oder etwa nicht? Aber vielleicht stand sie mit Anfang dreißig damals unter dem Druck ihrer Familie zu heiraten. Und sie hatte keinen anderen infrage kommenden Muslim in ihrem Kreis, mit dem sie auf einer Wellenlänge war. Ich weiß es nicht.

Ich weiß nur eines: Ich wurde gebeten, eine weitere Junggesellenparty zu veranstalten. Der Mann sagte: Mach sie halal.

Und ich sagte: Gott strafe halal!

Warum? Weil ich nie geglaubt habe, dass er wirklich ein Muslim war. Jedenfalls sagte ich später zu ihm: Hör mal, ich bringe Stripperinnen, einen Blackjack-Tisch, einen Roulettekessel und genügend Alkohol, um einen Karneval in Isale Eko zu veranstalten – wenn du willst, komm, wenn du willst, komm nicht.

Natürlich kam Bruder Iqbal.

Seni kam allerdings nicht.

Seni? Wo denkst du hin? Nichts war mehr wie zuvor.

Erst hatte er versucht, cool zu bleiben, als ihre Verlobung überraschend bekannt gegeben wurde. Er erschien sogar zur Hochzeit. Mit vor Kummer geröteten Augen trank er mehr, als ich ihn je trinken gesehen hatte. Und zum ersten Mal in meinem Leben musste ich ihn tragen und dafür sorgen, dass er sicher nach Hause kam, nicht umgekehrt. Ich verbrachte die Nacht bei einem gebrochenen Mann, der immer nur lallte: Ich hoffe, er behandelt sie gut.

Nachdem die beiden aus ihren Flitterwochen zurück waren, nahm Seni sich in der Firma Urlaub und kehrte nie wieder. Aus Abuja rief er mich an, um zu sagen, dass er seine Anteile auf mich übertragen würde. Nur ein paar Wochen später waren die Anteile deutlich mehr wert. Wie sich herausstellte, war Jamilahs Onkel, ein frommer Muslim, ein hohes Tier bei der Finanzbehörde des Landes. Durch ihn erhielt die Firma den Auftrag, für eine gewisse prozentuale Beteiligung Steuereingänge zu verarbeiten. Dies war der lebensverändernde Vertrag, den Iggy für das Unternehmen erhofft und schließlich erhalten hatte.

Ein Zyniker würde sagen, das war sein Motiv, Jamilah zu heiraten.

Ich begriff auch, warum Seni mir seine Anteile überlassen hatte und weggegangen war. Jegliche Einnahmen aus diesem Deal wären ihm vorgekommen wie Bestechung, um die Liebe seines Lebens zu verlieren. Ich nahm das Geld, habe es aber nie angerührt. Es liegt auf einem Investmentkonto und bringt Zinsen ein. Wenn ich ihn nicht eines Tages überreden kann, es zurückzunehmen, werde ich es komplett dafür verwenden, etwas für die Menschen in Isale Eko zu tun.

Unsere Gruppe? Zerbrach wie das Hip-Hop-Duo P-Square. Seni blieb in Abuja. Zwischen Iggy und mir war es auch nicht mehr wie vorher. Ich glaube, vor dem heutigen Tag haben sie sich zuletzt auf meiner Hochzeit gesehen. Aber das war unangenehm. Und die Hurensöhne schmissen keine Junggesellenparty für mich.

Iggy und Jamilah? Was denkst du? Der Vertrag hielt fünf Jahre, bis ihr Onkel in den Ruhestand trat. Ihre Ehe und Iggys muslimischer Glaube überdauerten das Ende des Vertrags noch ein Jahr. Im Leben gibt's wenig Zufälle.

Ich nenne ihn immer noch manchmal Iqbal. Nur um ihn zu ärgern.

♡—♥—♡

Unglaubliche Geschichte, was? Ich hoffe, es hat sich gelohnt, sie zu hören.

Seni und Iggy haben den ganzen Abend lang geredet? Oh, das ist dir aufgefallen. Yeah. Es scheint nach Plan zu gehen. Sie haben viel nachzuholen. Plan? Ja, mein Plan ist, dass ich die Dinge irgendwie wieder in Ordnung bringe, vor allem, weil Seni nach Lagos zurückzieht. Sie müssen ja nicht so eng sein wie früher, aber wenn es so kommt, soll es mich freuen. Ich vermisse meine Boys.

Ich glaube, ich habe damit angefangen, dass es im Leben nur wenig Zufälle gibt. Lass mich offen zu dir sein. Ich hoffe, du wirst nicht sauer. Deine Freundin, die auch eine gute Freundin von mir ist, hat dich nicht zufällig mit auf diese Party geschleppt. Und ich hab dir das alles nicht einfach aus Spaß erzählt. Der Plan, unser Plan, sieht vor, dass du und Seni euch kennenlernt.

Nenn es nicht Blind Date. Nur ein Treffen. Wir glauben,

dass ihr perfekt zusammenpassen würdet, aber kein Stress. Trefft euch einfach, plaudert ein bisschen. Komm, lass mich dich vorstellen. Deine Freundin kannst du später umbringen. Und wenn das hier so funktioniert, wie ich vermute, dann wirst du sie später stattdessen umarmen und ihr danken. Mir gefällt, dass du lächelst und das Ganze mit Humor nimmst.

Was sagst du da? Wenn es klappt, soll ich keine Junggesellenparty schmeißen? Du zerstörst meine Träume, Frau, aber okay.

GESALBTE GATTIN

Denkst du, es ist leicht, eine Pastorenfrau zu sein? Wie willst du wissen, was es bedeutet, die Partnerin eines Mannes mit göttlicher Berufung zu sein? Eines Mannes, der zwar aus Fleisch und Blut gemacht ist, dem aber aufgetragen ist, mit seinem Geist zu führen? Jeder gewöhnlichen Gattin ist ihre Pflicht klar vorgegeben, nämlich ihren Ehemann zu lieben und ihm zu dienen, in Reichtum und Armut, in Krankheit wie in Gesundheit. Doch eine Pastorenfrau muss ihrem Mann helfen, seine heilige Salbung zu behalten. Und das mit unsichtbarer Hand.

»Ich hab's nicht getan, Mummy. Glaubst du mir?«

Wie lange ist das schon her, dass ich die Mummy unserer Gemeinde wurde, die Mutter in unserer Ehe? Ich kann mich nicht erinnern. Es kommt mir vor wie eine Ewigkeit, seit ich das intime Vergnügen hatte, meinen eigenen Namen aus dem Mund meines Ehemanns zu hören – meinen echten Namen, nicht Mummy, manchmal gefolgt vom Namen eines der Kinder. Jetzt sehe ich ihn an, seinen bittenden Blick und die herabgezogenen Mundwinkel. Sein Haar ist perfekt gepflegt, sein grau melierter Bart tadellos gestutzt. Wir sind seit über zwanzig Jahren verheiratet. Unsere Liebe ist über die Phase enger Bezogenheit aufeinander, über Schmetterlinge im Bauch hinaus und hat sich zu einer Art Kameradschaft entwickelt. Tade und ich sind Mitglieder eines elitären, exklusiven Clubs. Wir könnten uns nicht näherstehen, selbst wenn wir irgendeinen blutigen Pakt geschlossen hätten.

»Natürlich glaube ich dir. Ich arbeite mit Demilade von der PR. Meine Pressemitteilung steht binnen einer Stunde auf deiner Facebook-Seite.« Er lächelt breit, sodass das Lächeln auch seine Augen erreicht und seine Aura erstrahlen lässt. Er geht zwei Schritte auf mich zu, streckt die Hände aus und streicht über meine Arme. Auf und ab. Dreimal. Als ich meinen Block vom Tisch nehme und den handgeschriebenen Brief überfliege, hört er damit auf. Der Brief soll sich an die Mitglieder unserer Kirche sowie an die boshafte, voreingenommene allgemeine Öffentlichkeit richten.

♡—♥—♡

Meine lieben Hoffnungsvollen,

mit schwerem Herzen schreibe ich euch. Während ihr euren alltäglichen Aktivitäten nachgeht, lasst bitte nicht den Teufel euren Verstand mit Falschmeldungen verwirren. Vor zwei Wochen erschien ein Artikel, der dem Pastor vorwarf, am 19. Juni 2020 mit einer jungen Dame geschlafen zu haben. Die junge Dame behauptet, mein Ehemann, unser Daddy im Herrn, hätte sie in Festac Town abgeholt und zu einem Hotel in der Nähe gebracht, um dort unangemessenen Verkehr mit ihr zu haben. Sie sagt, sie würde sich melden, weil sie Daddy im Fernsehen predigen sah und es nicht rechtens fand, dass ein Ehebrecher die Leute auf ihren spirituellen Reisen anführe.

Ich sage nicht, dass diese junge Dame eine Lügnerin ist, doch an dem Datum, an dem sie behauptet, ihn getroffen zu haben, waren unser Daddy im Herrn und ich mit unseren drei Kindern zu Hause, um ein allwöchentliches dreitägiges Fasten abzuschließen. Wir beenden dieses spezielle Fasten immer mit einem Gebet und einer Vigil, die hauptsächlich von unserem Daddy verkündet wird. An jenem Abend betete ich vor, weil Daddy seine Stimme für den nächsten Tag schonen musste – wir veranstalteten eine Klausur für Pastoren in ganz Lagos. Allerdings war Daddy während der Vigil bei mir, um mich anzuspornen und sicherzustellen, dass ich mich keinen Augenblick allein fühlte.

Hoffnungsvolle, ich denke nicht, dass man einen Menschen durch und durch kennen kann, doch sollte mein Ehemann – unser Daddy im Herrn – einen Zwilling haben, dann würde seine Ehefrau nach zwanzig Jahren davon wohl wissen. Außer wenn die junge Dame den lange verschollenen Bruder meines Mannes getroffen hat, von dem wir nie etwas gehört haben, dann sind ihre Behauptungen, sie hätte die Nacht mit Daddy verbracht, falsch.

Der Gesellschaft fällt es leichter, Führungspersönlichkeiten zu verurteilen – religiöse, politische, akademische –, doch hält jemals irgendwer inne, um über die Folgen nachzudenken, die ihre Urteile auf deren Familien haben? Das Medienunternehmen Instablog, das diesen Artikel veröffentlichte, hatte kein Mitgefühl für meine Familie und mich. Sonst hätten diese Leute Kontakt zu uns gesucht, damit wir die Behauptungen der jungen Dame bestätigen würden.

Meine Kinder werden in der Schule als diejenigen verspottet, deren Vater ashawos, *also Prostituierte, mag. Die Telefone der Kirche läuten ununterbrochen, und unser Daddy im Herrn scheint mit alldem zu kämpfen, weil er ein Mensch ist. Daher habe ich mich entschlossen, diesen offenen Brief an euch alle zu schreiben. Um euch zu bitten, euch daran zu erinnern, dass wir menschliche Wesen sind. Wir sind aus Fleisch und Blut. Wir sind nicht dafür gemacht, Verleumdung in den sozialen Medien zu überleben.*

Ich fordere im Namen des Allerhöchsten, dass die Blogs diesen Artikel entfernen und wir aufhören, die Kirche anzugreifen, die doch der Leib Christi ist.

Die fragliche junge Dame ist eine Frau der Welt, in der das meiste nachts passiert. Wäre es nicht möglich, dass sie unter dem Einfluss von Rauschgift verwechselt hat, was sie sah? Lasst uns daran erinnern, dass nur unser Herr ohne Fehl und Tadel ist. Die junge Dame mag sich vielleicht einfach verschaut haben. Sie beschreibt ein Auto, das dem unseres Daddys im Herrn ähnelt. Da frage ich, ist unser Daddy der einzige Mann in Lagos mit diesem Auto? Produziert der Autohersteller nur für meine Familie?

Noch mal, ich verurteile die junge Dame nicht, weil das Königreich Gottes Menschen aller Art offensteht, und tatsächlich freuen wir uns darauf, sie in unserer Herde willkommen zu heißen und die frohen Botschaften der Bibel mit ihr zu teilen.

Schließlich bitte ich darum, meine Familie, die junge Dame und mich in eure Gebete einzuschließen, während wir alle diese schwierige Zeit durchmachen.

Ich bete darum, dass der Herr uns weiter beisteht, insbesondere in diesen gefahrvollen Zeiten.

Gott segne euch.

Pastor Mrs Evelyn Oriade

♡—♥—♡

Ich weiß, was ihr denkt. Ihr denkt, ich liege falsch damit, meinen Mann zu unterstützen, *abi?* Aber ist es inzwischen nicht schon ein Klischee, dass mächtigen Männern skandalöse Sachen unterstellt werden? Gewöhnliche Menschen genießen das Spektakel, den Niedergang von jemand zu betrachten, der eine Bühne, eine Marke, eine Kanzel besitzt. Aber ich habe euch doch schon gesagt, ich kenne Tade. Ich kannte ihn schon, als er noch ein schlaksiger Zweiundzwanzigjähriger mit schmalem Brustkorb und bartlosen Wangen war.

Wir lernten uns in der kleinen Hinterzimmerkirche meines Vaters kennen. Ich war achtzehn. Auch wenn die Missionierungsbemühungen meines Vaters sich nicht bezahlt machten, vertiefte sich meine aufkeimende Freundschaft zu dem etwas älteren Jungen, der gerade erst mit seiner Familie in die Gegend gezogen war. Und das, obwohl er ein Bücherwurm und ernsthaft war, während ich das nur wegen meiner strengen Eltern vorgab. Ich wusste, dass mir von ihm keine Gefahr drohte und meine Eltern nichts dagegen einzuwenden hätten, wenn wir all unsere freie Zeit zusammen verbrachten. Er war schüchtern und reserviert, ich wild und sorglos. Als ich meinen Mund zum ersten Mal auf seine Lippen presste und ihm energisch in den Schritt griff, fuhr er erschrocken zurück.

»Sister Evelyn!« Mit dem Handrücken fuhr er sich über den Mund und sprang taumelnd auf. Wir waren allein im Dreizimmerhaus seiner Eltern und lernten gemeinsam am Esstisch. Es war dämmrig, und ich hatte genug davon, zu warten, dass er auf irgendeines der Signale reagierte, die ich ihm gegeben hatte. Also wollte ich die Dinge selbst in die Hand nehmen.

»Ich bin nicht deine Schwester. Außerdem bist du älter als ich.«

Er wich zurück, als ich ebenfalls aufstand und auf ihn zuging. Dabei murmelte er irgendetwas von wegen, dass es falsch sei. Also sagte ich, okay, ich würde es nicht wieder tun. Doch genau das tat ich, zwei Wochen später. Diesmal waren wir bei mir zu Hause, unten, neben der Haustür. Damals hatten wir ein Dienstmädchen. Es war in der Küche und sang Gospelsongs der Igbo. Der Gesang half mir, sie im Haus zu lokalisieren. Als er sich also umdrehte, um sich von mir zu verabschieden, küsste ich ihn wieder. Sein Rücken wurde gegen die schmale Wand neben der Haustür gepresst. Diesmal war ich behutsamer, zärtlicher. Er schob mich nicht weg, und seine Lippen umschlossen meine warm.

Danach küssten wir uns immer, wenn wir allein waren. Mit fiebriger Leidenschaft pressten wir uns aneinander. Ich wurde geübter darin, seinen Schritt zu reiben, und wurde mit einer Wölbung belohnt, die mit jedem Streicheln wuchs. Eines Tages hielt ich es nicht mehr aus. Ich hob meinen Rock und setzte mich auf ihn. Ich fand die ideale Stelle zwischen unseren Körpern und bewegte meine Hüften vor und zurück. Der dünne Stoff meiner Unterwäsche und die Baumwolle seiner Hose wurden feucht. Er stöhnte leidenschaftlich an meinem Hals, streichelte meine Brüste und flüsterte immer wieder meinen Namen. Evelyn, Evelyn. Diese Augenblicke fühlten sich an wie Liquid Ecstasy. Doch er erlaubte uns nie, darüber hinauszugehen, bis wir drei Jahre später heirateten.

Versteht ihr jetzt? Diese Prostituierte lügt und wird bald zurück in den Höllenschlund gestoßen, aus dem sie hervorgekrochen ist.

♡—♥—♡

Die Story geriet nicht in Vergessenheit.

Das hätte mich nicht überraschen sollen. Klatsch und Tratsch sind heutzutage ein gefragtes Gut, ein schneller Weg zu Reichtum auf dem Highway des Internets. Früher kursierten Gerüchte unter Freunden und Verwandten in der eigenen Gegend, schlimmstenfalls erreichten sie einen weiteren Regierungsbezirk oder Bundesstaat. Heutzutage verbreiten sich schlechte Neuigkeiten mit Lichtgeschwindigkeit und springen innerhalb von Sekunden aus einem Blogpost in Lagos nach London.

Einige Blogs reposteten den ursprünglichen Artikel, und nach einer Woche hatte das Mädchen, dessen Namen zu erfahren oder mir zu merken ich mich weigerte, schon mit Journalisten gesprochen, um Einzelheiten ihrer angeblichen One-Night-Begegnung mit meinem Mann zu verbreiten. Ich verglich die Zahlen meines Facebook-Posts und die Retweets der offiziellen Reaktion der Kirche auf die Blogs und sah, dass wir verlieren würden. Deutlich. Was? Wundert euch, dass ich von verlieren spreche? Glaubt ihr, das ist ein ethischer oder moralischer Krieg, den dieses Mädchen gegen meinen Mann führt? Natürlich nicht. Hier geht es ausschließlich um PR. Obwohl sie eine Lügnerin und Prostituierte ist, spielt in der Ära der sozialen Medien wahrhaftig nur noch eine Rolle, wem die Leute glauben und mit wem sie sympathisieren. Und jetzt gerade verliere ich, doch das wird nicht lange so bleiben.

Die Frau eines Pastors zu sein, ist eine vielschichtige Aufgabe, wie bei einer Zwiebel. Ich verfüge über Fähigkeiten und Waffen, die ihr nicht für möglich halten würdet. Fangen wir mit meiner Stylistin an. Sie sorgt dafür, dass ich von Kopf bis Fuß nur Kleidung und Accessoires trage, die Reichtum mit einer Spur Demut ausstrahlen. Outfits, die meine Kurven auf eine Weise zur Geltung bringen, die attraktiv, aber nicht anrüchig ist. Meine Fußnägel sind lackiert, aber nicht im Stil French Manicure. Ich bleibe bei warmen Farben und Pastelltönen, also kein Ruby Woo für mich. Und was ist mit den sozialen Medien? Das größte Publikum findet unsere Kirche auf Facebook, deshalb erfolgte meine erste Pressemitteilung dort. Ich bediene mich einer schlichten, allgemein verständlichen Sprache, um an das Zusammengehörigkeitsgefühl zu appellieren. Schließlich sind wir doch alle gleich.

Auf Twitter nehme ich die Intelligenzija ins Visier. Ich kenne die Modeworte und werfe damit um mich: Empowerment, Patriarchat, Community. Die Kommentarfunktion habe ich derzeit deaktiviert, weil ich keine Zeit zum Diskutieren habe, nur zum Informieren. Dann haben wir unsere PR-Abteilung, ein Team aus fünf Leuten, darunter ein Videofilmer. Sie filmen unsere Events und bereiten sie auf, um die besondere Magie unserer Gottesdienste einzufangen. Dazu als Einsprengsel innige Momente hinter den Kulissen. Das kann ein Bild von Tade sein, der eine Predigt probt, oder eines unserer Kinder, das ihn umarmt, nachdem er die Bühne verlassen hat. Wisst ihr, das vergrößert unseren Reiz, macht uns menschlicher. Diese Videos laufen auf unserem YouTube-Kanal. Das Team arbeitet gerade hart, um im Zuge des sogenannten Skandals unseren letzten Gottesdienst rasch hochzuladen. Wir haben mit einem externen Krisenmanager gearbeitet, um auch sicher den richtigen Ton zu treffen. Nicht zu defensiv, nicht zu nüchtern, damit es bloß nicht wie ein Schuldeingeständnis wirkt. Ich manage sie alle. Unsere Social-Media-Praktikanten habe ich noch gar nicht erwähnt, genau wie das Administrationsteam oder die Finanzabteilung.

Seht ihr, was ich meine?

Jetzt redet ihr definitiv zynisch daher. Warum die Verbreitung von Gottes Wort eine so große Maschinerie im Hintergrund braucht? Ist dies das Evangelium oder ein Wirtschaftsunternehmen, ja? Seht euch mal um. Die Welt hat sich geändert und wird das auch weiterhin tun. Sollen Tade und ich vielleicht in Sandalen und wallendem Gewand trommelnd durch Lagos laufen? Mit staubigen Füßen und heiserer Stimme? Klingt euch das würdevoll genug? Würdet ihr jemandem, der so aussieht, auch nur eine Autoversicherung abkaufen? Vom Wort Gottes ganz zu schweigen.

Wie auch immer, ich habe beschlossen, meine zweite Pressemeldung in dieser Angelegenheit zu veröffentlichen. Dieses Mädchen und ich, wir haben gerade erst angefangen.

♡—♥—♡

Guten Abend, meine Brüder und Schwestern,

ich habe gehört, dass gewisse Gruppen ein Problem damit hatten, als Hoffnungsvolle angesprochen zu werden. Ich entschuldige mich. Ich habe den Begriff in lauterster Absicht verwendet. Da mir jedoch bewusst ist, dass viele Menschen sich davon gestört fühlen, werde ich solche Begriffe meiden. Ich werde nun »Brüder und Schwestern« verwenden, weil ich glaube, dass wir durch Christus verbunden sind und Gott unser Vater ist.

Wir wurden darauf aufmerksam, dass die fragliche junge Dame eine Audioaufnahme ihres Austauschs mit unserem Daddy im Herrn verbreitet hat. Außerdem kam mir zu Ohren, dass ihr ein Buch-Deal vorgeschlagen wurde – »Mein Leben und die Nacht mit dem Pastor«, worin sie ihre angebliche sexuelle Begegnung mit unserem Daddy genau beschreiben will.

Ich lese all die Kommentare in den sozialen Medien, die mich bitten, rauszugehen und mich mit dieser jungen Dame zu treffen. Ich entschuldige mich im Voraus dafür, dass ich dazu nicht in der Lage sein werde. Die Bibel sagt, wir müssen alle Erscheinungsformen der Sünde fliehen und sollen uns nicht mit

Ungläubigen zusammenspannen lassen. Ich bin überzeugt davon, dass es eine Beleidigung unseres Herrn und Erlösers wäre, mich mit so einer Frau der Nacht an einen Tisch zu setzen.

Ich stehe meinem Ehemann bei und bin traurig darüber, zu sehen, dass Menschen das Wort eines Gottesmanns und seiner Ehefrau anzweifeln. Welchen Nutzen soll es uns bringen zu lügen? Wenn mein Mann wirklich mit dieser jungen Dame geschlafen hat, wird er an die Öffentlichkeit treten, Buße tun und sich aus der Kirche zurückziehen. Diese Regel wurde erlassen. Es gibt keine schwere Strafe für Ehebruch, weil Jesus Christus für unsere Sünden bezahlt hat. Also warum soll Daddy lügen, wenn es keine Strafe gibt? Ja, es könnte unserem öffentlichen Image schaden, doch das lässt sich durch Jesus Christus und Rehabilitierung in Ordnung bringen.

Mein Ehemann hat nicht mit der fraglichen Dame geschlafen.

Die Tonaufnahme mag manipuliert sein; wir leben in einer Welt, wo Technologie die meisten Dinge kann und tun wird. Was ist schon eine Stimmenkopie in einer Welt voller Photoshop, Autotuning und Filter? Möglicherweise hat diese Frau einen Weg gefunden, die Stimme unseres Daddys nachzuahmen.

Es ist auch schändlich, dass ein Verlag sich bereit erklärt hat, ein solches Buch zu veröffentlichen. Haben die nicht an die Kinder gedacht, die Zugang zu der Pornografie in diesem Buch hätten, oder an die Familien, die davon betroffen wären. Wieder müssen wir voller Mitgefühl reagieren und handeln. Wir leben in einer Welt voller Selbstsucht und sexueller Perversion. Wir müssen uns und – was am wichtigsten ist – unsere Kinder schützen.

Ihr Lieben, mein Mann kennt diese Frau nicht und hat nie einen Seitensprung begangen.

Ich möchte euch allen für eure Unterstützung danken, und

mir ist bewusst, dass es online eine Debatte über die Glaubwürdigkeit der Dame aufgrund ihres Gewerbes gibt. Bitte seid sanftmütig zu ihr. Sie mag Lügen verbreiten, doch sie ist immer noch ein Mensch.

Gott segne euch. Gott segne die Blogs, die dieses Böse verüben, und Gott segne die junge Dame, die zuließ, dass der Teufel sie benutzt, um eine Familie zu zerstören.

Gute Nacht.

Pastor Mrs.

♡—♥—♡

Habe ich vergessen, die Sache zu erwähnen, wegen der ich mich zunächst zu Tade hingezogen fühlte? Abgesehen von der Annehmlichkeit seiner harmlosen Erscheinung. Seine Stimme. Um das zu verstehen, müsst ihr sie hören. Als er mich nach dem Gottesdienst außerhalb des Hauses meines Vaters zum ersten Mal ansprach, bewirkte das etwas Seltsames in meinem Körper. Ich will nicht Gott lästern, aber seine Stimme ist wie Gold und von Gott durchdrungen. Er schien sich dessen überhaupt nicht bewusst zu sein.

Als wir beide die Universität in Ife besuchten – er studierte Rechnungswesen und ich folgte ihm dorthin, um Kommunikationswissenschaft zu studieren –, organisierten die Studierendenverbände regelmäßig Diskussionen zwischen den Fakultäten. Bei diesen Anlässen brillierte der »schüchterne« Tade. Seine Stimme war Teil des Erfolgs, aber er besaß auch unbändiges Charisma. Die Ernsthaftigkeit, die ihn fern der Bühne steif wirken ließ, verwandelte sich auf der Bühne in Souveränität und Autorität. Wenn er sprach, hörten die Leute ihm zu.

Ein Jahr nachdem wir geheiratet hatten, bekam ich unser erstes Kind, Mayokun. Tade hatte einen kleinen Bürojob in

Yaba, und die Lage war schwierig. Ohne unsere Eltern hätten wir diese ersten drei Jahre mit zwei Kindern nicht geschafft. Ich ließ sie oft bei meiner Mutter und arbeitete als Assistentin bei einem kleinen Radiosender. Wir kamen gerade so über die Runden.

Eines Tages sagte ich zu ihm: »Tade, ich glaube, die Kirche ist deine Berufung.«

Ich argumentierte präzise, erklärte ihm, warum er großartig darin wäre und dass er ein Mann war, der Leute führen sollte. Er sah mich mit dankbarem Blick an und sagte, das Gleiche hätte er auch schon gedacht. Nur hätte er nicht gewusst, ob ich so ein Leben führen wolle, weil ich damit aufgewachsen sei.

»Wir werden die Dinge nicht so anpacken, wie mein Vater es getan hat«, sagte ich.

Während wir beide arbeiteten und unsere Kinder großzogen, bauten wir an unserer Kirche. Zuerst hatten wir zehn Gläubige, dann hundert. Unser Logo entwarfen wir gemeinsam. Wir setzten Meilensteine und Ziele in unser Vision-Board. Das Motto unserer Kirche »Arbeite für Gott und für dich selbst« kam von ihm und ließ unsere damalige Situation erahnen. Zwei Jahre später, nach der Geburt unseres letzten Kindes, unserer einzigen Tochter, fing er an, in einer Investmentfirma besser zu verdienen. Ich wurde Sekretärin in einer lokalen Behörde in Alimosho. Es war eine strategische Entscheidung. Mein Job half mir, Gläubige zu finden, aber er war auch nah bei der Schule der Kinder und unserem Zuhause.

Es hat dreizehn Jahre gedauert, diese Kirche aus dem Nichts aufzubauen, und während ich helfe, sie zu führen, hat Tade immer noch einen Job. Ich kümmere mich um alles, damit er auf die Bühne steigen und erstrahlen kann, wozu er schließlich geboren ist. Unser wichtigstes Verkaufsargument, der Grund, warum wir über die Jahre gewachsen sind, ist mein Mann.

Wir besitzen alles, wovon wir je geträumt haben, und noch mehr. Wir leben in einer Villa mit sechs Schlafzimmern im Herzen von Akowonjo, Egbeda, mit einer Köchin, einem Fahrer und einem Gärtner. Unsere drei Kinder besuchen exklusive Schulen – Mayokun bekam kürzlich die Zusage einer Ivy-League-Universität in Amerika. Tade und ich haben das zusammen geschafft, und es kommt überhaupt nicht infrage, dass ich die Hände in den Schoß lege und tatenlos zusehe, wie eine Dahergelaufene das alles mit ihrem losen Mundwerk ruiniert.

♡—♥—♡

Die Wochen vergingen, während dem Skandal Flügel wuchsen und er Treibstoff wie ein Raketenrucksack bekam. Ich musste mir Interviews ansehen, die sie Gott und der Welt gab und in denen sie mit gespielter Bescheidenheit ihre viel zu dichten Wimpern niederschlug, während ihr überquellendes Dekolleté offenbarte, was sie wirklich war – eine Abstauberin und Goldgräberin. Ich sah mir das an und las jedes einzelne Wort, das dieses Mädchen von sich gab, denn deinen Feind zu kennen, ist der erste Schritt zu dessen Vernichtung.

»Mummy, du musst das nicht tun«, sagt Tade, als er um dreiundzwanzig Uhr in unser Schlafzimmer kommt. Ich hatte gerade den Deckel des MacBook in meinem Homeoffice zugeklappt, nachdem ich mir noch ein Video angesehen hatte. Seufzend sehe ich ihn an.

»Das ist mein Job, Daddy Mayor.« Ich nannte ihn, wenn wir unter uns waren, am liebsten beim Spitznamen, den unser Erstgeborener ihm gegeben hatte. So kam er mir wie mein Ehemann, wie der Vater meiner Kinder vor, wie jemand, der immer noch mir gehörte und nicht der Welt.

»Gibt es irgendwas, das ich tun kann, um dir zu helfen?

Sag es mir einfach, und ich tue es. Soll ich vor die Kamera treten und die Anschuldigungen leugnen?«

Ich setze mich neben ihn und ziehe meine Schuhe aus, dann massiere ich mir die Fußsohlen. Sogar wenn ich von zu Hause arbeite, kleide ich mich meinen Aufgaben angemessen.

»Nein, das ist nicht nötig. Die Leute werden alles verdrehen, was du sagst, und das macht es nur schlimmer. Lass mich das regeln. Das ist mein Job.«

Er legt einen Arm um meine Schultern und zieht mich an sich. Meine Gedanken wandern zu dem Video, das ich gerade gesehen habe. Es ist kaum zu glauben, dass der Tade, den sie darin beschreibt, der hier neben mir ist. Sie sagte, er sei »wild, hemmungslos und unersättlich« gewesen, und daher weiß ich, dass sie lügt. Sogar in der Anfangszeit war Tade im Bett ruhig und zurückhaltend. Jetzt, nach zwanzig Jahren, haben wir nur noch einmal die Woche Sex oder wann immer der Heilige Geist es ihm eingibt. *Es ist Zeit, meine Liebe, lass uns den Herrn im Bett feiern,* pflegte er oft vor dem Sex zu sagen.

Ich empfinde Mitleid mit dem Mädchen. Wusste sie nicht, dass eine Dame niemals in der Öffentlichkeit über solche Dinge spricht? Also, sie ist ja keine Dame, aber trotzdem, am liebsten hätte ich sie vom Bildschirm gerissen, sie über mein Knie gelegt, und ihr Anstand, Schicklichkeit und Sittsamkeit eingeprügelt. Stattdessen musste ich es mir reglos mit dem PR-Team ansehen, denn ich wusste, wenn ich mir auch nur den geringsten Schmerz anmerken ließ, würden Tade und die Kirche darunter leiden.

Tade nimmt seinen Arm von meiner Schulter und küsst mich auf die Wange. Dann begibt er sich auf seine Seite des Betts und ist innerhalb von Minuten fest eingeschlafen.

♡—♥—♡

Nigerianische Mitbürger,

Gott segne uns alle, während wir uns die Zeit nehmen, um diesen Brief zu lesen. Ich wurde dafür kritisiert, euch alle in vertraulichem Ton angesprochen zu haben, daher hoffe ich, dass die Anrede »nigerianische Mitbürger« euch recht ist. Ich habe auch Briefe bekommen, in denen ich aufgefordert wurde, mich mit der jungen Dame zu treffen und Auszüge aus ihrem demnächst erscheinenden Buch zu lesen. Zu dem Thema möchte ich sagen, dass ich bald ein Interview geben werde.

Mit Sicherheit lässt sich sagen, dass die junge Dame jede sich bietende Gelegenheit nutzt, um die Institution und den Leib Christi zu zerstören. Mein Ehemann kennt diese Frau nicht. Er ist ihr nie begegnet, und das hat er mir und der Kirche öffentlich und im Privaten bestätigt. Daher stellt sich mir die Frage, ob die Kirche nicht unter schwerem Angriff durch das Reich der Finsternis steht. Ich beginne, um die Christenheit in Nigeria als Ganzes zu fürchten. Journalisten, Influencer der sozialen Medien und jede Person mit einem Internetanschluss, sie alle können ihre Stimmen wie schwere Stiefel benutzen und tun das auch, um die Stimme unseres Herrn Jesu Christi zu zertrampeln. Ich bin dankbar dafür, dass es so viele Menschen und Gläubige gibt, die uns in dieser entscheidenden Zeit beistehen.

Sie behauptet jetzt, dass die Kirche den Verkauf ihres Buchs verhindert. Ich frage, wie? Diese Story kam vor zwei Monaten auf, und sie hat schon ein Buch darüber zur Veröffentlichung fertig? Ist es möglich, dass die Öffentlichkeit durch die Schlupflöcher in ihrer Story schaut und entschieden hat zu schweigen?

Die Kirche wird niemanden hindern oder jemandem ausreden, das Buch zu kaufen.

Bitte schaltet am Samstag ein, wenn ich das Thema mit meinem lieben Bruder – Bruder Chidi – bespreche.

Mein Ehemann kennt diese Dame nicht.

Das tut nur Jesus, und nur Jesus wird sie erlösen.
Gott segne uns alle.
Pastor Mrs.

♡—♥—♡

Das muss ich diesem Mädchen lassen. Einen Moment lang tat sie mir leid, und ich habe sie definitiv unterschätzt. Aber wer auch immer ihr hilft, muss eine Art Marketinggenie sein. Bevor sie diese Schwarte der Schamlosigkeit auch nur veröffentlicht haben, sind Auszüge daraus schon überall in den sozialen Medien und auf allen Plattformen. Ich weiß, dass all die Church Ladys, Verwandten und Freunde, die uns die ganze Zeit unterstützten, sie gelesen haben. Woher ich das weiß? Ihr staunendes *»na wa o!«* klingt jetzt sarkastisch und spöttisch, ihr »Gott wird das regeln« banal und verächtlich. Und indem sie der Kirche vorwarf, sie würde versuchen, sie zum Schweigen zu bringen, hat sie Leute, die sie vielleicht nicht unterstützt hätten, auf ihre Seite gezogen.

Auf meinem Handy ist jetzt ein pdf geöffnet. Der Tweet, aus dem ich es habe, wurde millionenfach geklickt. Darin wird eine ihrer sexuellen Begegnungen mit meinem Ehemann beschrieben:

Er fesselte meine Arme an die Bettpfosten und spreizte meine Beine. Er tauchte die Finger in ein Fläschchen Öl, das er »Salböl, um das Joch zu brechen« nannte. Er rieb es auf meine Klitoris, kroch dann zwischen meine Beine und flüsterte gegen meine Pussy.

»Ich bin gekommen, um in deinem Tempel zu huldigen.«

Er begann, mich zu lecken, und packte anschließend meine Schenkel und legte sie um seinen Hals.

»Ich will erlöst werden! Erlöse mich, Sister!«

Ich muss gestehen, dass ich so ein Verhalten noch nie an einem Mann erlebt habe und daher unsicher war, wie ich darauf reagieren sollte. Ich lag einfach nur da und starrte an die Decke. Endlich war er mit seinem Selbstexorzismus fertig und stieß seinen erigierten Penis in mich hinein. Während er sich aus mir heraus- und in mich hineinbewegte, wiederholte er ständig: »Wir feiern den Herrn im Bett.«

Ich lege das Handy mit dem Display nach unten auf meinen Schreibtisch, kaum dass ich die letzte Zeile gelesen habe. Dann blicke ich zur Decke, doch das kann meine Tränen nicht aufhalten. Das Mädchen mag eine Prostituierte sein, aber eine Lügnerin ist sie nicht.

♡—♥—♡

Ist es korrekt, dass ich behaupte, Tade zweimal beim Ehebruch erwischt zu haben, wenn er nichts davon weiß?

Das erste Mal passierte eineinhalb Jahre nach unserer Hochzeit. Ich sollte zwei Wochen in Mushin sein, um eine frisch verwitwete Tante zu besuchen. Nach einer Woche trieben mich der Johannisbrotgeruch in ihrem Haus und ihr ständiges Gejammer frühzeitig nach Hause. Mayokun schlief auf meinem Rücken, und ich war durch die Küchentür hereingekommen, weil ich einige Lebensmittel ablegen wollte. Tades Stöhnen drang aus dem Schlafzimmer. Einen Moment lang bezweifelte ich, dass das Geräusch aus meinem Haus, ganz zu schweigen von meinem Mann kam. Auf Zehenspitzen schlich ich zum Schlafzimmer und presste mein Ohr an die Tür. Die knarzenden Bettfedern und das Schmatzen von Sexualorganen malten mir ein Bild, das das Unmögliche bestätigte. Meine Finger schwebten über dem Türgriff. Heiße

Wut und Erniedrigung wallten in mir auf. Ich wollte ins Zimmer stürzen und ihm die Augen auskratzen. Da fiel mir ein, dass Mayokun auf meinem Rücken schlief. Was auch immer ich sähe, wenn ich das Zimmer betrat, würde auch mein unschuldiges Kind sehen. Also zog ich mich geräuschlos zurück und floh.

An der Bushaltestelle in der Nähe setzte ich mich auf eine Bank. Mein Herz raste, und meine Blicke schossen verwirrt herum. Wie lange tat er das schon? Was hatte ich falsch gemacht? Vielleicht lag es daran, dass wir seit Mayokuns Geburt nicht mehr regelmäßig Sex hatten. Dabei war er so verständnisvoll gewesen, als ich abgewartet hatte, dass die Risse von der Geburt verheilten. Ich presste eine Hand an meine Brust, weil dumpfer Schmerz mein Herz erfüllte, und ließ den Tränen freien Lauf. Nach einer halben Stunde kehrte ich nach Hause zurück.

Eine junge Frau huschte gerade aus der Vordertür, als ich mich dem Haus näherte. Alles an ihr verriet, was sie war – eine Prostituierte. Sie hatte nichts mit mir gemeinsam. Als ich das Haus betrat, war es, als hätte ich mir alles nur eingebildet. Tade freute sich so, uns zu sehen, obwohl wir unerwartet gekommen waren. Ich wollte etwas sagen, doch die Worte kamen mir nie über die Lippen. Also gab ich vor, nichts zu wissen. Und glaubte, es sei so etwas wie ein dummer Zufall gewesen.

Das zweite Mal war vor fünf Jahren, spätabends in seinem Büro. Ich war gekommen, ihn zu überraschen, da seine Firma gerade ein Projekt unter seiner Leitung abgeschlossen hatte. Am Telefon sagte er mir, er müsse noch etwas fertig machen und würde spät nach Hause kommen. Der Bürokomplex war verwaist, als der Sicherheitsmann mich einließ. Später sollte ich mich fragen, ob der Wachmann Bescheid wusste und über meine Naivität gelacht hatte.

Oben war die Tür zum Büro meines Mannes angelehnt, und zum ersten Mal sah ich deutlich, wie Tade Sex mit einer anderen Person hatte. Er hatte sie auf seinen Schreibtisch gesetzt, ihr billiges Kleid hochgeschoben. Es bauschte sich um ihre Brust, ließ nackte Haut sehen, die die Farbe einer überreifen Guave hatte.

Seine Hände drückten ihre Beine an den Knien auseinander. Ihre Fingernägel mit French Manicure bohrten sich in seine Schultern. Wobei die Haut ihrer Fingerknöchel drei Töne dunkler war als ihre Hautfarbe. Um seine Füße hing die teure, maßgeschneiderte Hose. Seine Pobacken zogen sich zusammen, während er wie ein Dämon aus der Hölle in sie hineinstieß.

Wieder ging ich weg und sagte keiner Menschenseele auch nur ein Sterbenswörtchen von dem, was ich gesehen hatte. Von da an engagierte ich Spione, die mich über alles informierten, was er so trieb. Als ich nach all der Zeit keine Berichte über solche Vorkommnisse erhielt, dachte ich, er wäre endlich zur Vernunft gekommen. Da irrte ich mich.

Ich bin keine Heilige, aber auch kein Roboter. Es schmerzt, so zu tun, als wüsste ich nicht, dass der Mann, dem ich alles gegeben habe, was eine Frau geben kann, diese Hingabe erwidert, indem er einem derart billigen Hochgefühl nachjagt. Ich habe mich gefragt, ob seine spezielle Gewohnheit eine Sucht ist, ich habe gefastet und gebetet, und ich dachte, dass sich endlich etwas geändert hätte. Ich erwartete, dass Tade eines Tages wieder einfach Evelyn in mir sehen würde, nicht Mummy und nicht irgendeine unberührbare gesalbte Gattin.

♡—♥—♡

Ich wartete bis zum Tag vor ihrer Buchpräsentation, um meine letzte Karte auszuspielen. Und zwar die Bilder der Überwachungskamera, die unsere Familie an dem Tag und zu der Stunde beim Beten zeigt, als sie ihn angeblich getroffen hatte. Natürlich war das Material manipuliert. Ein Deep Fake. Nicht mal das Team weiß von dem IT-Typ aus Russland, den ich gefunden und dem ich Tausende Dollar für seine Dienste bezahlt habe.

Tade war an jenem Abend weg gewesen, doch ich hatte nicht an ihm gezweifelt, bis ich den Buchauszug las. Ja, er hat mich belogen und betrogen. Doch ich habe schon gesagt, dass das, was wir haben, unbegreiflich ist und nicht kaputtgehen darf.

INTERNATIONALE BEZIEHUNGEN

Ich hab die Männer aus Lagos satt.

Fast alle von denen sind Verrückte. *Awon weyrey!* Bei der Standardpackung des Lagos-Manns sind Lügen, Fremdgehen und gelegentliches Betrügen inbegriffen. Dazu kommen elegante Kaftans, Spritzer der Düfte Sauvage oder Oud und Fake-Akzente. Wisst ihr, sie haben mir in meinem kurzen Leben schon so viel Ärger bereitet, dass mir schließlich ein Licht aufgegangen ist – ein strahlend helles und ganz weißes Licht. Mit weiß meine ich *oyibo.* Ja, ich werde mich jetzt international umsehen und nicht mehr zurückschauen. Ich schwöre, der nächste Mann, den ich in Lagos date, wird ein *oyibo* sein, so wahr mir Gott helfe.

In diesem Leben ist Selbsterkenntnis unerlässlich. Inzwischen kenne ich mich. Ich habe eine scharfe Zunge, bin aber eine wirklich gechillte Frau. Ich will keinen Ärger, kein *wahala,* und die Männer von Lagos bedeuten selbst bei Kleinigkeiten reichlich *wahala.* Zum Beispiel bin ich gern um 22 Uhr im Bett. Aber für die Männer von Lagos scheint das morgens zu sein. *Talmbout,* will sagen, *die Nacht ist noch jung, lass uns irgendwas essen gehen.* Wer um Himmels willen geht so spät essen? Davon werde ich fett, und du wirst der Erste sein, der dann schlankeren Mädchen nachschaut. Außerdem hatten meine Eltern beide hohen Blutdruck. Und weil aus genetischen Gründen die Wahrscheinlichkeit hoch ist, den irgendwann auch zu kriegen, muss ich wenigstens einen meiner Risikofaktoren ausschalten – nein, nicht das Essen, sondern die Männer aus Lagos.

Früher gehörte ich zu den Mädchen, die nigerianische Frauen verurteilten, wenn sie in Lagos weiße Männer dateten. »Gibt's keine anderen Typen in Lagos? Warum kleben diese schönen Mädchen an diesen Männern?« So beklagte ich mich oft bei meiner Freundin Susan. Sie verstand mich. Die meisten waren unattraktiv, mittelalt oder noch älter und hatten, verglichen mit nigerianischen Männern, keine Spur Swag. *Sef,* o mein Gott, manche rochen nach Knoblauch.

Dann begann ich, wirklich auf die Frauen zu achten. Ich sah sie mit ihren rotgesichtigen, dickbäuchigen *oyibos* durch Lagos spazieren. Viele hatten diesen Blick, als wüssten sie ein Geheimnis, das wir nicht kennen. Manche schauten so eingebildet, als wollten sie sagen, *der hier gehört mir. Er geht nirgendwohin. Kein juju oder keine punani kann ihn mir wegnehmen.* Himmel noch mal, ich wollte diese Selbstsicherheit auch. Auf Partys oder anderen Events beteiligten sie sich nicht wie wir anderen an dem subtilen Drängeln um Aufmerksamkeit der Männer aus Lagos. Sie wirkten immer zufrieden und selbstbewusst, sicher in ihrem Seelenfrieden und ihrem angenehmen Leben. Mir wurde klar, dass dieser Seelenfrieden und das angenehme Leben mir auch zupasskämen. Da sagte ich mir, *ah, Shike, du hast dir was vorgemacht und dich in all den Jahren geirrt.*

Also beschloss ich, mir auch einen *oyibo*-Mann zu angeln.

♡—♥—♡

Ich habe eine Liste von Eigenschaften, die ich bevorzuge.

Erstens darf er nicht so eine Arme-Leute-Mentalität haben wie Nonso, einer meiner Ex-Männer. Der bestand immer darauf, dass ich kochen sollte, selbst wenn ich erschöpft war (weil es billiger kam). Das erwies sich als Problem, weil er ein Mann von der Sorte Ich-will-jeden-Tag-frische-Suppe war. Er nannte sich einen Foodie, dabei war er in Wirklichkeit ein Fresssack. Er feuerte meine Köchin und meinen Gärtner im Zuge alberner Ehefrau-Tauglichkeitstests. Ich war damals auch dumm wie ein *mumu*, denn ich schwieg und verriet ihm nichts über meine Zweifel an der Ehe. (Als Einzelkind bereits verstorbener Eltern hatte ich niemand, der mich zum Heiraten drängte, und dabei wollte ich es auch belassen.) Meine Beziehung zu Nonso brachte mich dazu, zu kochen, seine Klamotten mit der Hand zu waschen und an den Wochenenden zu putzen. Lauter Dinge, die ich eigentlich lieber outsource. Außerdem brachte er mich dazu, ein Uber oder öffentliche Verkehrsmittel zu nehmen, wenn wir ausgingen, weil er kein Auto besaß und sich seltsamerweise weigerte, in meins einzusteigen. Er wollte nicht mal, dass ich mit einem Uber zu ihm nach Hause fuhr, damit die Leute nicht denken sollten, andere Männer würden mich bei ihm absetzen. Also musste ich entweder ein als solches erkennbares Taxi nehmen oder das Uber ein paar Häuser entfernt halten lassen und den Rest zu Fuß gehen. Ich kam wieder zu Sinnen und machte mit ihm Schluss an dem Tag, als er vorschlug, wir sollten doch wegen des Verkehrs mit einem Motorrad über die Third Mainland Bridge rasen. (Vielleicht lag es auch daran, dass wir auf dem Weg zu meinem ersten Besuch bei seiner Mutter waren und mir klar wurde, dass ich diesen Riesenschritt nicht mit einem so knickerigen Mann machen konnte.)

Das bringt mich zur zweiten Eigenschaft, auf die es mir ankommt. Er sollte sein eigenes Geld haben. Ich werde keinem Mann mehr Geld leihen oder ihm seinen Lebensstil in Lagos finanzieren. Wie meine verstorbene Großmutter, meine Iya Agba, sagen würde, da bin ich ja besser dran, wenn ich das Geld beim Kalo-Kalo verspiele.

Mir wäre es auch am liebsten, wenn mein *oyibo* hässlich oder zumindest langweilig aussähe. Er soll dankbar dafür sein, dass er mich daten darf. Ich bin mir nicht ganz sicher, warum ich das will – vielleicht aus Eitelkeit oder wegen der traumatisierenden Untreue guter Männer aus Lagos, die glauben, sie würden Frauen einen Gefallen tun, wenn sie mit ihnen schlafen. Bei all den gut aussehenden Männern aus Lagos, die ich gedatet habe, endete es mit Tränen. Der letzte war Andrew. Er stellte sich als Dre vor und sah aus, als hätten alle Götter der Filter und Models bei Instagram ihn erschaffen. Ich betrachtete seinen wohlgeformten Körper, seine Augen mit dem stechenden Blick und wollte Sünden beichten, die ich gar nicht begangen hatte. Er war fünfundzwanzig, also vier Jahre jünger als ich, aber so schön, dass ich meinen dritten Grundsatz brach, niemand zu daten, der jünger ist als ich. Trotzdem dämmerte mir rasch, dass wir geistig in verschiedenen Welten zu Hause waren. Er wollte nichts anderes als Gras rauchen, Bilder für die sozialen Medien machen und in Clubs aufdrehen.

Ich kam auch bei seiner jugendlichen Energie nicht mehr mit. Ich bevorzuge sanften Sex. Andrew vögelte, als wären wir erbitterte Feinde, die sich auf den Tod bekämpfen (vielleicht war das mit ein Grund, warum ich mich weigerte, ihn Dre zu nennen). Beim ersten Mal weigerte er sich sogar, das Bett zu benutzen. Wir machten es gegen eine Wand, gegen die Schlafzimmertür und auf den kalten Fliesen meines Schlafzimmerbodens (zwei Tage später besorgte ich einen Teppich). Einmal hob er meine Beine hoch und verschränkte sie in der Luft. Ich bremste ihn sofort: »Andrew, nur Hexen überkreuzen ihre Beine so. Lass mich sofort los.« Er pflegte mir Bilder verschiedener Positionen zu schicken, die er ausprobieren wollte. Ich dachte mir dabei, *nein, wir müssen nicht alles versuchen, was im Katalog steht. Ich will meine Gelenke nicht maximal beanspruchen. Und nein, ich kann nicht auf deinem Schwanz twerken. Ich habe Knieprobleme.* Sex soll *jeje* sein, also easy. Erspar mir das ganze freakige, extraabenteuerliche Zeug. Sogar ein Erzkonservativer wie Nonso, der sich wie ein Wächter der Kultur seiner *umunna* benahm, wollte im Bett Rollenspiele machen und ein kleines Mädchen sein. Ah! Ich erklärte ihm, das wäre in meiner Wohnung ein Laster, und schob es immer wieder raus. Deshalb wäre meine vierte Bedingung, dass mein *oyibo* sich im Bett konventionell benehmen soll.

♡—♥—♡

Ich begann meine Suche in Ilupeju.

Laut Susan waren die besten Plätze, um in Lagos weiße Männer zu finden, Ilupeju, Ikeja GRA, Lekki und Ikoyi. Mein Plan sah vor, die Gegenden an Wochenenden aufzusuchen und ein bisschen Zeit dort zu verbringen. Also beschloss ich an einem Freitagabend, etwas von meinen Lebensmitteleinkäufen in Supermärkten von Ilupeju zu erledigen. Ich vertrödelte viel Zeit in den Gängen zwischen den Regalen.

Erstaunlicherweise liefen mir an jenem Abend nur heiße weiße Männer über den Weg. *Es gibt also genug schöne oyibos in Lagos? Warum stürzen die Frauen sich dann auf die* wor-wor, *also die hässlichen?* Ich überlegte schon, meine Nummer einem bärtigen Typen mit grünen Augen zu geben, der mich in einem Supermarkt abcheckte. Doch ich riss mich zusammen, als mir wieder einfiel, dass ich mich ja auf langweilig aussehende oder hässliche Männer konzentrieren wollte.

Für den nächsten Tag nahm ich mir Ikeja GRA vor. Susan hatte gemeint, wir sollten in ein Restaurant gehen, das viele *oyibos* besuchten. Ich rief sie morgens an. Sie wirkte überrascht. »Shike, meinst du diese Suche ernst?«

»Natürlich. Um wie viel Uhr essen wir in diesem Restaurant zu Abend?«

»19 Uhr.«

»Okay. Kommst du mit deinem Ehemann? Lass es mich nur wissen, damit ich mich auf seine Standpauke zum Thema Heiraten einstellen kann.«

Sie kicherte. »Keine Sorge. Bayo ist verreist. Es sind nur du und ich und die Girls.« Die Girls waren meine anderen Freundinnen, Tolani und Bukky.

Wie sich herausstellte, war es ein libanesisches Lokal. Die Gästeschar bestand hauptsächlich aus libanesischen Männern, was mich nicht beeindruckte. Die Girls kicherten, als ich flüsterte: »Ein Libanese ist kein *oyibo!*« Sie widersprachen mir alle, und wir stritten zum Spaß auf Yoruba darüber. Als das Essen kam, ließen wir das Thema fallen und konzentrierten uns darauf, das Festmahl zu genießen.

Während wir auf die Rechnung warteten, stand ein Libanese mittleren Alters mit zurückgegeltem Haar von einem nahen Tisch auf, kam lächelnd zu uns, begrüßte uns und stellte sich vor: *»Bawo ni. Oruko mi ni Sameed.«*

Wir johlten, weil er sich in perfektem Yoruba vorgestellt hatte. Sameed erklärte, wir hätten recht damit, dass Libanesen keine *oyibos* seien (obwohl er lachend zugab, viele hätten nichts dagegen, in Nigeria als *oyibos* zu gelten). Dann erzählte er noch, dass er in den sechs Jahren, die er schon in Nigeria verbracht hatte, fließend Yoruba und Pidgin gelernt hatte. Gerade lerne er noch Igbo. Meine Suche nach einem *oyibo* amüsierte ihn, und er sagte, er würde gern einmal mit mir ausgehen. Ich erinnerte ihn daran, dass er kein *oyibo* war. Lachend bot er mir seine Visitenkarte an und übernahm unsere Rechnung. Wir sprachen kein einziges Wort Englisch.

Im Auto fragten Susan und die Girls gackernd, warum ich ihm keine Chance gegeben hatte. Ich war fassungslos. »Hey! Habt ihr sein Yoruba gehört? Er spricht besser als ich, verdammt. Wie soll ich ihm da irgendwas verheimlichen? Versteht ihr nicht? Dieser Mann wäre schlimmer als jeder Kerl aus Lagos.«

Und so kam eine neue Eigenschaft auf meine Wunschliste.

Mein *oyibo* sollte aus dem Westen stammen. Kein Libanese oder Inder oder Chinese oder irgendwer, der nigerianischer war als ich selbst.

♡—♥—♡

Woche 5

Ich bin es leid, Lagos nach verfügbaren *oyibo*-Männern abzusuchen. Es dauert schon über einen Monat, und ich war in jedem Viertel von Lagos, hatte aber keinerlei Glück bei der Suche nach meinem Wunschkandidaten. Manchmal kommt mir der alberne Gedanke, dass das Universum mir meine wohlverdiente Strafe für all die *oyibo*-Jungs erteilt, die ich in meinen Jahren an der Uni in Großbritannien links liegen gelassen habe. Ah! *Jòó.* Ich bitte dich. *E ma binu.* Tut mir leid.

In der zweiten Woche konzentrierte ich mich auf Lekki. Tolani hatte vorgeschlagen, ich solle ein paar Tage lang bei ihr in Lekki wohnen und mich ihrer täglichen Joggingrunde auf der Lekki-Ikoyi-Kettenbrücke anschließen. Anfangs lehnte ich die Idee ab, weil ich zu cool für so ein *wahala* bin.

»Muss ich wirklich laufen? Kann ich nicht einfach Wasser auf mein Gesicht und mein Dekolleté spritzen und so tun, als wäre ich grade gelaufen?« Aber die Mädels spotteten, ich würde es nicht ernst meinen, bis ich mir ein zusammenpassendes Sport-Outfit besorgte und mich an einem kalten Morgen mit typischem Harmattan-Wind Tolani anschloss. Ich hatte fürchterliches Pech. Nach fünf Minuten ging mir die Luft aus, ich bekam einen Krampf auf den Rückseiten meiner Oberschenkel und sah keinen einzigen *oyibo.* Noch schlimmer war, dass jemand aus einem vorbeifahrenden Auto meinen Namen rief, als ich selbstmitleidig und elend über die Brücke trottete. Der Wagen blieb ein Stück weiter stehen, parkte, und heraus stieg lässig und überheblich grinsend Jimi, einer meiner Ex-Freunde. Ich war nicht in Stimmung für seine Spielchen, deshalb sagte ich ihm sofort: »Gut gemacht, Olujimi. Hab gesehen, du fährst einen Bentley. Deshalb bist du stehen geblieben, stimmt's? Also sieh zu, dass du weiterkommst.«

Der dumme Mann höhnte mit seinem aufgesetzten schicken britischen Akzent. »Ich sehe, du versuchst immer noch, *razz* zu sein.«

Da lachte ich. »Und ich sehe, dass du dir immer noch Autos von Leuten leihst und so tust, als wärst du reich. Inzwischen hast du wohl vergessen, dass du mir noch Geld schuldest? *Onigbese,* wann kriege ich mein Geld?«

Verlegen drehte er sich um, tat so, als würde er mich nicht hören, lief mit schnellen Schritten zu seinem Auto zurück und brauste davon. Das war das Ende meiner Sportkarriere und der Suche nach *oyibos* in Lekki.

Zwei Wochen später besuchte ich ein Restaurant in Ikoyi, auf das Susan und Bukky schworen. Wie sie mir geraten hatten, ging ich alleine hin, und zwar bewusst so, dass ich gleichzeitig mit all den *oyibos* eintraf, die hier sonntags ausgiebig zu

Mittag essen. Ich fand einen Tisch, setzte mich, bestellte aber nicht sofort eine Vorspeise. Stattdessen vertrieb ich mir die Zeit, indem ich an einem Moscow Mule nippte und Ayobami Adebayos *Stay With Me* noch mal las. Ich zog die Blicke der meisten Männer auf mich, und nach einer Weile schien es zu klappen, denn ein Mann kam an meinen Tisch geschlurft. Er passte genau in mein Beuteschema – stämmig, lasche braune Haare, total langweilig, schlaffer Bauch, der unter seinem T-Shirt schwabbelte, und dünne X-Beine, die mit seinen Shorts und Schlappen peinlich aussahen. Ich konnte an seinem Blick erkennen, wie nervös er war, also lächelte ich.

Er lächelte zurück. »Darf ich Ihnen Gesellschaft leisten?«

Meine Antwort war ein Lächeln. Außerdem erinnerte ich mich daran, dass Iya Agba immer gesagt hat, Männer sind manchmal wie Babys, man muss sie an den Ohren ziehen und ihnen zeigen, wo's langgeht.

Er fing schon mal gut an. »Sie sind wunderschön.«

»Ja.«

Aber nachdem er sich vorgestellt hatte (er hieß Uwe, war Deutscher und Ingenieur), machte er nicht gut weiter. Irgendwie begann er, von Formationsevaluierung und Reservoirsimulation zu reden, während ich lächelte und vorgab, mich nicht zu langweilen. Und ganz ehrlich, ich verübelte ihm nicht, dass er langweilig war und keine Ausstrahlung hatte. Ich begann schon, mir zu überlegen, dass er perfekt war, doch das Universum hatte andere Pläne. Dreißig Minuten später bemerkte ich eine weiße Frau mit umwerfendem silberblondem Haar, die reinkam, den Raum scannte und mit dem Blick an Uwe hängen blieb. Und an mir … Als ihr Gesicht einen strengen Ausdruck annahm, wusste ich sofort, dass sie seine Frau oder Freundin war. Mit großen Schritten kam sie anmarschiert, und ich dachte nur: *Mogbe!* Was für ein *wahala* wird das jetzt?

Zum Glück bemerkte er sie auch, sprang verlegen auf und fing sie ab, bevor sie meinen Tisch erreicht hatte. Während er sie Richtung Patio und Außenbereich des Restaurants lotste, damit es weniger peinlich war, hörte ich, wie sie ihn in ihrer Sprache ausschimpfte, und war erfreut. Ich weigere mich, in der Öffentlichkeit oder auch privat um einen Mann zu zanken. Die Peinlichkeit betraf mich trotzdem auch, weil andere Gäste mitbekamen, was passierte, und das meine Chancen zunichtemachte. Rasch suchte ich meine Sachen zusammen und verlangte die Rechnung, zahlte (obwohl ich merkte, dass der Kellner Uwes halb ausgetrunkenes Bier mit draufgesetzt hatte) und ging.

Das ist jedenfalls die Story, wie ich einem Mann, der versucht hat, mich zu täuschen, ein Bier ausgab.

♡—♥—♡

Woche 7

Eines Tages forderte mich das Universum in Gestalt des Russen heraus.

Ich lernte ihn kennen, als ich Beraterin für Konsumenten- und Industriemärkte einer der großen vier Wirtschaftsprüfungsfirmen war und er Vorstand eines multinationalen Unternehmens für Müll- und Plastikrecycling. Ich hatte eine Marktanalyse für seine Firma verfasst, und sechs Monate später half ihm diese, einen lukrativen Regierungsauftrag zu bekommen. Um das zu feiern, bestand er darauf, alle Beteiligten zum Abendessen einzuladen. Allerdings hatte ich da das Unternehmen schon für einen besser zahlenden Konkurrenten verlassen. Meine Nummer hatte er sich über frühere Kollegen besorgt, und dann rief er mich an, damit ich mich ihnen in einem Restaurant in Victoria Island anschließen sollte. Aber da war ich schon zu Hause in Gbagada und hatte keine Lust, auf die Insel zurückzufahren. So kam ich an seine Nummer, und weil ich nur seinen Nachnamen kannte, speicherte ich Mr Zherdev als »Der Russe«. Nachdem ich mich in meiner neuen Firma eingerichtet hatte, wollte ich, dass das Unternehmen des Russen uns als Wirtschaftsprüfer und für Finanzdienstleistungen engagierte. Also rief ich ihn an und vereinbarte einen Termin für den Pitch. Ich ging allein hin, weil ich den Bonus, den meine Firma für einen neuen profitablen Kunden vergeben würde, nicht teilen mochte.

An dem vereinbarten Tag kam ich früh in sein Büro auf Ikoyi. Ich stellte mich seiner Sekretärin, einer knochigen, schmallippigen Frau mit verbittertem Lächeln vor. »Guten Tag, Ma'am. Shike Macaulay für Mr Zherdev. Ich habe einen Termin.«

»Ah, ich erinnere mich an Sie.« Einen Moment lang musterte sie mich, dann flüsterte sie. »Immer noch Miss Macaulay?«

»Ist das ein Problem?«

Sie schnaubte ein bisschen. »Machen Sie sich keine Sorgen. Gott wird das für Sie regeln.«

Während ich noch überlegte, ihr zu sagen, dass Gott sich besser erst mal um ihre Dummheit kümmern sollte, öffnete der Russe die Tür seines Büros, steckte den Kopf heraus und strahlte: »Shike! Shike! Kommen Sie, kommen Sie!«

Er war grauhaarig, hatte einen Stoppelbart und graue Augen, um die sich Fältchen bildeten, wenn er lächelte. Und er lächelte viel. Sein Händedruck war kräftig, und er hielt meine Hand noch eine Zeit lang fest, während er mir in seinem stockenden Englisch Vorwürfe machte: »Sie haben mir geholfen, großen Vertrag zu bekommen, aber dann Sie verschwinden, bevor ich mich bedanke. Warum?«

Ohne Zögern erwiderte ich: »Ich weiß, wie Sie mir danken können. Geben Sie meiner Firma ein bisschen Arbeit.«

Er kicherte.

»Es geht nicht nur darum, mir zu danken. Es ist auch im besten Interesse Ihres Unternehmens, meine neue Firma zu nutzen. Erlauben Sie mir, Ihnen zu zeigen, warum.«

»Setzen?« Er zeigte auf einen Stuhl.

Wir saßen uns an seinem Schreibtisch gegenüber, und er hörte zu, wie ich meinen sorgsam einstudierten Text ablieferte. Als ich fertig war, blätterte er die Hochglanzbroschüre meiner Firma durch. Schließlich trommelte er mit den Fingern auf die Tischplatte und runzelte die Stirn. »Lassen Sie mich darüber nachdenken, okay?«

»Sehr wohl, mein Herr«, antwortete ich auf Russisch.

Er sah amüsiert aus. »Warum sprechen Sie Russisch?«

Ich sagte die Wahrheit. »Ich habe mit YouTube ein paar russische Sätze einstudiert, in der Hoffnung, Sie zu beeindrucken und diesen Deal abzuschließen.«

Heftig lachend warf er den Kopf zurück und ließ seine Schultern tanzen. Er wischte sich die Tränen ab, beugte sich vor und flüsterte: »Ich bin Ukrainer.«

Da blieb mir nichts anderes übrig, als über mich selbst zu lachen. Ich lachte noch, als er fragte: »Sie haben Boyfriend?«

»Was?«

»Boyfriend. Haben Sie?«

»Nein.«

»Gut. Abendessen. Mit mir. Bitte.«

»Ähm. Sie sind mein Kunde. Okay, noch nicht mein Kunde, aber … Verstehen Sie, was ich meine? Das ist unprofess…«, ich atmete tief aus. »Ich bin mir nicht sicher, wie ich es nennen soll.«

»Ah. Ich verstehe. Einfache Lösung.« Er griff nach einem

Stift und malte ein großes X auf die Broschüre meiner Firma. »Ich sage Nein zu Vorschlag. Also. Ich bin kein Kunde. Kein Problem mehr.« Er lächelte. »Also, Abendessen?«

Ich zeigte auf die Broschüre. »Ich glaube, Sie sollten meinen Vorschlag noch mal überdenken.«

Er warf nur einen flüchtigen Blick drauf und zuckte mit den Achseln. »Ich habe Freunde in anderen Unternehmen. Ich helfe Ihnen, sie als Kunden zu bekommen. Versprochen. Abendessen?«

»Moment. Das kommt … unerwartet. Ich weiß nichts über Sie.«

»Was Sie wollen wissen? Fragen Sie.«

»Ähm … Ihr Vorname.«

Er lächelte. »Apostol.«

»Apostel? Wie in der Bibel?«

Er kicherte, während er buchstabierte. »Bedeutet dasselbe. Aber ist mein Name. Nächste Frage.«

»Keine Ahnung. Haben Sie keine Frau oder Freundin oder so was?«

»Nein.«

»Warum nicht?«

Seine Augen lächelten. »Erzähl ich Ihnen beim Abendessen.«

Da erinnerte ich mich an die Redensart meiner Iya Agba, darüber, dass du hier in deinem *shokoto* finden kannst, was du im fernen Sokoto gesucht hast. Warum also in die Ferne schweifen?

♡—♥—♡

Woche 12

Es klingelte an meiner Wohnungstür.

Auf dem Weg zur Tür warf ich einen flüchtigen Blick auf meine Armbanduhr und dachte, dass Pastor (wie ich Apostol inzwischen nannte) früh dran sei. Er sollte mich abholen, dann würden wir zur Marina fahren und ein Boot zu einem Privatstrand in der Nähe der Tarkwa Bay nehmen. Ich öffnete die Tür.

Da sagte ein Mann: »Hallo *Ohemaa.*«

Ich musste lächeln, und wir umarmten uns. Kwesi, mein ghanaischer Freund, war der Einzige, der mich in seiner Muttersprache *ohemaa,* also Königin, nannte. Als wir uns voneinander lösten, meinte er: »Du bist immer noch ghanaisch schwarz.«

»Und du siehst immer noch aus, als wärst du gern Majid Michel.« Weil ich dunkler bin und er *biracial* ist, haben wir schon immer Witze über unsere Hautfarben gemacht.

»Was?« Er kicherte. »Du bist immer noch verrückt.«

»Ah! *Abeg,* du musst nicht für mich schwören. Ich bin nicht verrückt, in Gottes Namen.« Dann trat ich einen Schritt zurück und bat ihn herein. »Komm. Was für eine angenehme Überraschung.«

Er trat ein und sah sich in meinem Wohnzimmer um. »Du hast deine Wohnung verschönert. Sie war vorher schon nett, aber jetzt ist sie klasse. Gefällt mir. Vor allem, wie luftig sie ist.«

»Danke. Ist schon eine Weile her, dass du hier warst.«

Er setzte sich auf die Couch, aber ich wusste, er würde da nicht lange sitzen bleiben. Kwesi war von Natur aus rastlos. »Yeah. Das letzte Mal haben wir uns vor zwei Jahren gesehen.«

»So lange? Das Leben, was? Du hast mir nicht gesagt, dass du nach Nigeria kommst.«

»Wie sollte ich? Du gehst ja nicht ran, wenn ich anrufe.«

»Aber wir schreiben uns doch. Du weißt, ich hatte viel zu tun.«

»Lügnerin. Es ist wegen meiner Frau.«

Ich kicherte. »Ja, das auch. Du weißt doch, wie es mit Ehefrauen und Freundinnen sein kann. Ich muss sie respektieren und Grenzen einhalten. Also, wie ist es dir ergangen, *chale*? Möchtest du was trinken? Du hast die Wahl zwischen Wasser, Sprite und Zobo.«

Er erhob sich von der Couch und begann, auf und ab zu laufen.

»Weißt du, ich mag es nicht, wenn du mich *chale* nennst. Das gibt mir das Gefühl, nur ein Freund zu sein. Als hättest du mich in die Friend-Zone abgeschoben.«

Ich lächelte. »*Chale*, du bist auch nur mein Freund. Und du warst immer in der Friend-Zone.«

»Ich arbeite daran, das zu ändern, *ohemaa*. Seit wir uns kennen, arbeite ich daran.«

»Wer hat dir diesen hoffnungslosen Job aufgebrummt?«

Wir hatten uns vor zwölf Jahren kennengelernt, als die einzigen Schwarzen Menschen im Bachelorstudiengang an der Universität von Dundee. Wir hingen zusammen ab, trotzten gemeinsam der Kälte und der Gesellschaft, aßen und scherzten miteinander und wurden schließlich Freunde. Eine enge Bindung entstand in meinem letzten Jahr, als meine Iya Agba starb.

Ich wurde in London als Kind nigerianischer Eltern geboren. Meine Mutter, die sich nie von einer seltenen Form der Präeklampsie nach meiner Geburt erholt hatte, starb, als ich zwei war. Mein Vater zog mich, so gut er konnte, als Single Dad auf, bis er während eines gemeinsamen Besuchs in Nigeria an einem Schlaganfall starb. Damals war ich zehn. So kam es, dass seine Mutter, meine Iya Agba, die kaum lesen und schreiben konnte, aber eine geniale Händlerin auf dem Balogun Market war, mich großzog. Sie war eine beeindruckende Frau, die dafür sorgte, dass es mir an nichts fehlte, mich Yoruba, verhandeln und verkaufen lehrte. Außerdem lernte ich von ihr, dem Leben mit Gleichmut und Humor zu begegnen. Als ich die Nachricht von ihrem Tod erhielt, erwies Kwesi sich unerwartet als ein Fels. In den Wochen und Monaten, die folgten, hielt er mich im Arm, wenn ich heulte, achtete darauf, dass ich aß, mein Zimmer sauber hielt und meine Wäsche wusch. Er reiste mit mir zum Begräbnis nach Nigeria, erledigte meine Kursarbeiten und ließ bei der Zeugnisverleihung seine Familie als meine antreten.

Er lachte. »Der einzige Grund, warum wir in Dundee nie ein Date hatten, war, dass sich nie der richtige Moment dafür ergab. Wir waren einfach immer mit anderen Leuten zusammen.«

»Du meinst, du warst immer mit anderen Mädchen zusammen.«

»Die waren einfach immer bei mir!«

»Lügner! Aber egal, du warst nie mein Typ. Du weißt doch, dass ich immer auf Ältere stand.«

»Das behauptest du. Aber ich werde mal Speed Darlington in diesem Video zitieren und sagen – Try me. Geh das Risiko ein, und du wirst Erfolg haben.«

Ich lachte schallend. »Was? Bist du verrückt, Kwesi? Wo ist deine Frau?«

Er hörte auf zu lächeln. »Sie ist in Accra.« Sein Blick verdüsterte sich. »Wir lassen uns scheiden.«

Ich verstummte, dann seufzte ich. »Was hast du angestellt?«

»Warum denkst du, dass es meine Schuld war?«

»Weil ich es weiß. Du hast einen *ojukokoro*-Blick für jede Frau. Also, was hast du angestellt?«

»Spielt keine Rolle. Wir lassen uns scheiden. Deshalb bin ich nach Lagos gekommen. Um es dir zu sagen. Ich will, dass wir nach der Scheidung zusammenkommen. Du weißt, dass es gut funktionieren wird.«

»*Omo ase!* Bist du verrückt? Ich habe einen Boyfriend. Und du weißt, wie wichtig mir Grenzen sind.«

»Wer ist er?«

»Pastor. Er ist Ukrainer.« Ich lächelte. »Er ist auch mein Kunde.«

Er zog eine Augenbraue hoch. »Du datest einen weißen Mann?«

Ich seufzte. »Ich war die Männer aus Lagos leid. Und ich bin erwachsen geworden.«

»Trotzdem hätte ich nie gedacht, dass du einen ukrainischen Pastor datest.«

Ich lächelte wieder. »Sein Vorname ist Apostol. Yeah, das bedeutet Apostel. Ich hab ihm den Spitznamen Pastor gegeben.«

Er marschierte zu den offenen zweiflügeligen Fenstern neben der Tür und setzte sich auf die Fensterbank. »Bist du glücklich mit ihm?«

»Ich bin zufrieden. Er ist verrückt nach mir. Respektiert mich, akzeptiert meine Entscheidungen. Er ist finanziell gut gestellt. Erfrischend ehrlich. Man kann sich gut mit ihm unterhalten und gut mit ihm schweigen. Der Sex ist passabel. Kein Drama. Eine ordentliche, erwachsene Beziehung. Ja, er erfüllt die meisten meiner Kriterien.«

»Er ist viel älter, vermute ich.«

Ich lächelte. »Natürlich. Er ist einundfünfzig.«

Vor Jahren hatte Kwesi angemerkt, dass ich ältere Männer bevorzugte, weil ich unterbewusst nach einer Vaterfigur suche, um meinen verstorbenen Vater zu ersetzen. Er sagte damals auch, dass ich nicht heiraten oder eine ernsthafte Beziehung eingehen wolle, weil ich so viele Verluste erlitten hätte. Ich hätte Angst, mich an Menschen zu binden. Darauf hatte ich nur gesagt, er könne mich mal.

»Liebst du ihn?«

»Liebe ist nicht immer nötig, *chale.*«

Er seufzte. »*Ohemaa*, du weißt, dass ich dich liebe, oder?«

»*Abeg.* Bitte. Du bist schlimmer als alle Männer aus Lagos, die ich kenne, zusammengenommen.«

In dem Moment klingelte es wieder an der Haustür.

♡—♥—♡

Pastor stand vor der Tür.

Ich begrüßte ihn wie immer: »Mein Pastor.« Dann beugte ich mich für einen Kuss vor, doch er machte ein Gesicht, als würde er verdorbenes *ewa*, unser typisches Bohnengericht, riechen. Er schob mich behutsam beiseite und trat ein, was unnötig war, weil ich ihn ohnehin gleich reingebeten hätte.

»Was da los? Wer das?«

»Lass mich dir meinen Freund Kwesi vorstellen. Kwesi, lass mich dir meinen Boyfriend vorstellen. Apostol.« Kwesi stand auf und streckte die Hand aus.

Apostol ignorierte ihn, drehte sich um und funkelte mich an. »Dein Freund, den ich nicht kenne?« So hatte ich Pastor bisher noch nie erlebt.

»Was? Du kennst eben nicht alle meine Freunde.«

»Ja, aber ich höre diesen Freund sagen, er liebt dich. Gerade eben, oder?«

Kwesi hob besänftigend die Hände. »Hör zu, Mann, ich …«

Pastor schnitt ihm das Wort ab. »Nein! Nix reden.«

Ich seufzte. »Hör mal, Kwesi ist einer meiner engsten

Freunde. Ich kann nicht vergessen oder wiedergutmachen, was er für mich getan hat. Ja, gelegentlich sagt er, dass er mich liebt. Aber mehr ist da nicht – nur Worte. Zwischen uns ist nichts passiert und wird nichts passieren.«

Pastor spuckte seine Sätze in scharfem Ton aus. »Du hast jetzt guten Mann.« Er drückte mit dem Zeigefinger auf seine Brust. »Mich! Du zu alt, um jeden Tag Mann wechseln. Also, du redest nie mehr mit …« Er zeigte auf Kwesi. »… diesem Mann. Okay?«

Und da wurde die Zeit auf einmal immer langsamer, bis sie ganz stehen blieb. Ach, wisst ihr, in diesem Leben musst du dich selbst kennen. Ich kenne mich. Ich scherze gern und rede Unsinn, aber ich würde absolute Schande über mich und meine Iya Agba bringen, wenn ich noch einem einzigen Mann hier in Lagos erlaubte, mir auf der Nase herumzutanzen.

»Raus hier«, flüsterte ich.

Er staunte. »Was?«

Ich zeigte auf die Tür. »Verschwinde, verdammt noch mal, aus meinem Haus, Mr Zherdev.«

Aus dem Augenwinkel sah ich den Anflug eines Lächelns auf Kwesis Gesicht. Ich drehte mich zu ihm um. »Und jetzt zu dir. Du und ich, wir werden nie zusammen sein. Als mein Freund musst du das respektieren und die entsprechenden Grenzen einhalten.«

♡—♥—♡

Woche 13

Ich bin nicht mehr mit Pastor zusammen.

Susan hat gesagt, Kwesi sei wieder mit seiner Frau versöhnt. Das hat sie mir erzählt, weil ich es sonst nicht erfahren hätte. Nach seinem Besuch hat er mich auf allen Plattformen von Social Media blockiert. Ich habe keine Ahnung, warum, und, ehrlich gestanden, ist es mir inzwischen auch egal.

Oyibo-Männer in Lagos habe ich für mich abgehakt.

Wobei ich mich rückblickend manchmal frage, ob das eine besondere Verrücktheit ist, die Männer befällt, sobald sie in Lagos sind. Sind alle Männer in Lagos verrückt oder bin ich das?

Letztlich stehe ich wieder an dem Punkt, an dem ich angefangen habe – ich bin die Männer in Lagos immer noch leid. Fast alle von ihnen sind verrückt. *Awon weyrey!*

ÖDIPUS, DER EINFÄLTIGE, UND SEIN KOMPLEX

Young Lady, bitte, Sie müssen mit meinem Sohn Platz tauschen«, sagte die Frau, die neben Jide im Flugzeug saß.

Jide hörte gerade Burna Boys neuen Song, deshalb war sie sich nicht sicher, ob sie das richtig mitbekommen hatte. Da tippte die Frau sie auch schon leicht an, also nahm sie den Ohrstöpsel heraus.

»Ma'am?«

»Bitte, können Sie mit meinem Sohn Platz tauschen?« Sie war eine ergraute Matrone und trug ein groß gemustertes Kleid im Ankara-Style. Jetzt drehte sie sich nach hinten um und zeigte auf ihren Sohn. Jide drehte sich ebenfalls um und sah ihn an. Er saß eine Reihe hinter ihnen, auf der anderen Seite des Gangs. In diesem Flugzeug gab es drei Plätze auf jeder Seite und dazwischen einen Gang. Jide war früh zum Einchecken am Flughafen gekommen, weil sie sich ihren Lieblingsplatz am Gang sichern wollte, und das hatte geklappt. Die ältere Frau saß in der Mitte, während eine andere Dame den Fensterplatz hatte. Jetzt sollte sie mit jemand auf einem mittleren Platz der anderen Seite tauschen.

Jide hasste Mittelsitze in Flugzeugen.

Allerdings hatte sie eine Schwäche für groß gewachsene, bärtige Männer mit kräftigen Augenbrauen und zaghaftem Lächeln – und genauso sah dieser Sohn aus. Sie hatte ihn schon bemerkt, als sie in die Maschine gestiegen war (wie üblich als Letzte, weil sie das Chaos vor dem Abflug hasste, wenn die Leute mit den Gepäckfächern über den Sitzen und ihren Sicherheitsgurten kämpften).

Jetzt lächelte er, denn er schien zu merken, dass sie und seine Mutter über ihn sprachen. Die Mutter erklärte: »Ich bin eine alte Frau und brauche auf Flügen seine Hilfe.«

Jide dachte, dass die Frau wahrscheinlich Flugangst hatte. Außerdem war es nur ein kurzer Flug, der fünfzigminütige Trip von Port Hartcourt nach Lagos. Zögernd öffnete sie ihren Sicherheitsgurt, stand auf und ging zu ihm. Mit einem schiefen Lächeln blickte er ihr entgegen.

»Entschuldigung, Ihre Mum möchte, dass wir die Plätze tauschen.«

Er blies die Backen auf und grinste entschuldigend. »Ist das wirklich in Ordnung für Sie? Denn ...« Seine Stimme war tief, melodiös, und er sprach etwas gedehnt.

Sie lächelte. »Das geht in Ordnung. Wirklich.«

»Uchenna!«, rief die Frau und winkte ihn zu sich.

Der Mann stand auf. Er war noch größer, als sie gedacht hatte. Als sie einander auf dem Gang streiften, inhalierte sie sein schweres Parfum. Sie stolperte, und er legte eine starke Hand an ihre Schulter, um sie aufzufangen. »Sorry«, flüsterte er. Wegen seiner Mutter, wegen ihres Stolperns.

Sie merkte, wie sie lächelnd zu ihm aufschaute. »Danke.« Dann entspannte sie sich, hörte weiter Burna Boy und hoffte, bei der Musik würde sie vergessen, was sie üblicherweise ärgerte, wann immer sie von Port Harcourt wegflog.

Es war der wiederkehrende Streit mit ihren Eltern. Den hatten sie sogar heute geführt, als die beiden sie am Flughafen absetzten. Ihre Eltern stammten ursprünglich aus Lagos, hatten aber in Port Harcourt Jobs gefunden und Karriere als Consultants bzw. Universitätsdozenten gemacht. Sie hatten es gut getroffen und Freunde gefunden, die ihr einen leichten Job bei irgendeiner der Ölfirmen besorgen würden. Deshalb konnten sie nicht verstehen, warum sie, ihr einziges Kind, stattdessen beschlossen hatte, sich mit irgendeinem schlecht bezahlten Job im stressigen, fernen Lagos durchzuschlagen. Es ärgerte Jide, dass, obwohl sie ihm Links zu allem schickte, was von ihr veröffentlicht wurde, ihr Vater so tat, als hätte er vergessen, dass sie fest angestellte Autorin eines Magazins für Kunst und Kultur war. Außerdem hatten freie Aufträge ihr schon Verfasserzeilen beim *Guardian*, der *BBC* und dem *New Yorker* eingebracht. Sie wusste, er hatte ihr nie ganz verziehen, dass sie ihren Abschluss in Geologie ungenutzt ließ, um, wie er es immer nannte, als Schreiberin durch die Gegend zu ziehen.

Zum Glück ließ die Mischung aus Burnas Musik und häufigen Blicken auf das Profil des bärtigen Mannes sie ihre Eltern zeitweise vergessen. Als die Maschine in Lagos landete und sie ausstiegen, rauschte sie an dem Mann und seiner Mutter vorbei. Doch die beiden holten sie bei der Gepäckausgabe wieder ein.

Er blieb neben ihr stehen. »Danke noch mal.«

»Gern geschehen.«

»Ich heiße …«

»Uchenna. Das habe ich gehört.«

»Nennen Sie mich Uche. Und wie heißen Sie?«

»Yejide. Aber alle nennen mich Jide.«

»Ist Jide nicht ein Männername?«

»Ja. Deshalb ziehe ich ihn auch vor.« Sie erklärte nicht, dass in ihrer Branche der vermeintliche Männername ihr eine gewisse Anonymität sicherte, wenn sie das wollte, und ein gewisses männliches Privileg, um ein größeres Publikum zu erreichen. Ihre Tasche kam auf sie zugerollt. Sie beugte sich vor, doch er war schneller, hob sie vom Förderband und gab sie ihr.

»Danke.« Lächelnd schickte sie sich an zu gehen.

»Gern geschehen.« Er steckte ihr noch seine Karte zu. Sie warf einen Blick darauf. Uche Umeh. CEO. Umeh Konzern. »Rufen Sie mich an.«

»Wir müssen uns beeilen, Uchenna«, rief seine Mutter.

»Mummy. Ich bedanke mich doch nur bei der reizenden jungen Dame, die ihren Platz aufgegeben hat.«

Seine Mutter hob eine Augenbraue. »Danke schön. Sie sind noch nicht weg?«

»Gern geschehen, Ma'am. Ich bin gerade dabei.«

»Haben Sie einen Wagen?«, fragte er.

»Ich nehme ein Taxi.«

»Würde es Ihnen etwas ausmachen, wenn wir Sie absetzen? Unser Fahrer wartet draußen, und der Wagen ist groß genug. Wohin müssen Sie?«

»Nach Hause. Nach Ikeja.« Zu Hause war das Apartment, das sie sich mit ihrer Mitbewohnerin Azuka teilte.

»Oh, cool. Wir nach Surulere.«

»Ich wohne an der Adeniyi Jones. Das liegt nicht auf Ihrem Weg.«

»Es ist in Ordnung. Wirklich.«

Jide schüttelte lächelnd den Kopf. »Keine Sorge. Ich nehme ein Taxi.«

»Okay, dann lassen Sie mich Sie hinausbegleiten.«

»Ihr Gepäck.«

»Machen Sie sich darum keine Sorgen.« Er winkte einem

der Gepäckträger des Flughafens. Der kam mit einem Gepäckwagen auf ihn zu. Er schickte den Mann zu seiner Mutter. »Mummy, er wird dir mit den Taschen helfen. Ich komme gleich.« Dann wandte er sich wieder Jide zu. »Gehen wir.«

Er nahm ihre Tasche und rollte sie hinter sich her, während sie gemeinsam in den Sonnenschein hinaustraten. Dort rief eine Horde von Taxifahrern ihnen etwas zu. Als wüsste er schon, wen sie wählen würde, winkte er einem älteren Mann. Dann stellte er sicher, dass dessen Klimaanlage funktionierte, fragte, was es bis zur Adeniyi Jones koste, bezahlte und stellte ihre Tasche in den Kofferraum. Schließlich öffnete er noch die hintere Tür für sie.

»Danke«, sagte sie.

»Ich habe Ihnen zu danken. Für das, was Sie für meine Mum getan haben.«

»Sagen wir, wir sind jetzt quitt.«

Er lächelte. »Nein, quitt sind wir, wenn Sie mich anrufen.«

Obwohl sie feststellte, dass sie an ihn dachte, ließ sie sich von der Arbeit ablenken. Schließlich rief sie ihn nach vier Tagen an, als der Stress ein wenig nachließ.

»Hallo.« Am Telefon klang seine Stimme tiefer.

»Hier ist Jide.«

»Endlich. Ich dachte schon, meine Mum hätte Sie verscheucht.«

»O nein. Ich war nur ein bisschen beschäftigt.«

»Tja, ich bin froh, dass Sie angerufen haben. Was haben Sie die ganze Zeit so gemacht?«

»Nicht viel. Nur gearbeitet?«

»Wo arbeiten Sie?«

Sie erzählte es ihm.

»Das ist schön. Meine älteren Schwestern lesen Ihr Magazin. Schreiben Sie?«

»Das tue ich. Oder besser, habe ich getan. Drei Jahre lang war ich als Journalistin angestellt. Am Montag wurde ich zur Kulturredakteurin befördert, was bedeutet, dass ich nicht mehr so viel selber schreiben werde.«

»Gratulation. Lassen Sie mich Sie morgen Mittag zum Essen einladen, um das zu feiern.«

»Danke, aber ich kann nicht. Ich gehe mittags nicht essen.«

»Was gibt's gegen einen Lunch einzuwenden?«

Jide kicherte. »Nichts, aber das Arbeitspensum hier ist groß. Niemand macht eine Mittagspause. Maximal essen wir zehn oder fünfzehn Minuten etwas an unseren Schreibtischen, dann geht's zurück an die Arbeit.«

»Verstehe. Zufällig bin ich auf der Insel und in der Nähe Ihres Büros. Wann machen Sie Schluss?«

»Ungefähr in einer Stunde.«

»Kann ich Sie dann nach Hause fahren, falls Sie nicht selbst mit dem Auto da sind?«

Diesmal war es anders als letztens am Flughafen, wo sie sein Angebot abgelehnt hatte. Sie besaß kein Auto und würde noch ungefähr ein Jahr brauchen, um sich das Geld dafür zusammenzusparen. Also musste sie sichere Gratisangebote annehmen, wann immer es die Gelegenheit gab. Seit sie angefangen hatte zu arbeiten, tat sie sich mit ihrer Kollegin Miriam zusammen, um sich Kosten für Taxis und Uber zu sparen. Die fuhr täglich wie ein Shuttle Mainland-Island-Mainland. Drei weitere Kolleginnen waren auch noch dabei, und weil sie die jüngste war, musste Jide hinten in der Mitte sitzen, neben Tijan. Das wäre überhaupt kein Problem gewesen, allerdings verschlug Tijans schweres arabisches Parfum ihr die ganze Fahrt über schier den Atem. (Wirklich schade, weil sie eigentlich eine so nette Kollegin war.)

Trotzdem versuchte sie zaghaft, Nein zu sagen. »Ich wohne in Ikeja. Ich erinnere mich, dass Sie erwähnt haben, in Surulere zu wohnen. Das macht Ihnen zu viele Umstände.«

»Erlauben Sie mir, meine Umstände selbst einzuschätzen.«

Sie lächelte. »Na gut.«

»Eine Sache noch: Kann ich Ihnen irgendwas zu essen mitbringen, wenn ich Sie abhole?«

»Machen Sie sich darüber keine Gedanken.«

Er rief sie an, als er bei ihrem Büro angekommen war. Und als sie rauskam, stand er draußen auf dem Parkplatz und winkte. »Für den Fall, dass Sie vergessen hätten, wie ich aussehe«, scherzte er. Sein dunkles T-Shirt betonte die breiten Schultern und die athletische Figur. Sein Blick war weicher und sein Lächeln schüchterner, als sie in Erinnerung gehabt hatte. Es war antörnend, dass ihm offenbar nicht bewusst war, wie umwerfend er aussah. Sie streckte ihm verlegen die Hand hin, obwohl sie ihn am liebsten umarmt hätte.

Als sie in seinem SUV saßen, bot er an, zu einer Hotel-Lounge zu fahren, um etwas zu essen, weil sie schließlich keine Mittagspause gehabt hatte, doch das lehnte sie ab. Er hielt dann am Glover Court, um vorbestellte Suya für seine Mutter abzuholen (eine Gewohnheit, jedes Mal, wenn er auf die Insel kam, wie er erklärte). Sanft redete er ihr zu, sodass sie schließlich einwilligte, ein paar der Fleischspieße zum Mitnehmen zu akzeptieren. Kalte Getränke holten sie bei Straßenhändlern und nippten daran, während er weiterfuhr. Es war mit Abstand ihre angenehmste Fahrt durch den Verkehr von Lagos. Seine Gesellschaft war tadellos. Sie konnte sich problemlos mit ihm unterhalten und er sie mühelos zum Lachen bringen. Sie liebte das weiche, beruhigende Brummen, wenn er lachte, und genoss den Anblick seines geschmeidigen Bizeps, während er mit einer Hand fuhr. Er lächelte verträumt, wenn er sie bei ihren verstohlenen Seitenblicken ertappte, was mehrmals passierte.

Sie wünschte, die Fahrt würde nie enden. Daher freute sie sich, als er vor ihrem Haus parkte und sie beide sitzen blieben, um sich weiter zu unterhalten. Sie hätte ihn einladen können, aber Azuka war zu Hause. Also redeten sie, bis es spät wurde und er seufzend meinte: »Ich muss los. Um sechs Uhr morgens muss ich bei der Arbeit sein. Aber ich würde dich gern bald mal wiedersehen.« Sie waren irgendwann wie selbstverständlich zum Du übergegangen.

»Okay. Was schwebt dir vor?«

»Ich habe diese und nächste Woche geschäftlich auf der Insel zu tun. Wie wär's, wenn ich dich für den Rest der Woche und die ganze nächste Woche jeden Tag von der Arbeit abhole?« Er lächelte. »Dann machen wir das jeden Tag. Was sagst du dazu?«

Sie konnte sich die Chance nicht entgehen lassen, von Tijans Parfum verschont zu werden. Also stimmte sie zu. Und in der Zeit, die sie in den folgenden Tagen gemeinsam auf den Autofahrten und vor ihrem Haus verbrachten, erfuhr sie mehr über ihn.

Er war der einzige Sohn und das jüngste von drei Kindern. Sein Vater starb jung, und die Mutter übernahm die Leitung des Handels mit Autoteilen, weil sie den als sein Erbe ansah, das sie bewahren musste, bis er erwachsen wäre. Schon als Kind hatte er während der Schulferien in der Firma mitgearbeitet. Jetzt führte er die Geschäfte, nachdem seine Mutter sich offiziell zur Ruhe gesetzt hatte. Dabei blieb sie de facto CEO des Konzerns.

Das Wichtigste, was sie erfuhr, war allerdings: Er war Single. Sie merkte, dass er sie mochte, und rechnete damit, dass er schneller zur Sache kommen würde. Doch in ihren Augen ließ er sich viel Zeit.

Als er sie am Mittwoch in der Woche nach ihrer ersten

Fahrt zu Hause absetzte, öffnete er seinen Sicherheitsgurt, beugte sich herüber und küsste sie in dem Moment, bevor sie ihre Tür aufmachte. Überrascht von kräftigen Wellen der Lust, presste sie sich fest an ihn. Da flüsterte er: »Das war intensiv. Im Bett werden wir wie Dynamit sein.« Sie atmete tief aus und wollte mehr, doch er sagte nur noch: »Gute Nacht, Jide.«

Auch am Donnerstag und Freitag holte er sie von der Arbeit ab. Sie plauderten und scherzten über alles Mögliche bis auf den Kuss. Und er rührte sie nicht mehr an. Das enttäuschte sie, aber sie bemühte sich, es zu verbergen.

Am Sonntag, als sie nicht damit rechnete, ihn zu sehen, rief er an.

»Bist du zu Hause?«

»Ja.«

»Und ist Azuka gestern weggefahren, wie sie es geplant hatte?«

»Ja, warum?«

»Ich stehe vor deiner Tür.«

Sie flog aus dem Bett und öffnete die Wohnungstür. Da stand er, lächelnd.

»Ich habe versucht, dieses plötzliche und unerklärliche Bedürfnis, dich zu sehen, zu unterdrücken, aber es ist mir nicht gelungen. Hier bin ich also. Bist du allein?«

Sie lächelte. »Ja.«

»Gut.«

Er küsste sie. Sie zog ihn über die Türschwelle, und als er eintrat, schob er die Tür mit einem Fuß zu. Dann küssten sie sich, bis sie nach Luft schnappten.

»Das wollte ich schon seit dem letzten Mal, aber ich habe mich zurückgehalten.«

»Warum?«

»Ich mag dich und will nicht, dass du an meinen Gefühlen

zweifelst. Deshalb werde ich dich als Erstes fragen – möchtest du meine Freundin sein?«

Sie kicherte. »Du klingst so förmlich. *Oya,* also los, gib mir einen Vertrag, wo ich mit Ja unterschreiben kann.«

Er strahlte. »Cool. Ist es okay für dich, wenn wir jetzt Liebe machen, oder willst du noch warten?«

»Bist du verrückt? Leg los, bevor ich es mir anders überlege.«

»Sag bitte.«

Sie schlang die Arme um seinen Hals, als sie wieder begannen, sich leidenschaftlich zu küssen. Dann presste er sie mit dem Rücken gegen die Wand, und sie zog sich das Tanktop über die Brüste hoch. Als Nächstes knöpfte sie ihre engen Hotpants auf und schob sie mit einem kurzen Hüftschwung nach unten. Er besaß meisterhafte Hände – eine strich so gekonnt über ihre Brüste und Nippel, als würde er sie schon kennen, während zwei Finger der anderen zwischen ihren Beinen den G-Punkt antippten und streichelten und sein Handballen sich schmeichelnd gegen ihre Klitoris presste.

Sie hatte Mühe, sich aufrecht zu halten. Also drehte er sie um, schob sie zur Couch und drückte sie auf die Rückenlehne. Sie stand zwar noch, doch ihr Gesicht und ihr Oberkörper ruhten auf der Sitzfläche. Er kniete sich hinter sie, spreizte ihre Pobacken und führte seine Finger wieder ein, um ihren G-Punkt zu massieren. Dazu schob er noch seine Lippen und die Zunge zwischen ihre Beine. So machte er weiter, leise brummend und stöhnend, bis ihre Zehen sich verkrampften, der Druck immer größer wurde und eine kleine Bombe greller elektrischer Impulse durch ihren Körper zuckte. Flüssigkeit lief an ihren zitternden Beinen entlang, und sie schrie auf beim Orgasmus.

Dann griff sie hinter sich, packte seinen Penis, hob ein Bein leicht an und schob ihn in sich hinein. Er schaffte ein paar Stöße, bevor er sagte: »Deine Pussy ist so eng, dass es mich umbringt. Ich komme gleich.« Rasch schob sie ihn weg, drehte sich um und ging auf die Knie. »Komm in meinen Mund«, sagte sie und dirigierte ihn in Richtung ihres Gesichts. Doch er stöhnte und kam schon in ihren Händen. Sie nahm ihn trotzdem in den Mund und saugte, bis seine Knie nachgaben und er neben sie auf den Teppich sank.

Schweigend lagen sie da. Ihr Arm auf seinem Oberschenkel, sein schlaffer Penis noch in ihrer Hand und die Jeans an seinen Knöcheln zusammengeschoben. Sie hielt die Augen geschlossen, als sie sagte: »Du hattest recht.«

»Womit?«

»Damit, dass wir im Bett wie Dynamit sind.«

»Genau genommen waren wir noch gar nicht im Bett.«

»Das machen wir als Nächstes.«

»Du hast noch nicht bitte gesagt.«

♡—♥—♡

Sie waren schon drei Monate zusammen, bevor ihr bewusst wurde, dass sie nie bei ihm zu Hause gewesen war. Wenn sie zurückdachte, fragte sie sich, ob der Thrill des immer großartigen Sex sie abgelenkt hatte – in seinem Auto, in ihrer Wohnung, einem Hotel und im Haus eines Freundes von ihm.

»Mir ist gerade klar geworden, dass ich gar nicht weiß, wo du wohnst.«

»Du hast nie danach gefragt, Babe.«

»Mir war nicht klar, dass ich fragen muss.«

Verlegene Stille trat ein, und er wandte den Blick ab. Schließlich sagte er: »Ich wohne im selben Anwesen wie meine Mum.«

»Du wohnst bei deiner Mum?«

»Nein. Wir leben auf demselben Anwesen, aber in verschiedenen Häusern. Sie bewohnt das vordere, ich das hintere Haus.«

»Hmm. Interessant.«

»Weißt du, was? Ich stelle dich ihr diesen Sonntag vor. Es ist wichtig, dass sie dich mag.«

»Hmmm. Bist du dir da sicher?«

Er lächelte. »Keine Sorge, Babe.«

Am Sonntag trug sie statt wie sonst eine Hose oder Jeans ein knielanges, groß gemustertes Ankara-Hemdblusenkleid. Als er sie abholte, meinte er: »Wow! Du bist so schön. Das steht dir gut.«

Sie begriff, was er gemeint hatte, als er von getrennten Häusern sprach. Auf dem großen Anwesen standen vorn ein separates zweistöckiges Haus und dahinter ein Bungalow. Er erklärte, dass das früher das BQ, das Boys' Quarter für die Dienstboten, gewesen war, bevor sie es zu einem Apartment mit zwei Schlafzimmern für ihn umgebaut hatten. Er führte sie zuerst in das große Haus. Während sie darauf warteten, dass seine Mutter erschien, musterte sie das zu stark verzierte Mobiliar und die alten gerahmten Fotos seines Vaters (dem Uche verblüffend ähnlich sah).

Als seine Mutter die Treppe herunterkam, lächelte Jide und ging zur Begrüßung wie traditionell üblich auf die Knie. »Guten Tag, Ma'am.«

Die Angesprochene antwortete mit einem gezwungenen Lächeln und einem Nicken.

»Mummy, das ist Jide.«

Sie nickte wieder. »Danke, dass Sie gekommen sind. Sie sind die, die ich im Flugzeug um ihren Platz gebeten habe?«

»Ja, Ma'am.«

»Wer hätte gedacht, dass Sie jetzt einen Platz in unserer

Familie wollen?« Sie lachte kurz auf, doch das Lachen erreichte ihre Augen nicht.

»Du bist so witzig, Mummy.« Uches Lachen klang auf einmal seltsam. »Jide ist Geologin.«

Jide lächelte. »Von der Geologie habe ich mich vor drei Jahren verabschiedet, Ma'am. Ich bin Journalistin.«

Uche lachte wieder sein seltsames Lachen. »Aber du bist immer noch ausgebildete Geologin.«

Sie war sich nicht sicher, worauf er hinauswollte, also nickte sie nur.

Die Frau musterte sie von oben bis unten. »Jide.« Der Name ist bei den Yoruba und Igbo geläufig, wird aber jeweils anders ausgesprochen. Unwillkürlich bemerkte Jide, dass seine Mutter die Igbo-Aussprache ihres Namens verwendete.

»Ja, Ma'am.«

»Wer sind Ihre Eltern?«

»Sie sind beide Universitätsprofessoren, Ma'am. Mein Dad lehrt Geologie und meine Mum petrochemische Ingenieurswissenschaft.«

»Das habe ich nicht gemeint. Ich meine, dass sie Ihnen sicherlich beigebracht haben, nicht etwas so Kurzes mit einem Schlitz anzuziehen, wenn Sie herkommen, um sich bei mir vorzustellen. Als ich herunterkam und Sie auf dem Sessel saßen, konnte ich alles sehen, was Sie haben.« Sie lächelte, aber ohne Wärme. »Doch Sie sind noch jung, und vielleicht ist das die heutige Mode, und vielleicht hat Uchenna Ihnen nichts von meinen Ansprüchen erzählt.« Sie wandte sich an ihn. »Uchenna, ist das, was deine Freundin da trägt, gut?«

Er versuchte, es abzutun. »Ach, Mummy.«

»Antworte mir.«

Er lächelte verlegen. »Ich verstehe, was du meinst, Mummy. Es ist nicht besonders gut.«

Jetzt hatte ihr Lächeln etwas Triumphierendes. »Danke. Kommt und lasst uns essen.« Fast, als wäre es ihr eben noch eingefallen, fügte sie hinzu: »Sie auch, Jide.«

Dann ging sie vor ins angrenzende Esszimmer. Dort war, was Jide nicht überraschte, bereits auf einem Tisch im Rokokostil für eine üppige Mahlzeit eingedeckt. »Uchenna, ich habe auch die Oha-Suppe gekocht, die du so magst, falls du welche möchtest. Ich hoffe, Jide kann sie zubereiten?«

»Noch nicht, Ma'am. Aber ich lerne es gern. Würden Sie es mir zeigen?«

Die Mutter lächelte. »Ich gebe meine Rezepte nicht preis. Fragen Sie Ihre Mutter, oder sehen Sie bei YouTube nach.«

Dann aßen sie zu Mittag, während zwei Dienstmädchen servierten. Obwohl das Essen köstlich war, stocherte Jide nur darin herum, weil sie vor Wut kochte. Der Geschmack wurde regelrecht bitter, als irgendwann während der Mahlzeit Uchennas Mutter sich zurücklehnte, ihre Lippen mit einer Serviette abtupfte und sagte: »Ich hoffe, Uchenna hat Ihnen von seiner Verlobten Adaobi erzählt?«

♡—♥—♡

Zu ihrem ersten Streit kam es, gleich nachdem sie sein Haus verlassen hatten.

Immer noch empfindlich wegen der Reaktion ihrer Eltern, als sie zum Journalismus gewechselt hatte, warf sie ihm als Erstes vor, sich dafür zu schämen, dass sie Autorin sei. Denn er hätte versucht, seine Mutter stattdessen mit ihrem Abschluss in Geologie zu beeindrucken. Er gab zu, dass er nicht von ihrem Schreiben hatte sprechen wollen, weil ihr Roman noch nicht fertig war und es fast ein Ding der Unmöglichkeit darstellte, als unveröffentlichte Autorin von älteren Nigerianern ernst genommen zu werden. Es war schon schwer genug, wenn man zu den bereits veröffentlichten gehörte. (Und nein, ihre Online-Artikel und -Storys würden für seine Mutter nicht als richtige Publikationen gelten.) Das kam bei Jide nicht gut an.

Dann sprachen sie über die vielen subtilen und offensichtlichen Herabsetzungen seiner Mutter und darüber, dass er sich nicht schützend vor sie gestellt hatte. Er sagte, seine Mutter hätte sie nicht herabgesetzt und sie würde überreagieren. Sie solle sich beruhigen. Doch sie beruhigte sich kein bisschen.

Schließlich war da noch Adaobi. Er erklärte, dass sie ein Mädchen sei, von dem seine Mutter wolle, dass er sie heirate. Vor allem, weil sie beide aus Nnewi stammten und Adaobis Vater, ein sehr erfolgreicher Transportunternehmer, und sein verstorbener Vater befreundet gewesen waren. Er gab zu, dass er sie für kurze Zeit gedatet hätte. Obwohl er ihr nie einen Antrag gemacht hatte, war es beiden Familien zur Gewohnheit geworden, sie wie Verlobte zu behandeln. Dabei hatten sie bald Schluss gemacht, weil sie sich kaum zueinander hingezogen fühlten und ihnen klar geworden war, dass ihre Beziehung eher eine potenzielle Firmenfusion für ihre Familien darstellte. Seine Mutter weigerte sich allerdings, die Trennung zu akzeptieren.

Sie stritten sich immer noch, als sie mit dem Auto bei ihrer Wohnung ankamen. Es gab nicht den üblichen Abschiedskuss, als sie ausstieg. Am nächsten Tag, einem Montag, sprachen sie nicht miteinander. Er rief sie am Dienstag an, doch sie ging nicht ran. Dafür schickte sie ihm eine Textnachricht, in der sie schrieb, sie brauche Zeit zum Nachdenken und würde sich bei ihm melden. Am Donnerstag erhielt sie eine Textnachricht von einer unbekannten Nummer: *Hier ist Mrs Umeh. Wir müssen reden. Kommen Sie vorbei.*

Aus Respekt rief sie Mrs Umeh an, die am Telefon höflich

war und festlegte, sie am Samstagmorgen zu treffen. Am Samstag zog Jide absichtlich einen schulterfreien Einteiler an, der deutlich kürzer war als das Kleid bei ihrer ersten Begegnung. Dann nahm sie sich ein Uber. Auf dem Anwesen war Uches Wagen nirgends zu sehen. Eine Hausangestellte führte sie ins Wohnzimmer, und fast sofort kam seine Mutter die Treppe herunter.

Ihre Miene war undurchdringlich, als sie Jides Outfit sah, doch Jide hoffte, dass ihre Message angekommen war. Die Mutter deutete auf zwei Sessel mit hohen Lehnen, die einander in einer Ecke gegenüberstanden. »Setzen Sie sich, Jide.« Diesmal sprach sie den Namen richtig aus. »Lassen Sie uns reden, von Frau zu Frau. Und ich werde ehrlich zu Ihnen sein, weil meiner Erfahrung nach alles andere nur eine Zeitverschwendung für sämtliche Beteiligten ist. Außerdem bin ich alt und habe daher das Recht, zu sagen, was immer ich will.«

Jide musste unwillkürlich lächeln.

Als sie sich gesetzt hatten und einander in die Augen sahen, sagte sie: »Sie haben mich also bei meinem Sohn angeschwärzt. Haben gesagt, ich würde Sie nicht mögen und wäre tribalistisch, weil Sie keine Igbo sind.«

»Ich habe Sie nicht angeschwärzt, Ma'am. Ich habe nur gesagt, wie ich mich gefühlt habe. Wie Sie halte auch ich viel davon, ehrlich zu reden.«

Jetzt war es an der anderen zu lächeln. »Gut. Es ist nicht so, dass ich Sie nicht mag. Normalerweise wären Sie mir egal, aber Sie sind mit Uchenna zusammen, also bin ich gezwungen, eine Meinung zu haben.« Sie zuckte mit den Achseln. »Meine Meinung lautet, dass ich nicht denke, dass Sie die richtige Wahl für ihn sind. Und das ist überhaupt nicht Ihre Schuld. Lassen Sie es mich erklären, indem ich Ihnen eine Geschichte erzähle.«

Sie zeigte auf ein gerahmtes, fast lebensgroßes Foto von Uches Vater, das an einem schmalen Stück Wand lehnte: »Wir haben uns hier in Lagos kennengelernt, hatten aber einen ähnlichen Hintergrund – beide Waisen, die ihre gesamte Familie im Biafra-Krieg verloren hatten. Und zwar in einem Alter, in dem man das nie mehr vergisst. Wir heirateten in Lagos. Gemeinsam hatten wir zunächst zu kämpfen, bauten uns aber langsam eine Existenz auf, kauften sogar dieses Haus. Er verkaufte in seiner Werkstatt in Ladipo Autoteile, ich war Lehrerin.

Dann brachte Nigeria ihn um. 1992. Ein paar Studenten protestierten gegen die Militärregierung. Ein paar Soldaten tauchten auf und begannen zu schießen. Mein Mann, der einfach nur seinen Geschäften nachging, wurde von einer verirrten Kugel getroffen. Typisch Nigeria entschuldigte sich niemand, und keiner wurde zur Verantwortung gezogen.

Uchenna, unser einziger Sohn, war zwei. In unserer Kultur sind Blutsverwandtschaft, Vermächtnisse und Erbschaften fundamental für das, was einen Mann ausmacht. Also wurde es meine Pflicht, einen Sohn großzuziehen, dessen ganze väterliche Linie ausgelöscht war, und ihm ein Vermächtnis und ein Erbe zu verschaffen.«

Sie zuckte mit den Achseln. »Die Erbschaft war der einfache Teil. Ich gab meine Stelle als Lehrerin auf und übernahm die Geschäftsführung. Aus einem Laden in Ladipo machte ich vier im ganzen Land: auf dem Onitsha Main Market, in Asa-Nnentu, Aba und Abuja. Außerdem machte ich mit Reparaturwerkstätten für Nobel-Automarken in Lagos und Abuja besondere Angebote. Und während Uchenna in Amerika studierte, begannen wir mit dem Geschäftszweig Autohandel: Er kaufte und verschiffte die Wagen nach Nigeria, damit wir sie hier verkaufen konnten. Ich habe meine Pflicht erfüllt und ihm die Geschäfte übergeben. Sein Erbe ist gesichert.

Mit dem Stammbaum und dem immateriellen Vermächtnis ist es schwieriger, nicht wahr? Ich konnte die Toten nicht wiederauferstehen lassen. Aber ich tat kleine Dinge. Ich füllte dieses Haus mit Bildern von seinem Vater. Ich erzählte viel von ihm, und ich habe versucht, ihn zu überreden, eine Frau aus dem Volk seines Vaters zu heiraten. Deshalb bevorzuge ich Adaobi. Uchenna denkt, es ginge nur um das Geld ihres Vaters. Aber da irrt er sich.

Vielleicht verstehen Sie jetzt, warum ich sagte, ohne dass es Ihre Schuld ist, ich halte Sie nicht für die Richtige für meinen Sohn. Sie können widersprechen und es Tribalismus nennen, was zu einem gewissen Grad vielleicht stimmt. Aber ganz ehrlich, Ihre Meinung kümmert mich nicht. Ihre Erfahrungen mögen Ihnen das Privileg verschafft haben, vom traditionellen Denken wegzukommen. Mir nicht. Ich habe den Krieg erlebt und zu viele Tote gesehen. Ich habe begriffen, wie Nigeria wirklich ist.«

Sie atmete hörbar aus. »Ich kann vieles bewirken, aber ich kann Uchenna keine Ehefrau aufzwingen. Er hat mir gesagt, dass er Sie liebt. Das bedeutet, ich muss Sie zumindest tolerieren und respektvoll behandeln. Ich vermute, das wird auf Gegenseitigkeit beruhen, aber wenn nicht, ist es mir auch egal.« Sie deutete auf Jides Outfit. »Ich sehe, Sie sind eine Kämpferin und willensstark. Auch wenn wir in vielen Dingen verschiedener Meinung sein werden, haben Sie damit vermutlich gute Eigenschaften für eine Frau in Nigeria. Wer weiß, vielleicht werden wir uns ja eines Tages mögen?«

Einen Moment lang sahen die beiden sich nur an. »Uchenna hat mich um Erlaubnis gefragt, und ich habe ihm die Erlaubnis gegeben, Sie zu heiraten.«

»Die Erlaubnis?«

»Ja«, erwiderte sie ausdruckslos. »Aber es gibt zwei Bedingungen. Erstens müssen Sie vor der Hochzeit schwanger werden. Wir müssen sicher sein, dass Sie fruchtbar sind. Wir haben ein Vermächtnis zu schützen und eine Familie neu aufzubauen. Die zweite lautet, dass Sie nach der Hochzeit beide hier wohnen werden, weil es das Haus seines Vaters ist. Keine Sorge, ich kann in das hintere Apartment ziehen, wenn er nach vorn zieht, damit es genügend Platz für Sie und Ihre Kinder gibt. Wir können auch ganz nach Ihren Wünschen renovieren und dekorieren, wobei Sie natürlich einsehen müssen, dass die meisten Bilder und Gegenstände seines Vaters unverändert bleiben müssen, einverstanden?«

♡—♥—♡

»Hey, Babe.«

Uche betrat das Wohnzimmer, während seine Mutter noch sprach. Jide hatte ihn eine Woche nicht gesehen, und es kam ihr fast vor, als sähe sie ihn zum ersten Mal. Wieder staunte sie darüber, wie perfekt er war – der volle, gepflegte Bart, das schüchterne, jungenhafte Lächeln, der schelmische Blick und die definierten Bizepse, die unter hochgerollten T-Shirt-Ärmeln hervorschauten. Ihr Herz tat so weh, dass es aus ihr herausplatzte: »Hey, Babe. Ich hab dich so vermisst.«

Aus seinem unsicheren Lächeln wurde das vertraute fröhliche Lachen. Sie sprang in seine Arme, hängte sich an seinen Hals und drückte ihr Gesicht gegen seine Schulter. Weinend meinte sie leise: »Es tut mir so leid, Uche. Ich liebe dich. Es tut mir so leid. Ich liebe dich.«

Erstaunt hielt er sie im Arm, strich sanft über ihren Rücken und meinte zärtlich: »Ich liebe dich auch, Babe.« Dabei sah er seine Mutter an, als wollte er sagen: »Was hast du da Großartiges bewirkt?« Seine Mutter zuckte mit den Achseln.

Da trat Jide einen Schritt zurück, nahm sein Gesicht in ihre Hände und sah ihn nur an. Er holte ein Taschentuch hervor und tupfte ihr die Tränen ab. Vorsichtig, um ihr Make-up nicht zu verschmieren. Schließlich entzog sie sich seiner Umarmung und drehte sich zu seiner Mutter um. »Entschuldigen Sie … diese Szene, Ma'am.«

Mrs Umeh zuckte noch mal mit den Schultern.

»Danke für Ihre Aufrichtigkeit. Ich verstehe jetzt alles, und ich respektiere Sie so sehr dafür, wie Sie alle Hindernisse überwunden und Ihren Sohn großgezogen haben.«

Mrs Umeh nickte.

»Aber nun bin ich in einem Punkt Ihrer Meinung – ich bin nicht die Richtige für Uche.«

Ein schwaches Lächeln erschien auf Mrs Umehs Gesicht. Sie nickte wieder. Ob aus Dankbarkeit oder Respekt oder beidem, hätte Jide nicht zu sagen gewusst.

Während Uche die Gesichtszüge entglitten, drückte sie ihm noch rasch einen Kuss auf die Wange. »Ich liebe dich, Uche, aber es tut mir leid, ich kann das nicht. Tut mir leid. Leb wohl.« Dann war sie wie ein Blitz bei der Tür und aus dem Haus.

Er rief ihr noch nach, doch sie rannte einfach weiter.

RACHE

Sollten wir uns je wiedersehen, dann wird nur einer von uns den Schauplatz dieser Begegnung lebend verlassen. Falls ich dich nicht töte, dann werde ich ein so tiefes und auffälliges Zeichen an deinem Körper hinterlassen, dass die Leute wegen dir die Straßenseite wechseln. Jeder Mensch, der bei Verstand ist, wird dieses Zeichen sehen und wissen, nur eine wertlose Person tut etwas, das so eine Narbe verdient. Dann werden die Leute so erbarmungslos mit dir sein, wie du es vier Jahre lang mit mir warst, Dele. Der Zorn, der mein Blut seit dem Jahr zum Kochen bringt, das du jetzt verschwunden bist, wird nicht abkühlen, bis ich dir den gleichen Schmerz zugefügt habe.

Wir begegneten einander, als wir beide gerade versuchten, unseren Weg durchs Leben zu finden. Du warst ein siebenundzwanzigjähriger Mechaniker bei John Holt, und ich war fünfundzwanzig. Wir saßen im BRT-Bus von Jibowu nach Abule Egba nebeneinander. Ich war so müde von meinem Arbeitstag als Putzkraft im General Hospital von Sabo, dass ich an deiner Schulter einschlief. Vielleicht wäre mein Job für andere Leute etwas, wofür sie sich schämen. Aber ich kann mich nie dafür schämen, mein eigenes Geld zu verdienen. Wenn der Geldautomat Naira-Scheine ausgibt, sehen sie alle gleich aus, egal, wie du sie verdient hast.

Abgesehen davon war es vielleicht eine der therapeutisch wertvollsten Phasen meines Lebens, als ich in der Klinik hinter Leuten sauber machen musste. Weißt du, warum? Weil jeder auf die Toilette zum Scheißen geht, wenn er oder sie eine schlechte Neuigkeit erfahren hat. Wenn ich das hinterher sauber mache, ist das beinah so, als würde ich helfen, damit ihr Leben wieder einen Sinn ergibt. Das Geschäft mit der Scheiße ist ein ernstes Geschäft, hat Otunba Gaddafi, die Autorität des Shit-Business in Nigeria, mal gesagt. Und der Tag, als ich an deiner Schulter einschlief, war einer von denen, an dem ich im Krankenhaus eine Menge sauber gemacht hatte.

Da war dieses Mädchen, das ihre Ängste auf den Boden erbrach, weil sie die Toilette um einen Fußbreit verfehlte, nachdem der Arzt ihr gesagt hatte, sie könne kein Kind mehr bekommen. Zu oft hatte sie abgetrieben, und nun wollte kein Leben mehr in ihr wachsen. Dann war da der Mann, der seinen Sohn im Arm hielt, als die Ärztin ihm sagte, sie müssten sein linkes Bein amputieren. Anschließend ging er auf die Toilette und hinterließ sie dreckig. Er weinte um seinen Sohn, der noch nicht mal richtig angefangen hatte zu leben und schon sein Bein lassen musste. Den ganzen Tag lang hielt ich die Toiletten blitzblank, damit Leute wie die schwangere Frau und ihr dickbäuchiger Ex-Mann sie bequem als Ort zum Streiten nutzen konnten. Auf diese Weise konnten sie noch ein weiteres Mal den Grund bestätigen, warum sie nicht mehr zusammen sein brauchten.

Alle hinterlassen die Krankenhaustoiletten immer dreckig. Das machte mir überhaupt nichts aus, ich fand das Putzen beruhigend. Es war nicht der schlimmste Job, den ich je hatte, und ich verachtete mich nicht dafür. Ich wusste, dass ich es im Leben noch zu etwas bringen würde, also störten mich die vielen Phasen und Unvorhersehbarkeiten nicht, die das Leben mir bescherte.

♡—♥—♡

An jenem Tag nach meiner Schicht habe ich vielleicht gesabbert, als ich an deiner Schulter döste. Ich neige zum Sabbern und Schnarchen, wenn ich erschöpft bin. Dele, es war Müdigkeit, die mich zu dir geführt hat. Ich lehnte mich an dich und vertraute dir, noch bevor ich dich überhaupt kannte. Ich hätte den anderen freien Platz neben der Frau nehmen sollen, die einen Korb mit Stockfisch auf dem Schoß hielt. Aber ich wollte einfach nicht die Stunden im Stau damit verbringen, den süßen Geruch des Fischs, vermischt mit den übrigen Gerüchen in dem BRT, einzuatmen. Also entschied ich mich für den Platz neben dem jungen Mann mit dem sauberen weißen Hemd. Jeder, der am Ende des Tages in Lagos noch ein sauberes weißes Hemd hat, verdient stehende Ovationen. Doch ich hätte wissen sollen, dass jeder Mann, dessen weißes Hemd am Ende eines Arbeitstags in Lagos noch sauber ist, gefährlich sein muss.

Hätte ich entschieden, neben der Fisch-Frau zu sitzen, dann wäre unsere Reise vielleicht anders verlaufen. Eine andere Frau wäre möglicherweise mit dir zurechtgekommen.

»Entschuldigung. Ich glaube, wir sind in Abule Egba. Ich hoffe, wir haben deine Haltestelle nicht schon verpasst«, flüstertest du mir ins Ohr, um mich nicht abrupt aus meinen Träumen zu reißen.

Ich wachte auf und sah dich an. Dann atmete ich ein in der Hoffnung, deinen Geruch wahrzunehmen, doch da war nichts außer dem Gestank von der Perücke der Frau, die vor uns saß. Ich wusste, dass der von ihr ausging, weil wir beim Einsteigen in den Bus zusammengestoßen waren.

Deshalb trage ich immer einen Low-Cut. Ich verstehe nicht, warum Frauen sich selbst bestrafen, indem sie Perücken benutzen. Das hier ist ein heißes Land, und du hast eben kein Auto mit Klimaanlage. Ich brauche so einen Stress nicht.

»Tut mir leid. Ich weiß gar nicht, wann ich eingeschlafen bin.«

»Ist schon gut. Du hast ausgesehen, als wärst du müde.«

Ich wollte dir noch ein bisschen von meinem Tag erzählen, doch meine Gedanken wurden vom Busfahrer unterbrochen, der hupte, weil wir angekommen waren und alle aussteigen sollten.

»We don reach na. Make una comot. Passengers dey wait abeg.«

Also beeilten wir uns alle nach draußen. Erst auf den Stufen merkte ich, dass du meine Hände hieltest, damit mir nichts zustieß.

»Ich bin Dele«, sagtest du, nachdem wir das Chaos endlich hinter uns gelassen hatten.

»Nett, dich kennenzulernen. Ich heiße Orode.«

»Orode?«

»Ja.«

»Das ist ein wunderschöner Name.«

Dann begleitetest du mich zu der Stelle unter der Brücke, wo ich eine *Okada*, ein Motorradtaxi, nach Hause nehmen würde. Und obwohl ich müde war, unterhielten wir uns noch für eine halbe Stunde. Wir plauderten wie alte Freunde. Es gab viele Gemeinsamkeiten zwischen uns, doch die tiefste Verbundenheit erzeugte der Verlust unserer beider Eltern.

Als ich an jenem Abend nach Hause kam, erzählte ich Chuchu, ich hätte meinen Ehemann gefunden.

Ein Jahr nachdem wir uns im Bus kennengelernt hatten, heirateten wir. Ich hatte inzwischen einen Job als Uber-Fahrerin und verdiente ganz gut, du warst bei John Holt als Mechaniker weiter aufgestiegen. Deshalb zogen wir von Abule Egba in die Salvation Road in Opebi. Am Morgen unserer standesamtlichen Hochzeit verstellte Chuchu den Träger meines BHs, zupfte am Ausschnitt meines zu großen Brautkleids und fragte, warum ich dich heiraten wolle.

»Was ist mit Ebuka? Der Mann liebt dich wirklich.«

»Chuchu, bitte kümmer dich um deinen Freund, mit dem du schon vier Jahre zusammen bist und der dir einen Ring gegeben hat, aber sich weigert, dich zum Altar zu führen«, sagte ich. Es war leichter, vom Thema abzulenken, als zu versuchen, meine Entscheidung zu rechtfertigen, denn ich wusste, du würdest es nicht verstehen.

Ja, Ebuka liebte mich, aber es gibt Liebe und Liebe. Weißt du, Ebukas erinnerte mich daran, als meine Mutter noch lebte und wir in unserem ungestrichenen Haus in Warri wohnten. Sie kaufte damals immer diese winzig kleinen Keramiksachen. Enten und Katzen und so was, die stellte sie in das einzige Schrankfach, das eine Glasscheibe hatte. Das Blech unseres Dachs wackelte und vibrierte bei der schwächsten Brise. Und wenn es regnete, was dann? Von April bis September fegten wir jeden Morgen Wasser nach draußen. Aber diese Keramiktierchen waren ihr Stolz und ihre Freude. Sonntagmorgens polierte sie sie summend und singend in unserem Wohnzimmer. Für Ebuka war ich wie eines dieser Spielzeuge. Wäre ich bei ihm geblieben, wäre unser Zementhaus voller Wasser gewesen, aber er hätte mich gestreichelt und sich für glücklich und zufrieden gehalten.

Man sieht sich selbst. Dele, ich denke, du warst jemand, der, wenn es Unruhen gäbe und überall Tränengas und Sirenen heulten, kommen und mich finden würde. Du würdest meine Hand halten, und zusammen würden wir losrennen, um uns in Sicherheit zu bringen. In dem Leben, das ich auf mich zukommen sah, und so, wie ich dich sah, warst du der richtige Ehemann für mich. Die Liebe, die ich brauchte. Mit deinem Charme und deinem Aussehen hättest du jede haben können, doch du hast dich für mich entschieden. Ich glaubte nicht, dass ein Prinz auf einem weißen Pferd in Abule Egba einreiten würde, um mich zu retten und nach Ikoyi mitzunehmen. Du warst das, was für mich einem Märchenprinzen am nächsten kam, und ich war es zufrieden.

»Meine Liebe, ärger dich nicht. Ich lasse dich in Ruhe. Heirate ihn. Ich werde hinter dir stehen«, besänftigte Chuchu mich.

Und genau das tat sie. Auf dem Standesamt in Ikoyi folgte sie mir auf Schritt und Tritt mit einem kleinen Ventilator in der Hand, damit mein Make-up nicht zerfloss und die Hochzeitsfotos hübsch aussahen. Als ich aus unserem gemeinsamen Zimmer auszog, stieg sie mit mir in das klapprige gelbschwarze Taxi, hielt Kartons auf dem Schoß und scherzte, dass sie für mich das *omugwo,* also die Betreuung der Mutter nach der Geburt eines Kindes, übernehmen würde, weil ich ja keine Mutter mehr hatte und Dele auch nicht. Chuchu wird immer einen Platz in meinem Herzen haben, weil sie mein Beistand war.

♡—♥—♡

Nach vier Monaten als Fahrerin für Uber und Taxify wurde es für uns finanziell besser, obwohl ich meinen Gewinn 60/40 mit der Besitzerin des Autos teilen musste. Das gehörte einer ehemaligen Kollegin aus dem Krankenhaus, die mir helfen wollte. Während sie lange Schichten als Ärztin arbeitete, verdiente ich mit ihrem Toyota Camry Geld für uns beide.

Das Fahren war überhaupt nicht gefährlich. Wie sonst auch ging ich die Sache mit Verstand an. Ich fuhr nie nachts, sondern fing am liebsten in der frühen Morgendämmerung an. Ich fand viel Kundschaft auf dem Weg zum und vom Flughafen, und das waren lukrative Fahrten für mich. Ich mied Clubs und Hotels. Die waren mir zu riskant, egal ob bei Tag oder bei Nacht. Solche Trips cancelte ich rasch. Uber zu fahren erwies sich für mich als Frau von Vorteil, da Männer mich liebend gern unterstützten.

»Ich liebe fleißige Frauen. Ich bezahle dir etwas extra, wenn du inoffizielle Fahrten machst«, sagten viele meiner männlichen Fahrgäste.

Ich wurde nie belästigt. Angebaggert ja, aber nie belästigt. Ich vermute, nicht mit jedem Mann in Lagos geht das Unglück einher. Außer mit dir, Dele, wie konnte nur so viel Unglück mit dir einhergehen? Abgesehen von dem Schmerz, den ich empfinde, bin ich einfach enttäuscht von dir. Ich bedaure, mein Geld mit dir geteilt zu haben. Ich bedaure, irgendetwas mit dir geteilt zu haben, Dele. Wir waren jung, verliebt und frisch verheiratet. Unser Einzimmerapartment füllten wir tagsüber mit unseren Träumen, Hoffnungen und Gebeten, nachts mit leidenschaftlicher Liebe. Wir arbeiteten hart und kamen erschöpft nach Hause, aber wir waren nie zu müde, um den Körper des anderen zu erforschen.

Niemand hatte meiner Pussy je solche Liebe gezeigt. Wie deine Zunge über meine Klit strich, wie du mich trocken saugtest und dann wieder feucht werden ließest, indem du an meinen Nippeln lutschtest und mich mit deinen Fingern kitzeltest. Wie du deine Zunge in meine Pussy schobst und meinen Orgasmus wieder und wieder schlucktest. Dele, deine

Zunge taugt mehr als dein Schwanz. Du solltest das nutzlose Miststück zwischen deinen Beinen abschneiden. Deine Zunge genügt.

Bevor ich dich umbringe, werde ich vielleicht noch ein letztes Mal erlauben, dass deine Zunge mich reitet. Ein letztes Mal zum Abschied. Dann wird der Geschmack meiner Vagina dich wenigstens auf deinem Weg zurück in die Hölle begleiten.

♡—♥—♡

Du hast mir beinah alles genommen, Dele, und warum? Wo auch immer du jetzt sein magst – ich hoffe, das war es wert. Die Ehe mit dir hat mich eine Lektion gelehrt, die ich gehofft hatte, nie lernen zu müssen. Ich hätte wissen sollen, dass du nichts Gutes im Schilde führtest, als du Chuchu grundlos nicht mochtest. Meine einzige wahre Freundin, die mir näherstand als eine Schwester.

»Chuchu? Was soll das denn für ein Name sein?«

»Eigentlich heißt sie Chichi, aber sie hat sich entschieden, das zu ändern, damit es einzigartig sein soll. – Baby, bitte lass sie in Frieden.«

»*Iyawo mi,* Frau, ich mag das Mädchen nicht. Sie ist komisch. Ich will nicht, dass sie herkommt.«

Ich war geschockt.

Du wusstest alles von uns. Wie Chuchu und ich kanntest du die Leere, die jemand empfindet, der seine Eltern relativ jung verloren hat. Meine starben bei einem Autounfall, als ich zehn war. So kam ich ins Waisenhaus, in das St Anne's Orphanage. Aber im Unterschied zu mir, die ich meine Eltern wenigstens gekannt hatte, wurde Chuchu gleich nach der Geburt weggegeben und nur von den Nonnen aufgezogen. Wer auch immer sie zurückließ, muss in Eile gewesen sein und nicht gemerkt haben, dass sich im Gras um sie herum eine Kolonie von Soldatenameisen befand. Ihre ansonsten wunderschöne Haut ist immer noch von winzigen Narben übersät. Fandest du das vielleicht seltsam? Du hast es nie genauer erklärt.

Sie war meine Freundin von dem Moment an, als wir uns das erste Mal begegneten. Sie beschützte mich, teilte alles, was sie besaß, mit mir und holte mich aus der Verzweiflung darüber, ein Einzelkind mit toten Eltern zu sein. Sogar wenn ich sie jetzt ansehe, erinnere ich mich noch daran, wie sie am Tag meiner Ankunft in dem Waisenhaus allein dasaß. Sie sah so einsam aus, wie ich mich fühlte. Dele, hättest du mich ohne sie überhaupt jemals kennengelernt? Wir kamen gemeinsam nach Lagos und überlebten die Strapazen als Team. Wir sind uns so nah, dass ich manchmal ihre Gedanken schon kenne, bevor sie ein Wort sagt.

Gott sei Dank habe ich nicht auf dich gehört, denn sonst stände ich jetzt mit absolut nichts da.

♡—♥—♡

Chuchu mag seltsam sein, aber sie hatte recht damit, dass du der Falsche für mich warst. Im ersten Jahr unserer Ehe fiel mir das noch nicht auf. Bei den vielen Malen, wenn dein Onkel in unserer Wohnung saß und uns rügte, hast du mich immer verteidigt.

»Leute, ihr solltet jetzt loslegen, damit eure Kinder Zeit haben, mit euch aufzuwachsen.«

Ich bin mir sicher, ich muss dir nicht sagen, dass ich deinen sogenannten Uncle Fimihan nie mochte. Ich habe ihn toleriert, weil Leute wie wir, die keine Eltern haben, jede Verwandtschaft sammeln, die wir finden können, um uns zu vertreten. Damit wir in dieser Welt ohne den Schutz, den wir verloren haben, nicht zu sehr leiden. Diesen Onkel hätte man, nutzlos, wie er war, auch am Straßenrand gefunden haben können. Doch ich beklagte mich nicht darüber, dass er einmal im Monat aufkreuzte, um das ganze Fleisch aus meiner Suppe zu essen und zu unterstellen, ich sei unfruchtbar.

»Bis nächstes Jahr wird meine Frau schwanger sein. Bitte setz uns nicht unter Druck.«

»Sei still, mein Freund. Ich bin der Einzige hier, seit dein Vater, mein Bruder, gestorben ist. All die anderen Verwandten sind geflohen. Bis deine Mutter dem Krebs erlag, half ich, dich und deine Brüder großzuziehen. Ich will meine Enkelkinder noch erleben, Dele, das ist das Mindeste, was du mir schuldest.«

»*Haba,* Uncle, bitte setz meiner Frau nicht so zu. Sie ist erst sechsundzwanzig. Wir haben keine Eile, unsere Flitterwochen zu beenden.«

Es erregte mich, wenn du mich so verteidigtest, ich konnte es kaum erwarten, dass er ging und wir nackt sein würden. Ich sehnte mich nach dem Gefühl, wenn dein Schwanz in mich glitt und mich mit deinem Samen füllte. Uncle Fimihan hätte mich nicht bitten müssen, deinen Samen zu tragen. Du wusstest, wie sehr ich Kinder liebte.

Vielleicht weil ich ein Einzelkind war und du nicht. Dass ich in diesem elenden Leben keinen nahen Blutsverwandten besaß, war für mich das Traurigste. Es war ein weiterer Grund, warum ich früh geheiratet hatte. Ich würde mindestens vier Kinder haben. Ich war jung, arbeitete hart, sparte jeden Kobo und investierte, was übrig blieb. Du und ich eröffneten sogar ein besonderes Konto bei der UBA für die Zukunft unserer künftigen Kinder. Ich übte mich in Geduld, weil ich zu wissen meinte, es bräuchte nur etwas Zeit, bis mein Leben erfüllt wäre.

Wer konnte ahnen, dass alles so enden würde?

♡—♥—♡

Im zweiten Jahr unserer Ehe kam meine Freundin, die Ärztin, mit einem Vorschlag zu mir, den ich zunächst ablehnte.

»Orode, du bist eine Frau, die hart arbeitet, und du bist klug. Darüber hinaus liebst du Kinder und hast eine freundliche Art. Ich werde dich für die Krankenpflegeschule empfehlen. Die dauert nur drei Jahre, warum willst du das nicht versuchen?«

Ich erklärte ihr, dass ich mich wegen dem Thema Kinder nicht zu drei Jahren Schulbesuch verpflichten könne und die Ausbildung bei den Nonnen von St Anne's mir genüge. Mein WAEC-Abschluss hätte mich weit genug gebracht. Ich bin kein neidischer Mensch und brauche nicht die Welt. Ich wäre nur mit dir, mir und unseren Kindern – wenn sie denn gekommen wären – glücklich gewesen.

Wir hatten es damals schon zehn Monate lang probiert, und nichts war passiert. Meine Periode kam wie immer. Schmerzhaft und heftig. Chuchu und ich hatten unsere Menstruation immer noch gleichzeitig. Ihr Verlobter, diese Zeitverschwendung, hätte Aktien bei Durex kaufen können. Er wollte nicht heiraten und ihr auch kein Kind machen. Wir klagten einander unser Leid. Weinten und beteten gemeinsam in der Hoffnung auf eine Änderung unserer Lage.

Dele, als ich dir von Dr. Olas Vorschlag erzählte, überraschtest du mich mit der Bitte, es zu versuchen. Du ermutigtest mich und meintest, Krankenpflege und Mutterschaft würden gut zusammenpassen. Eigene Kinder zu haben, würde mich zu einer besseren Krankenschwester machen und umgekehrt. Du sagtest, wir könnten etwas von unseren Ersparnissen und Investitionen verwenden, um die Gebühren zu bezahlen.

Im Juli dann, nach ein paar Nachhilfestunden in den Kernfächern, um meine Kenntnisse aufzufrischen, bestand ich die Prüfungen und wurde in die Krankenpflegeschule von Alimosho aufgenommen. Als du an jenem Abend nach Hause kamst, ließ ich dich nicht einmal deine Kleider ausziehen oder duschen. Ich stieß dich auf den Sessel im Wohnzimmer, öffnete deinen Hosenschlitz und gab dir einen Blowjob. Du verdrehtest die Augen, während ich saugte und schlürfte, um meiner Freude Ausdruck zu geben. Ich hatte das Gefühl, in meinem Leben ginge endlich etwas weiter.

Was für ein Dummkopf ich doch war.

♡—♥—♡

Ein Jahr verging schnell, und Dr. Ola hatte recht: Ich war die geborene Krankenschwester. Und nur dadurch war die Tatsache, dass ich immer noch kein eigenes Kind hatte, erträglich.

Wir waren schon bei drei verschiedenen Ärzten gewesen, und sie alle hatten erklärt, körperlich wären wir absolut in Ordnung. Uncle Fimihan brachte uns irgendwelche stinkenden Gebräue, die wir trinken, in denen wir baden oder die wir vor dem Sex auf unseren Genitalien verreiben sollten. Ich weigerte mich, irgendetwas davon zu benutzen. Ich sei im medizinischen Bereich tätig, erklärte ich dir – irgendwelche nicht zugelassenen Präparate zu verwenden, war unter meiner Würde. Ein weiteres Jahr verging, dann gab ich nach und begann, sie gewissenhaft anzuwenden. Ich rief sogar deinen Onkel an, wenn sie aufgebraucht waren.

Wir überlegten, dass es möglicherweise am Stress der Arbeit und Vollzeit-Ausbildung lag. Doch ich war schon zu weit, um aufzugeben. Unsere Ersparnisse waren auf ein Drittel der ursprünglichen Summe geschrumpft. Ich redete mir ein, ich würde nur noch ein Jahr brauchen und dann Mutter werden. Ich hatte genügend Geduld bewiesen und wusste, Gott würde auf meine Gebete reagieren. Und das tat er auch, allerdings nicht auf die Weise, mit der ich rechnete.

Eine Woche nach unserem vierten Hochzeitstag ging ich zu Dr. Ola. Sie hatte mich zu sich gerufen, um mir Neuigkeiten mitzuteilen. Als ich das kleine Büro ihrer Privatpraxis in Ogba betrat, war ihr Lächeln so strahlend wie der Vollmond. Ihre dunkle Haut leuchtete, als wären Laternen darunter verborgen. Sie war so glücklich, dass sie hätte tanzen mögen, das sah ich ihr an, ohne zu fragen. Im Unterschied zu Chuchus ewigem Verlobten hatte ihr eigener ihr nicht nur einen Antrag gemacht, sondern sie hatten auch schon ein Hochzeitsdatum festgelegt. Aber nicht nur das, erzählte sie, während sie mich bat, ihr gegenüber Platz zu nehmen. Sie war auch schwanger.

Dele, ich versuchte, mich für sie zu freuen. Und das tat ich. Ehrlich. Keine Ahnung, warum ich trotzdem anfing zu weinen. Weil sie ein liebenswürdiger Mensch ist, reagierte sie besorgt, nicht wütend. Noch nie hatte sie mich weinen gesehen. Es brach aus mir heraus, und ich erzählte ihr von unserer Unfruchtbarkeits-Odyssee. Davon, dass keiner uns sagen konnte, worin das Problem bestand. Sofort buchte sie mir einen Termin bei einer Reproduktionsmedizinerin, die sie kannte. Ich war so erleichtert und hoffnungsvoll. Vielleicht würden wir endlich der Ursache auf den Grund gehen. Ich schickte dir eine Textnachricht mit dem Datum des Termins und der Adresse, dann ging ich zum Unterricht.

♡—♥—♡

Es hatte am Abend geregnet, und die NEPA hatte mal wieder den Strom abgestellt. Wir hatten eben unseren kleinen

Generator ausgemacht, um ohne den Lärm schlafen zu können. Du warst ins Schlafzimmer gegangen, um Insektenschutz zu versprühen. Ich saß im Wohnzimmer und scrollte durch mein Handy. Auf Facebook ging ich nicht mehr. Dort gab es entweder nur schlechte Neuigkeiten über unser Land oder gute Neuigkeiten von anderen Leuten, die die Geburt ihrer Kinder feierten. Ich war gerade auf Twitter und lachte über irgendwas, an das ich mich nicht mehr erinnere. Wie lange hast du da gestanden? Ich weiß nur noch, dass ich aufblickte und dich vor mir stehen sah. Du weintest.

»Was ist los?«, fragte ich leise, während du auf die Knie gingst und das Gesicht gegen meine Oberschenkel drücktest.

»Orode, ich kann nicht Vater werden.«

»Dele, ich weiß, dass du Angst hast. Ich hatte auch Angst. Dass all die anderen Ärzte etwas übersehen haben. Mach dir keine Vorwürfe, diese neue Ärztin wird …«

»Sie haben gelogen. Sie haben alle gelogen, weil ich sie dafür bezahlt hatte. Orode, ich bin unfruchtbar. Das weiß ich, seit ich ein Teenager war. Aber ich wollte dich nicht verlieren, deshalb habe ich es dir nicht gesagt.«

Die Welt kippte. In dem Moment begriff ich, dass ein Mensch plötzlich durchdrehen kann. Es fühlte sich an, als wäre ich unter Wasser. Ich fiel und fiel, ohne den Grund zu erreichen. Alles, worauf mein Blick fiel, schwamm und bewegte sich. Als du mir die Geschichte erzähltest, wie ein Tritt in deine Hoden bei einem Fußballspiel mit deinen Freunden am Wochenende dich fürs Leben schädigte und dass du seither versuchtest, alle Frauen, mit denen du Dates hattest, zu schwängern – da spürte ich nichts. Ich sah dich weinen, aber ich wünschte mir nichts anderes, als den Kopf, den du die Frechheit besaßest auf meinem Schoß zu belassen, gegen die Wand zu schmettern.

Du hattest alle bisherigen Arzttermine vereinbart. Sogar den letzten, zu dem Uncle Fimihan uns geraten hatte. Du meintest, weil ich viel zu tun hätte. Ich hielt dich für so umsichtig, so liebenswürdig.

Während du die Nacht hindurch betteltest und weintest und mir den Schlaf raubtest, wollte ich nur putzen. Ich wollte das Haus sauber kriegen und dich los sein. Ich wünschte, ich hätte dich damals umgebracht. Du hast mir vier Jahre gestohlen. Vier Jahre, in denen ich einen anderen oder sogar mich selbst mehr hätte lieben können.

Am nächsten Morgen stand dein Onkel vor der Tür. Mit meinem brandneuen Blick erkannte ich endlich, wie erbärmlich er war. In seinen verwaschenen groß gemusterten Ankara-Outfits und den albernen Lederschlappen, die er trug, und mit seinen traurig hässlichen Zehen. Als seine kräftigen Lippen schon weitere Lügen verbreiten wollten, kam ich ihm zuvor. »Uncle, wusstest du, dass Dele keine Frau schwängern kann?«

Er sagte nichts, doch seine Augen sagten mir alles. Dieser verrückte Mann hatte bei uns gesessen, mein Essen gegessen, uns wer weiß welchen Mist gegeben, den wir schlucken oder verreiben sollten, um Kinder zu machen, von denen er wusste, dass sie nie kommen würden. Ich sagte nichts, sondern schlug ihm im Rausgehen die Tür vor der Nase zu.

Dann eilte ich zu Chuchu und erzählte ihr alles. Sie begleitete mich zu dem Untersuchungstermin, und eine Woche später erhielt ich die Bestätigung, dass ich körperlich in der Lage sei, Kinder zu bekommen. Am Abend nach der Enthüllung des Betrugs kam ich in das Haus, das wir uns geteilt hatten, und fand es leer geräumt. Du und dein elender, feiger Onkel hattet fast alles mitgenommen, was irgendeinen Wert hatte und wir uns gemeinsam erarbeitet hatten, und wart verschwunden. Nachdem ich geweint und getobt hatte, packte ich zusammen, was noch übrig war, und rief Chuchu an. Erneut im Stich gelassen war sie alles, was mir geblieben war.

Das ist nun ein Jahr her, und ich arbeite wieder im General Hospital Sabo. Diesmal als Krankenschwester. Ich putze immer noch Dreck weg. Leute erbrechen sich sogar auf mich, verdammt. Ich assistiere bei Operationen und putze jetzt auch das Blut der Leute weg. Was du mir angetan hast, hat mich verändert, Dele, es hat mich beinah zerstört. Aber ich setze die Scherben meines Lebens wieder zusammen. Genau wie an jenem Tag, als ich dich in dem BRT-Bus traf.

ERSTE MALE

Beim ersten Sex warst du sechzehn.

Es passierte in einem schäbigen Motel in Bariga, geführt von einem Portier, der ein schmutziges weißes Hemd trug. Das Zimmer lag am Ende eines Flurs, der nach Marihuana stank. Dort drin nörgelte Idris: »Kannst du dir das vorstellen? Diese Leute haben keine Klimaanlage. Nur einen Ventilator. Ich habe fünftausend Naira für einen Ventilator bezahlt!«

Du fragtest dich, warum er sich wegen des Geldes beschwerte, das du ihm gegeben hattest, bevor ihr bei dem Motel ankamt. »Ist schon in Ordnung«, sagtest du.

Aber das war es nicht. Es war brütend heiß. Das Zimmer fühlte sich feucht an und roch schal. Uralte Spinnweben hingen von der Decke, und auf den Laken waren alte Flecken zu sehen. Als Idris dich auszog und aufs Bett legte, bekamst du Gänsehaut.

»Warte, Idris. Was, wenn es hier Bettwanzen gibt?«

Er hielt inne. Er hatte dir deinen ganzen Lipgloss abgeküsst, und jetzt schimmerten seine Lippen von winzigen Glitzerpünktchen. »Nein. Der Besitzer tauscht die Matratzen alle sechs Monate aus.«

»Woher weißt du das?«

»Schschsch. Küss mich, Baby.«

Ihr küsstet euch. Seine Hände strichen über deinen Körper, befingerten und betatschten dich überall. Doch deine Haut juckte. Du verschränktest die Arme. Er runzelte die Stirn. »Was beschäftigt dich?«

Du brauchtest einen Moment, bevor du antwortetest. »Versprich mir, dass es nicht wehtun wird.«

»Ich versprech's, Baby.«

Das war gelogen.

Die Frauen in den Pornos, die ihr auf Veras Handy gesehen hattet, logen auch, weil sie so taten, als würden sie es anal immer genießen. Wobei Idris es schon genoss. Du hattest das Gefühl, er versuche mit seinen groben Stößen etwas Unerklärliches und Überflüssiges zu erklären. Er knurrte: »Magst du diesen großen Schwanz, Baby?«

Du mochtest ihn nicht.

»Schrei für mich, Baby!«

Du wolltest schreien, aber du weintest nur stumm. Er sah deine Tränen und hörte nicht auf. Wie du so dalagst, gabst du deiner Mutter die Schuld. Jeden Abend schob sie für einen brutalen Jungfräulichkeitstest ihre Finger zwischen deine Beine. »Ich muss wissen, dass du rein bist, Ivie. Fordere mich nicht heraus. Mach nicht die Beine breit. Geh all den Männern aus dem Weg, die nur wegen dir hierher einkaufen kommen. Denkst du, ich merke nicht, wie sie dich ansehen?«

Deine Mutter hatte unten im Haus einen kleinen Supermarkt, und du halfst ihr jeden Tag. Idris kam immer, um bei ihr einzukaufen. Damals war er groß und mager, absurd gut aussehend, und das wusste er. Ihr wohntet im selben Viertel und besuchtet dieselbe Schule. Aber dort nahm er keine Notiz von dir. Das erwartetest du auch nicht. Schließlich war er einer der beliebten Jungs aus dem Abschlussjahrgang, für den all die coolen, gut gebauten Mädchen schwärmten. Du warst ein spindeldürres Mädchen im ersten Jahr dort und hattest Akne.

Zum ersten Mal beachtete er dich im Supermarkt, und von seinem Lächeln bekamst du tatsächlich Herzklopfen. Du konntest nicht Nein sagen, als er dich fragte, ob du seine Freundin sein wolltest. Fast sofort verlangte er Sex. Einen Monat bliebst du standhaft, während er wegen seiner Bedürfnisse als Mann schmollte. Er sagte, er würde dich lieben. Du sagtest, du würdest ihn auch lieben, doch das war gelogen – du betetest ihn an. Er sagte, wenn du ihn wirklich so sehr lieben würdest, dann würdest du ihn mit dir Liebe machen lassen, trotz der täglichen Jungfräulichkeitstests deiner Mutter. Er deutete an, sonst eine andere zu treffen, um seine Bedürfnisse zu befriedigen. Schließlich schlug deine beste Freundin Vera anal als Kompromiss vor, damit du deinen Freund behalten konntest.

Damals in dem Motelzimmer sagte Idris: »Nenn mich Daddy.«

»Hä?«

»Nenn mich Daddy, Baby.«

Du nanntest ihn nicht Daddy. Vielleicht, weil du ein nicht aufgearbeitetes Problem mit deinem Vater hattest, der abgehauen war, als du zwei warst. Oder vielleicht machte der fürchterliche Schmerz dir das Sprechen zu schwer. Aber weil du seine Gefühle nicht verletzen wolltest, flüstertest du: »Baby. Baby. Baby.« Er wirkte enttäuscht, denn er hielt dir den Mund zu. Du begriffst den Hinweis und kehrtest zum Summen und Ah-Sagen zurück, wie sie es in den Pornos machen.

Als er fertig war, gab es Blutspuren auf den Laken und im Zimmer roch es nach Scheiße. Du entdecktest deine Kleider als Haufen in einer Ecke und kamst dir dumm vor, weil du dir für dein erstes Mal ein komplett neues Outfit, inklusive Unterhose, gekauft hattest.

»Ivie, ich seh dich dann in zwei Wochen, nach den Prüfungen. Okay?«

Du konntest nicht erklären, warum es dich traurig machte, dass er dich Ivie und nicht mehr Baby nannte. Unwillkürlich stelltest du fest, er hatte dich nur kurz vor und während dem Sex Baby genannt.

»Zwei Wochen?«

Er lächelte. »Keine Sorge. Ich werde jeden Tag an dich denken.«

Aber nach diesem Tag ging er nicht mehr ran, wenn du anriefst. Er schrieb dir nur, um zu sagen, er sei mit seinen Prüfungen beschäftigt. Vera glaubte, er wäre sauer, weil du beim Sex geweint hattest. Sie gab dir etwas Öl, das du als Gleitmittel benutzen solltest, und warnte dich, nicht zu weinen wie ein kleines Mädchen.

Zwei Wochen später, nach deinen Abschlussprüfungen des ersten Jahrs an der weiterführenden Schule, warst du bereit. Du nahmst dir vor, ihn damit zu überraschen, dass du zwei Nächte mit ihm verbringen würdest. Du kamst zu seinem Zimmer im Boys' Quarter. Das Seitentor war unverschlossen. Beim Reingehen hörtest du laute Musik und sein Lachen. Erst klopftest du, doch weil das keiner zu bemerken schien, drücktest du die Klinke, die sich mühelos öffnete. Du sahst Idris und ein hellhäutiges Mädchen, die sich auf seiner Matratze küssten. Er fuhr gerade mit einer Hand unter den kurzen Rock und zwischen ihre Beine. Geschockt starrtest du sie nur an.

Das Mädchen sah dich zuerst. Nur für einen kurzen Moment erstarrte sie. Dann blickte sie dich triumphierend an und schob Idris tastende Hand noch tiefer zwischen ihre Beine.

Da bemerkte er dich. Er warf sie beinah von der Matratze,

als er sich beeilte aufzustehen. »Ivie, bitte. Es ist nicht, wonach es aussieht.«

Du konntest ihn nicht genau erkennen, weil deine Augen voller Tränen waren.

Das Mädchen stand auch auf und kam mit einem selbstgefälligen Grinsen zu dir. »Hi. Ich bin Belinda. Aber Idris nennt mich Baby. Ich bin seine Freundin.«

Da wurde dir klar, dass sie das Baby war, nach dem er in dem Motel gerufen hatte. Baby starrte dich an, als wollte sie dich provozieren, irgendetwas zu tun.

Du tatest nichts.

Aber du machtest mit Idris Schluss. Tagelang rief er an und schrieb dir Textnachrichten, aber du reagiertest nicht. Du warst wieder zu Hause und ein bisschen verletzt, dass er nicht versuchte, dich dort zu erreichen. Die Ferien erlebtest du wie verschwommen. Das neue Schuljahr, dein zweites, begann rasch. Deine Mutter war immer noch besessen davon, deine Jungfräulichkeit zu überwachen. Du brauchtest ein bisschen Freiraum. Deshalb tischtest du ihr eine Lüge auf, als du zu einer abendlichen Party eingeladen wurdest, damit du hingehen konntest.

Die Party fand in den Quarters statt, bei einem der bekannten Szenejungs. In der Einladung hieß es, 18 Uhr, doch es fing eigentlich erst um 22 Uhr an. Das Haus erinnerte dich an einen Hexenzirkel, verraucht, ohne Möbel, mit blauen Glühbirnen, die von den Decken baumelten. Zuerst presstet ihr, Vera und du, euch nur an die Wand, aber der schwere Geruch von Gras in der Luft und der süße Drink in euren Plastikbechern machten euch irgendwann entspannter. Außerdem lockte euch die berauschende Musik auf die Tanzfläche, wo ihr euch wiegtet und eure Hüften bewegtet. Zum ersten Mal seit Monaten fühltest du dich leicht.

Da hielt dich jemand von hinten an den Schultern fest und flüsterte »Hey, Fremde« in dein Ohr.

Es war Idris. Tanzend schob er sich zwischen dich und Vera. Weil die Musik so laut war, beugte er sich nah zu dir, um zu reden. »Hi.«

»Wie geht's Baby?«, stießt du hervor.

Es wunderte dich, dass sein Lächeln immer noch weiche Knie und Herzklopfen bei dir auslöste. Er beugte sich wieder zu dir, seine Wange an deiner. »Wir haben an dem Tag Schluss gemacht. Es tut mir so leid. Du fehlst mir, Ivie. Mein Leben ist ohne dich nicht mehr wie vorher.«

Während er das sagte, strich er mit der Hand über deinen Rücken und küsste dich auf die Schulterblätter. Er roch köstlich. »Ich liebe dich, Ivie. Ich liebe dich so sehr.«

Am selben Abend kamt ihr wieder zusammen.

♡—♥—♡

Du warst einundzwanzig, als du zum ersten Mal eine Schlägerei verlorst.

Es passierte im »11:55«, dem Club, wo Idris eine Geburtstagsparty für dich gab. Du warst nicht scharf auf die Party oder Clubbing gewesen. Damals konzentriertest du dich auf andere Dinge. Eigentlich hättest du mit der Schule schon fertig sein wollen, doch wegen mehrerer Streiks der Lehrkräfte stecktest du noch im Abschlussjahr. Allerdings nutztest du deine Zeit gut. Du hattest deine Mutter überredet, eine kleine Filiale ihres Supermarkts in einem der Ladenlokale im Schulkomplex zu eröffnen. Die führtest du neben deinen schulischen Verpflichtungen. Deshalb warst du immer müde. Idris nutzte das als Argument für die Party. Er meinte, du müsstest dich mal entspannen, runterkommen und Clubbing sei perfekt dafür. Du wusstest, dass Clubbing sein Ding war, aber du verschwiegst, dass es nicht deins war.

Ihr kamt früh ins »11:55«, so gegen halb elf. Idris' Freunde waren schon da. Wie immer gab Idris den Mr Big Shot. Sie feierten ihn, während er eine Runde nach der anderen für alle ausgab. Dazwischen rief er immer wieder: »Mein Baby ist einundzwanzig!« Du warfst ihm einen Blick zu, damit er aufhören sollte. Nach der Sache mit Belinda hattest du ihn gebeten, dich nicht mehr Baby zu nennen, und er hatte es versprochen. Er verstand den Blick, grinste aber überlegen und flüsterte: »Chill. Ich nenn dich ja nicht Baby. Ich sage nur den anderen, dass du mein Baby bist. Kapiert?«

Du kapiertest es nicht. Irgendwann ignoriertest du es und versuchtest, dich auf die Party einzulassen. Gerade als du anfingst, dich zu amüsieren, gerietet ihr beide in Streit. Er hatte zusätzliche Flaschen Champagner bestellt, und weil er alle Drinks von deinem Geld bezahlte, hattest du Sorge, die zusätzlichen Getränke würden dein Budget sprengen. Als du ihm zuflüstertest, was deine Befürchtung war, warf er dir vor, ihn schlecht dastehen zu lassen. Dann stand er auf und verschwand in Richtung Toiletten. Du warst das gewohnt, dass er verschwand, um Dampf abzulassen, wann immer ihr Streit hattet. Doch als er nach einer Stunde immer noch nicht zurück war, machtest du dich auf die Suche. Ein paar Jungs bestätigten, dass er nicht auf dem Männerklo war. Du gingst nach draußen. Zuerst sahst du ihn nicht, aber dann bemerktest du eine schwache Bewegung in einer schummrigen Ecke. Du schlichst näher ran.

Idris lehnte mit dem Rücken an der Mauer. Genießerisch hielt er die Augen geschlossen. Der Reißverschluss seiner Hose war offen. Ein Mädchen, ein hellhäutiges, wie immer, hockte vor ihm. Ihr knappes Kleid war über die Oberschenkel hochgerutscht und bedeckte den dicken Hintern kaum. Ihr Gesicht trug einen konzentrierten Ausdruck, und ihre Kiefer mahlten, während sie ihm einen energischen Blowjob verpasste. Er hatte den Kopf in den Nacken gelegt und die Hände ins Haar der Schlampe vergraben. Sein Mund stand offen, die Worte waren unhörbar, aber du konntest sie von seinen Lippen lesen: »Ja. Ja. Ja.«

Du beobachtetest die beiden, bis Idris' Schultern leicht zu zucken begannen – das Zeichen dafür, dass er gleich kommen würde. Sie schaute zu ihm hoch, mit lächelnden Augen und anscheinend, um ihn zu ermuntern. Aber du würdest dem Bastard nicht das Vergnügen gönnen, seinen Samen in ihren Mund zu spritzen.

Also stürztest du dich auf sie.

Du packtest sie an den Haaren, zogst sie von seinem Schwanz weg und stießt sie zu Boden. Dein Selbstvertrauen beruhte darauf, dass du Idris nach dem Vorfall mit Belinda noch mit anderen Mädchen erwischt hattest (die übrigens immer hellhäutig und üppig gebaut waren). Du hattest dir angewöhnt, sie zu schlagen oder einzuschüchtern, damit sie sich merkten, dass sie nicht mit deinem Mann rumzumachen hatten. Dieses Mädchen würde keine Ausnahme sein. Sie sah noch dazu eher schwächlich aus, und du rechnetest damit, sie leicht zu bezwingen, als du dich auf sie setztest und fest zuschlugst. »Du lutscht also gern an den Männern von anderen, *abi?*«

»Ivie, bitte hör auf«, flehte Idris.

Da richtetest du deine Aufmerksamkeit auf ihn. »Du Nichtsnutz! Zwischen dir und mir ist es aus, hörst du? Sobald ich hier fertig bin …«

Du hattest nicht gesehen, wie das Mädchen ausholte. Ihre Faust traf deinen Solarplexus. Du fühltest dich schlagartig wie gelähmt und kriegtest keine Luft mehr. Dann wurde dein Körper von diesem quälenden Schmerz erfasst, der dich von ihr runterrutschen ließ. In Fötushaltung lagst du auf dem Boden und rangst nach Atem, während dein Körper sich verkrampfte. Da sprang sie auf dich, fixierte deine Arme mit ihren Knien und verpasste deinem wehrlosen Gesicht einen Hagel von Schlägen und Kratzern. Das alles passierte schnell. Das Letzte, woran du dich erinnertest, bevor du das Bewusstsein verlorst, war der lächerliche Anblick von Idris' armselig schlaffem Penis, der aus seiner Jeans baumelte, während er versuchte, sie von dir wegzuziehen.

Drei Stunden und ein glänzendes blaues Auge später brachte Idris dich zu deinem Wohnheim.

»Es tut mir so leid, Ivie. Ich mach's nie wieder.«

Du seufztest. »Warum, Idris? Ich habe alles getan, was du verlangt hast. Anal, vaginal, Blowjobs, hab sogar angefangen, meine Haut zu bleichen. Aber du tust mir das dauernd an. Warum?«

»Tut mir leid. Es wird nicht wieder vorkommen.«

»Verpiss dich! Wir sind fertig miteinander.«

♡—♥—♡

Du warst achtundzwanzig, als er dich das letzte Mal zum Weinen brachte.

Du erinnerst dich an den Tag. An jenen Nachmittag. Vera war vorbeigekommen, um dich in deiner Supermarktfiliale in Jakande zu besuchen. Aus dem kleinen Eck-Supermarkt deiner Mutter hast du eine Kette von sieben Megamärkten, verteilt auf ganz Lagos, gemacht. Wie immer lenkte Vera euer Gespräch auf das Thema Männer, während ihr in deinem Büro saßest. Dort beobachtetest du den Verkaufsraum über deinen Schreibtischmonitor, der dir die Aufnahmen aller

Überwachungskameras im Laden in Echtzeit zeigte. »Ich hätte nie gedacht, dass die Ehe Idris zum Besseren verändern würde. Du hast Glück, Ivie.«

Du korrigiertest sie leise: »Er hat sich geändert, bevor ich ihn geheiratet habe.«

Mehr Genugtuung erlaubtest du dir nicht. Vera lächelte beschämt.

Sie hatte ihm die Prügel, die du im »11:55« einstecken musstest, nie verziehen. Als du ihn dann zurücknahmst, nachdem er dich öffentlich monatelang darum gebeten hatte, sagte sie, du würdest einen Fehler machen. Es ließ sie kalt, dass er dein Foto als Profilbild bei all seinen Konten in den sozialen Medien verwendete und dir all seine Passwörter verriet. Es gab keine Affären nebenher und keine One-Night-Stands mehr, und er ließ wie versprochen das viele Trinken und Clubbing bleiben. Ihre Erklärung dafür war, dass er eben pleite war und sich seine schlechten Angewohnheiten nicht leisten konnte.

Du widersprachst. In deinen Augen war Idris reifer geworden. Offener. Er gestand, dass seine frühere Untreue die Ursache in einer Mischung aus Unsicherheit, Stolz und Unreife gehabt hätte. Er sprach von persönlicher Verantwortung und Entwicklung. Träumte von einer Zukunft mit dir. Seine ehrliche Selbsterkenntnis war erfrischend. Ihr entwickeltet mehr Nähe, wurdet unzertrennlich. Zum ersten Mal in eurer Beziehung hattest du das Gefühl, das Herz deines Mannes endlich zu besitzen.

Du stelltest ihn auf die Probe. Er machte dir sofort einen Heiratsantrag, kaum dass du mit dem NYSC-Arbeitsdienst fertig warst. Aber du ließest ihn warten. In den zwei Jahren bevor du Ja sagtest, war er der Liebste überhaupt. Inzwischen wart ihr seit vier Jahren verheiratet. Und er hatte sich, was Romantik anging, noch mal gesteigert – tägliche Anrufe bei der Arbeit, regelmäßige gemeinsame Mittagessen unter der Woche, Blumen, Geschenke, gelegentliche Kurzurlaube zu zweit in Hotels. Ja, an den meisten Abenden kam er erst spät nach Hause, doch das lag daran, dass er als Gründer von drei Tech-Start-ups so hart arbeitete. Dein Mann gehörte dir und nur dir allein. Endlich. Niemand konnte ihn dir nehmen. Vera irrte sich. Deine Mutter hatte sich geirrt. Du wünschtest, du hättest deiner Mutter noch sagen können, dass Männer schätzten, was man ihnen gab, und dass du Idris nie so sehr geliebt hattest wie jetzt. Du wünschtest, sie hätte dich noch glücklich mit Idris und dein Leben in bester Ordnung gesehen. Du vermisstest deine Mutter. Ein Jahr zuvor war sie an Komplikationen ihres Diabetes gestorben.

Vera holte dich aus den Erinnerungen an deine Mutter. »Du inspirierst mich, auch zu heiraten.«

»Hat dir jemand einen Antrag gemacht?«

»Noch nicht.«

»Ah, okay. Hast du die Liste der Boyfriends zusammengekürzt?«

Sie kicherte. »Demnächst.«

Am späten Abend desselben Tags wachtest du plötzlich in der Dunkelheit auf. Sofort wusstest du, dass du in Krankenhaus musstest. Du strecktest den Arm im Bett aus, spürtest Idris aber nicht. Du machtest die Nachttischlampe an. Er war nicht im Zimmer. Vorsichtig stiegst du aus dem Bett und gingst ins angrenzende Bad, doch da war er auch nicht. Du griffst nach deinem Handy, riefst ihn an und sahst sein Handy auf dem Nachttisch vibrieren. Das bedeutete, er war unten. Du seufztest. Weil du müde warst, wolltest du nicht zweimal nach unten gehen müssen. Also zogst du das Kleid an, das du für diesen Anlass vorgesehen hattest. Idris würde raufkommen und die Tasche holen müssen. Du nahmst nur dein Handy und eine kleine Handtasche mit. Du warst bereit. Langsam stiegst du die Treppe hinunter, dankbar für den dicken Teppich auf den Stufen, der deinen Füßen wohltat.

Auf halbem Weg hörtest du ein Geräusch, bliebst stehen und lehntest dich ans Geländer.

Langsamer setztest du deinen Weg nach unten fort.

Im Wohnzimmer und dem angrenzenden Esszimmer brannte kein Licht. Allerdings waren Bereiche des Esszimmers von den extrahellen LED-Sicherheitslampen draußen am Haus mitbeleuchtet.

Da sahst du die Ursache des Geräuschs.

Idris vögelte Testimony, euer Hausmädchen.

Sie trieben es wie die Tiere. Sie beugte sich über den Esstisch. Doggystyle. Ihr rechtes Bein hatte sie leicht angehoben, und der große Hintern wölbte sich perfekt, um seine Stöße zu empfangen. Die Pyjamahose hing ihm an den Knien. Seine linke Hand zog und zerrte an ihrem pinkfarbenen Slip und packte in ihr weiches Fleisch. Mit der Rechten griff er abwechselnd nach ihren schweren Brüsten oder gab ihr Klapse auf die wackelnde rechte Pobacke, sodass auf ihrer hellen Haut rote Handabdrücke zurückblieben.

»Ah! Idris. Idris, oh«, stöhnte sie, während er sein typisches Grunzen von sich gab. Zum ersten Mal hörtest du, wie sie seinen Namen aussprach. Aus ihrem Mund klang das unangemessen. Sonst nannte sie ihn *oga*, also Chef.

Du warst ruhig, als du dich höflich räuspertest.

Sie hörten auf und fuhren ruckartig auseinander.

»Zieh dich an, Idris.«

Er starrte dich immer noch reglos an. Irritiert, weil du nicht reagiertest.

Immer noch ruhig sagtest du: »Meine Fruchtblase ist eben

geplatzt. Das Baby kommt. Zieh dich an. Hol die Tasche. Bring mich ins Krankenhaus.«

Auf der Autofahrt zum Krankenhaus schwiegst du. Du drehtest dich zum Fenster, damit er die Tränen nicht sehen sollte, die dir in der Dunkelheit über die Wangen liefen.

Im Krankenhaus streckte er eine Hand aus, um dich zu stützen, doch du zucktest zurück. Wegen ihm bissest du die Zähne zusammen und unterdrücktest das Stöhnen oder Schreien, als die Wehen heftiger wurden. Während der ganzen neun Stunden Wehen sprachst du nicht mit ihm. Du sagtest es ihm nicht, als die Ärzte entschieden, dass es sicherer wäre, das Baby per Kaiserschnitt zu holen. Er wollte mit in den OP, doch du erklärtest den Ärzten, du wolltest ihn nicht dabeihaben. Nach einer peinlichen Pause baten sie ihn zu gehen.

Nachdem deine Tochter geboren war, sagtest du den Ärzten, sie sollten ihn reinlassen. Innerlich wie tot sahst du, wie er weinte, als er sie im Arm hielt. Euer erstes Kind. Ihr hattet wegen Idris' geringer Spermienzahl und deiner ungastlichen Gebärmutter so lange gebraucht. Diese Schwierigkeiten hatten euch nur noch enger zusammengeschweißt. Diese Geburt sollte das größte Wunder eurer Liebe sein. Bis er es verkackte.

Deshalb erzähltest du ihm auch nie, dass du die Ärzte angewiesen hattest, deine Eileiter gleich nach der Geburt zu verschließen, solange du noch auf dem OP-Tisch lagst.

Im Erholungsraum waren deine ersten Worte an ihn, dass du sie nach deiner Mutter Grace genannt hast. Er machte den Mund auf, vielleicht, weil er dich daran erinnern wollte, dass ihr euch vorher darauf geeinigt hattet, sie nach seiner Schwester zu nennen. Doch er sah deine Miene, seufzte erschöpft und sagte: »Okay.« Dann kniete er am Fußende deines Betts und berührte deine Füße: »Ivie. Du bist mein Leben. Ich verspreche, dass ich dir nie mehr wehtun werde.«

Du sagtest nichts.

»Ich habe Testimony gesagt, sie soll gehen.«

Du sahst ihn an. »Besorg einen neuen Esstisch.«

♡—♥—♡

Du warst dreiunddreißig, als du deinen ersten Orgasmus hattest.

Du hattest ihn nicht mit Idris, aber man könnte es einen glücklichen Zufall nennen, dass Idris dir denjenigen vorgestellt hatte. Er war ein wundervoller Mann. Lächelte mit Grübchen, hatte weiße Zähne, dunkle Haut, eine Glatze und hinkte leicht beim Gehen. Seine Haltung strahlte trotzdem aus, dass weder Ruhm noch Pech ihn aus der Ruhe bringen könnten. In einem anderen Leben wäre er ein König gewesen, aber in diesem war er dein Fahrer, angestellt von deinem Ehemann.

Doch das machte ihm nichts aus. Eine Woche nachdem er begonnen hatte, dich zu fahren, meinte er: »Ich mag Ihr Kleid. Es passt wirklich gut zu Ihrem Hautton.« Er sagte das leise, während ihr in der Chevron-Gegend im Stau standet, und als wäre es das Natürlichste der Welt. Du wusstest nicht, was du erwidern solltest, also schautest du aus dem Fenster und tatest, als hättest du ihn nicht gehört. Doch deine Miene verriet dich, denn ein kleines Lächeln stahl sich auf dein Gesicht. Eure Blicke trafen sich im Rückspiegel, und du wusstest, dass er dich lächeln gesehen hatte.

Außerdem nahm er dich mit Musik für sich ein. Ohne ein Wort zu sagen, spielte der Mann immer genau, was du hören musstest – sogar bevor du selbst wusstest, was du brauchtest. Wie an dem Tag, als du vor Wut kochtest, weil du das von Idris und einer seiner Praktikantinnen rausgefunden hattest. Da spielte er diese fesselnde Melodie, die dich dazu brachte, mit dem Kopf zu nicken, und die deine Stimmung hob. »Was ist das für ein Song?«

»*Single & Searching*. Yemi Alade und Falz.«

»Gefällt mir. Spielen Sie den noch mal.«

Er schaltete auf Repeat, während ihr durch Osapa London fuhrt.

»Woher wissen Sie immer …?«

Du beendetest die Frage nicht einmal, aber er wusste auch so, was du meintest. »Uber«, antwortete er, »ich bin mit meinem Wagen Uber gefahren, bis …« Er sprach nicht weiter. »Wie auch immer. Ich habe jedenfalls Menschenkenntnis entwickelt und gelernt, welche Musik jemand mag.«

»Verstehe. Und warum haben Sie mit Uber aufgehört?«

Er biss die Zähne zusammen. Dann sprach er ruhig weiter, doch der Schmerz war unübersehbar. »Unfall. Ein Schiffscontainer fiel von einem Lkw. Auf der Ojuelegba Bridge. Hat meinen Wagen darunter zerquetscht. Meinen Fahrgast getötet, mich fast zum Krüppel gemacht. Brauchte dreizehn Monate, um wieder laufen zu lernen.«

»Das tut mir so leid.«

»Danke. Eines Tages werde ich wieder auf eigenen Beinen stehen.« Dann wechselte er die Musik zu *Stay* von Rihanna, weil das besser zur aktuellen Stimmung im Auto passte. Für den Rest der Fahrt beobachtetest du ihn – wie das Licht der Abenddämmerung auf seiner glatten, ebenholzfarbenen Haut schimmerte, wie seine kräftigen Hände das Lenkrad hielten, wie seine vollen Lippen lächelten, während er stumm die Texte der Lieder mitsang. Während du ihn so ansahst, begriffst du nicht, was für ein plötzlicher Schmerz dein Herz erfasste.

Eines Morgens, zwei Wochen später, kamst du aus dem Haus und stiegst in den Wagen. Er flüsterte, aber laut genug, sodass du es hören konntest: »Sie haben eine umwerfende Figur.«

Du wartetest, bis dein Lächeln wieder verschwunden war, dann sagtest du: »Hören Sie, Ezekiel …«

»Nennen Sie mich Kel.«

Du atmetest geräuschvoll aus. »Hören Sie, Kel. Es steht Ihnen nicht zu, so mit mir zu reden. Bringen Sie mich nicht dazu, mich über Sie zu beschweren.«

»Das würden Sie nicht tun.«

Er sagte das mit einer Nonchalance und Gewissheit, dass euch beiden klar war, er hatte recht.

Später am Abend arbeitetest du an deinem Laptop und merktest gar nicht, dass er die Abzweigung in deine Straße verpasste. Erst als er parkte, fiel dir auf, dass ihr einige Straßen entfernt wart. In einer dieser verlassenen Sackgassen von Victoria Garden City. Er ließ den Motor laufen, schaltete aber die Scheinwerfer aus. Es war dunkel.

»Gibt es ein Problem?« Seltsamerweise fürchtetest du dich nicht.

Er stieg aus und kam auf deine Seite des Wagens. Dort öffnete er die Tür, beugte sich herein und öffnete deinen Sicherheitsgurt. Du nahmst einen Hauch von seinem Parfum wahr, und das ließ dich kurz schwindelig werden. Denn plötzlich war dir bewusst, wie lange du schon deine Nase an seinen Hals pressen und seine Haut riechen wolltest. Sanft drehte er dich zu sich. Der Wagen, ein Toyota Prado, war hoch. Du saßest immer noch, aber ihm zugewandt, während er draußen stand.

Er fuhr mit einer Hand durch deine unzähligen Braids, neigte deinen Kopf ein wenig.

»Was machen Sie da?« Deine Stimme klang erstickt, dein Herz schlug schneller.

»Ich werde Sie nur küssen.« Du konntest das Lächeln in seiner Stimme hören, während sein Gesicht sich deinem näherte.

Dieser Mann küsste dich, als wäre er dafür geschaffen. Er

schmeckte nach Minze, seine Lippen waren weich, übten aber den perfekten Druck aus. Er verstand es, seine Zunge zu benutzen, erst sanft, dann tief, als du sie gierig aufnahmst. Er knabberte an deinen Lippen, strich mit seinen über deinen Hals, und du musstest dir auf die Unterlippe beißen, um nicht zu laut aufzustöhnen. Es fühlte sich so gut an. Seine andere Hand fand deine Pobacken und drückte sie, während er dich an sich zog. Durch seine Jeans spürtest du, wie sein Schwanz hart gegen deine Beine drängte. Du strecktest die Hand aus, um seinen Reißverschluss zu öffnen, doch er hinderte dich daran. »Ich will Sie nur küssen, schon vergessen?«

Behutsam drückte er dich so weit nach hinten, bis du auf dem Sitz lagst. Dein Kleid war hochgerutscht. Du schämtest dich, weil du nicht rasiert warst (Idris und du, ihr hattet keinen Sex mehr, also hattest du damit aufgehört). Ihn störte das nicht. Seine Finger spielten mit deinem Haar, sein Daumen tauchte in die Nässe und strich über deine Klitoris. Du legtest eine Hand über deinen Mund, um das Stöhnen zu dämpfen. Weiter streichelnd betrachtete er dich eine Weile und flüsterte dann: »Lass mich dich schmecken.«

Er senkte den Kopf zwischen deine Beine, inhalierte tief, leckte dich, was sich elektrisierend anfühlte, und gab dir einen feuchten Kuss. »Du riechst so gut«, seufzte er. Seine Worte brachen dir das Herz – Idris hatte dich nie in den Mund genommen, und unwillkürlich hattest du dich gefragt, ob du stinken würdest.

»Was auch geschieht, schrei nicht«, sagte er gegen deine Pussy.

Du nicktest, während er dich leckte und mit den Zähnen vorsichtig reizte. Die Wellen der Lust schlugen immer höher. Du spürtest einen Rausch in dir aufbranden und ergabst dich dem Gefühl. Dann verlorst du das Bewusstsein.

»Ivie, wach auf.« Er schüttelte dich sanft.

Er half dir beim Aufsetzen. Dein Körper fühlte sich seltsam an – kribbelnd, aber zugleich unglaublich entspannt. Katatonisch sahst du zu, wie er deine Kleidung in Ordnung brachte und dein Haar glatt strich. Du sahst, dass er immer noch hart war, doch er kehrte einfach auf den Fahrersitz zurück und fuhr dich schweigend nach Hause. Deine Augen waren plötzlich voller Tränen, obwohl dein Herz zum ersten Mal nach langer Zeit wieder lächelte.

An diesem Abend rasiertest du dich.

Am nächsten Tag fuhrt ihr schweigend los, als wäre nichts geschehen. Doch anstatt wie geplant zu deinem Supermarkt in Oniru ließest du ihn nach Lekki Phase One fahren. Dort dirigiertest du ihn durch Nebenstraßen des Admiralty Way zu einem abgeschiedenen luxuriösen Gästehaus. Du gingst allein hinein, bezahltest ein Zimmer und bestelltest ein üppiges Frühstück für zwei. Dann wartetest du, bis der Zimmerservice das Essen gebracht hatte, bevor du ihn anriefst. Du öffnetest ihm selbst die Tür und verstecktest dich dahinter, weil du nackt warst. Ins Bett schafftet ihr es erst nach der ersten fiebrig magischen Runde gegen die Wand und auf dem Sessel. Vier Stunden verbrachtet ihr mit Küssen, Vögeln von einem Orgasmus zum nächsten, essend, kuschelnd, mit einem Mittagsschlaf und einem langen, aber unbeschwerten Schweigen.

Es wurde zur festen Gewohnheit. Immer in anderen Gästehäusern oder Hotels, zweimal die Woche. Und dabei ging es nicht nur um Sex, sondern auch um alles andere. Er war immer da. Er öffnete Türen für dich. Nicht als der Fahrer, sondern als ein Mann, der auf seine Frau achtet. Für die Heimfahrt nach der Arbeit hatte er immer ein kaltes Getränk für dich parat. Er bot an zu bezahlen, wenn ihr ausgingt, was komisch war, da du mehr Geld hattest als er. Doch du ließest ihn machen. Er war großartig im Umgang mit Grace, und sie himmelte ihn an. Er registrierte alles an dir, sogar dass du dein Parfum wechseltest. Und ihr redetet miteinander, als wäre er der Mann, der Idris hätte sein können.

Beim Kuscheln eines Nachmittags sagte er auf seine ruhige Art: »Ich liebe dich, Ivie. Du musst es nicht zurücksagen. Ich möchte nur, dass du weißt, was ich empfinde.« Vielleicht lag es daran, wie er es sagte, oder an der Gewissheit in seinem Blick, jedenfalls wusstest du, dass es stimmte. Dieser Mann liebte dich genauso, wie du es dir immer von Idris gewünscht hattest. Einen Augenblick lang trauertest du um Idris und darum, was hätte sein können. Du schmiegtest dein Gesicht an Kels Brust, sagtest aber nichts. Er hielt dich fest, und das genügte.

Ab jenem Tag wusstest du, was zu tun war. Du wartetest auf den richtigen Moment. Der kam schließlich ungefähr vier Monate später. Idris wollte ein weiteres Start-up gründen (obwohl die vier, die er bisher gegründet hatte, alle gescheitert waren). Er hatte ein Mittagessen mit Leuten von der Presse angesetzt, an dem du mit ihm gemeinsam teilnehmen solltest. Doch in letzter Minute erklärtest du ihm, du hättest es dir anders überlegt. Er war stinksauer. »Ich habe das so geplant, dass du dabei bist.«

Du zucktest nur mit den Achseln und schminktest dich weiter.

»Moment mal! Du kommst nicht mit zu dem Essen, aber gehst aus?«

»Ja.«

Misstrauisch musterte er dich. »Ich dachte, du hättest dir Haare und Nägel für mein Event machen lassen.«

»Dein Event ist nicht der Grund, warum ich gut aussehen will.«

»Wo gehst du hin?«

Du kichertest und vollendetest in Ruhe dein Make-up. Dann meintest du lächelnd: »Gib mir mal mein Handy, Idris. Es liegt auf deiner Seite vom Bett.«

Dann beobachtetest du, wie er nach dem Handy griff, das untypischerweise nicht gesperrt war. Du konntest sehen, wie er aufs Display schielte. Seine Miene verdüsterte sich. »Wer zum Teufel nennt dich Baby, und warum vermisst der Kerl dich?«

Dein Ton blieb gelassen. »Hör auf, wie ein Kind rumzuschreien. Unsere Tochter ist unten.«

Er keuchte schwer, als müsse er nach Luft ringen. Seine Stimme klang etwas ruhiger, als er sagte: »Ivie, wer nennt dich Baby? Du hast immer gesagt, du magst es nicht, so genannt zu werden.«

Du zucktest mit den Achseln. »Seit dem Unfug mit Belinda mag ich es nicht, wenn du mich Baby nennst. Bei anderen Leuten macht es mir nichts aus, verstehst du?« Du warfst einen Blick auf deine Armbanduhr. »Bist du nicht schon spät dran?«

»Scheiß drauf! Willst du mich verarschen?«

»Idris, setz dich.«

»Betrügst du mich?«

»Und wenn ich's tue?«

»Dann verlasse ich dich. Hörst du? Mit uns ist es aus!«

Du zucktest mit den Achseln. »Okay.«

»Okay?«

»Ja. Okay.«

Er fing an zu schreien: »Du warst ein Niemand, als ich dich geheiratet habe. Und so dankst du es mir?«

»Da verwechselst du was. Du warst der Niemand, Idris. Als wir geheiratet haben, konntest du kaum deinen Lebensunterhalt bestreiten. Ich hab dir vorher mein eigenes Brautgeld gegeben, weißt du nicht mehr?«

»Betrügst du mich?«

»Ja.« Du hieltst seinem Blick stand, während du ihm antwortetest. »Vielleicht solltest du dich hinsetzen, wie ich dir schon vorgeschlagen habe.«

Wie benommen sank er auf einen Stuhl. Idris war kein gewalttätiger Mann, aber du strecktest die Hand aus und tastetest nach dem Pfefferspray in deiner Tasche. Nur für alle Fälle.

»Wer ist es?«

»Kel.«

Seine Augen blitzten vor Wut. »Der Fahrer, der vor drei Monaten gekündigt hat?«

»Ja.«

Sein Blick wurde schmal, während er eins und eins zusammenzählte. »Er hat mir erzählt, er würde sich selbstständig machen …«

»Ja, mit einer Mietwagenfirma.«

»Die du finanzierst, stimmt's?«

»Natürlich. Weil er eine ordentliche Buchhaltung hat, Erträge erwirtschaftet und vermutlich ab nächstem Jahr Gewinne machen wird. Hast du jemals gelernt, Gewinn zu machen, nachdem ich fünf – oder waren es sechs? – von deinen Geschäftsideen finanziert habe?«

»Du Nutte! Eine verheiratete Frau mit einem Kind verrichtet *ashawo*-Arbeit. Schämst du dich nicht?«

»Nein. Weil ich von dir gelernt habe, Idris. Und vor allem füge ich niemand Schaden zu.«

»Ah, du bist eine bösartige Frau. Hab ich dich nicht genug angebettelt?«

»Doch, du hast immer gebettelt. Aber du bist ein gestörter Mann.«

»Ich bin gestört? Du gehst fremd, und ich bin gestört? Ich

werde mich von dir scheiden lassen und mein Kind mitnehmen.«

Da fingst du an zu lachen. Das klang so seltsam, als käme es von jemand anderem. Als du damit aufhörtest, sahst du ihm wieder direkt in die Augen. »Du bist ein gestörter Mann, weil du sogar jetzt noch wie eine kleine Schlampe über mich jammerst, während du es selber mit deiner neuen Sekretärin treibst.«

Überrascht zuckte er zusammen.

»Ach, du dachtest, ich wüsste das nicht? Wie kommst du darauf, nach all den Malen, als ich dich erwischt habe? Ich habe mein ganzes Leben als Erwachsene mit dir verbracht, Idris. Du hast mich betrogen, belogen und mein Selbstwertgefühl zunichtegemacht. Zum Glück habe ich jemand gefunden, der eine Million Mal mehr ein Mann ist als du. Und ja, ich beabsichtige, ihn zu behalten. Also werden wir Folgendes tun: Wir reichen die Scheidung ein, ohne in aller Öffentlichkeit schmutzige Wäsche zu waschen. Mein Anwalt sagt, wir sollten auf unüberbrückbare Zerrüttung der Ehe plädieren. Dann werde ich dir ein paar Dinge geben, damit du dein Leben bequem weiterführen kannst. Ich behalte Grace, werde aber bei den Besuchsrechten großzügig sein.«

Du seufztest. »Aber wenn du dagegen kämpfst oder sogar daran denkst, mir mein Kind streitig zu machen, dann werde ich dir alles nehmen. Deine Autos, dein Büro, deinen Lebensstil, alles, was ich finanziert habe, während du rumgelaufen bist und ein nutzloses Start-up nach dem anderen angefangen hast. Dann will ich doch mal sehen, wie die Lagos-Girls, für die du es liebst zu posen, dich einschätzen, wenn du vom Mercedes G-Klasse auf Uber umsteigst.«

Sprachlos sank er auf seinem Stuhl in sich zusammen.

Du strecktest die Hand aus. »Gib mir mein Handy, Idris.«

Es dauerte einen langen Moment, bis er das tat. Als du es entgegennahmst, meintest du lächelnd: »Du hast fünf Tage gebraucht, um die Textnachricht zu sehen, obwohl ich das Handy entsperrt, die Nachricht geöffnet und es auf deiner Seite des Betts liegen gelassen hatte. Wirklich enttäuschend.«

Damit ließest du ihn sitzen.

CATFISH

Donald »Don« Okoro

Als der Fahrer ins Nobelviertel Ikeja GRA einbiegt, spüre ich, wie mein Schwanz sich vor Erregung aufstellt. Ich fahre nicht nach Magodo nach Hause, obwohl ich weiß, dass meine Jungs dort auf mich warten. Dank Dooshima, meiner Baddie auf Insta, habe ich andere Pläne.

Erst seit knapp einer Stunde bin ich zurück in Lagos, nachdem ich meine sechsmonatige Tour abgekürzt habe. Als ich diese Musiksache anfing, lachten die Leute mich aus. Sie verspotteten alles an mir, vom Sound bis zu meinem Aussehen. Mich hat das nie gekümmert. Nach drei Jahren harter Arbeit und dem Betteln um Gigs, wo immer ich welche kriegen konnte, nach unzähligen Studiosessions bin ich jetzt ein aufstrebender Künstler. Ich habe mit erstklassigen Musikern und Produzenten gearbeitet. Schließlich erhielt ich die verdiente Anerkennung. Die Sache mit den Nigerianern ist die: Sobald du ihre Aufmerksamkeit einmal hast, zeigst du ihnen besser, dass du sie verdienst, sonst bist du ruckzuck ein vergessener ehemaliger Künstler. Deshalb hat mein Manager diese Tour gebucht.

Aber heute geht es nicht um mich. Heute geht's um Dooshima. Wir chatten schon ein paar Wochen lang. Ich habe sie auf Instagram kennengelernt, wo ich über ihr Foto stolperte – sie war umwerfend, vielleicht das schönste Mädchen, das ich je gesehen habe. Aber in Zeiten von #MeToo und #MenAreScum auf Instagram in die DMs von einem Babe zu schlittern, das kostete schon eine Portion Mut und eine Dosis Leichtsinn. Vor allem für einen aufstrebenden Künstler, der was zu verlieren hat. Gleichzeitig wollte ich mich auch nicht auf Instablog von irgendwem bloßstellen lassen. *Abeg* – bitte nicht. Meine Karriere hatte noch keine Stoßdämpfer für Skandale.

Das Babe war echt *fine.* Nachdem ich also zwei Tage lang Dooshimas Fotos angestarrt hatte, gab ich der Versuchung nach. Ich sondierte das Terrain, indem ich auf eine ihrer Storys mit einem Emoji antwortete. Sie reagierte. Wir chatteten ein bisschen, wechselten dann zu WhatsApp. Und dann eines Abends, nach einem Auftritt in Benin, chatteten wir, als es so richtig losging.

Hey
Heyyy, wie war dein Konzert?
Mad o. richtig cool. Die Leute kannten alle meine Songs. Es war irre.
Yay! Freut mich für dich.
Danke, Mami. Ich bin müde.
Oh 🙁
Was ist denn los?
Ich bin geil.
Echt? Brb.

Ich kann's nicht leugnen, dass ich plötzlich vergessen hatte, wie müde ich war. Ich verdrückte mich von der Afterparty und stürmte zurück in mein Hotelzimmer. Dann schrieb ich: *Kann ich anrufen?*

Nein.
Video?
Kein guter Zeitpunkt.
Shit, Mami. Okay, lass uns chatten. Wünschte, ich könnte dich sehen.
Echt? Was würdest du machen?

Omo! Ich wusste, das war's. Wir hatten schon ein paarmal geflirtet, aber das hier war anders. Das steuerte auf was Gutes zu. Ich rannte ins Bad, schnappte mir meine Lotion. Ich war schon hart. Zwei Monate lang hatte ich keinen Sex gehabt. Meine Mum, die herrische Gebetsaktivistin, hatte mir das Versprechen abgenommen, auf Tour enthaltsam zu bleiben. »Lass dir nicht von diesen Frauen die Schau stehlen, Donald. Meide Sex«, hatte sie gesagt.

Seit mein Vater vor fünf Jahren nach kurzer Krankheit starb, gibt es nur noch sie und mich. Und ich versuche ja wirklich, ein guter Sohn zu sein, *sha.* Vor dem Abend, bevor Dooshima, meine Insta-Baddie, ins Spiel kam, gab es also immer nur mich und meine Bodylotion. Aber das musste nicht zwangsläufig als zufälliger virtueller On-Tour-Fuck enden. Wenn ich meine Karten richtig ausspielte, dann konnte ich sie vielleicht in echt vögeln, sobald ich zurück in Lagos war. Aber für den Moment musste ich irgendwie mit meinem Orgasmus einen Zahn zulegen.

Mami, ich will dich schmecken.
Ich will was von dem Saft. Ist schon eine Weile her, dass ich welchen hatte.

Ach ja? Wie lange denn schon?
Zu lange. Erzähl mir, wie du mich nass kriegen würdest.
Zuerst werde ich zwischen deinen Beinen knien.
Was denkst du, wie meine Pussy aussehen würde?
Prall. Warm. Nass.
Was würdest du machen, wenn du sie siehst?
Ich werde deine Klit mit meiner Zunge kitzeln. Mit der Spitze werde ich deinen Namen buchstabieren.
Oh wow, und dann?
Dann werde ich meine Zunge immer wieder in deine Pussy schieben.
Oh mein Gott.
Würde sich das gut anfühlen?
Du bringst mich um, Don. Meine Knie zittern. Ich bin klatschnass.
Ich will an diesen Nippeln saugen, die wie Beeren aussehen.
Ich will dich reiten. Ich will diesen dicken Schwanz in meinem Mund, ich will mich dran verschlucken.

Ich kam auf die Laken. Das Mädchen war schlimm. Das gefiel mir. Von dem Abend an sexteten wir immer, und wann immer sie konnte, machte sie einen Striptease. Mich selber anzufassen war ein süßer Schmerz geworden. Ich brauchte sie. Mein ganzer Körper stand in Flammen, und ich konnte es nicht erwarten, nach Lagos zu kommen und sie zu treffen. Deshalb rief ich gestern Abend meinen Manager an und erklärte ihm, ich brauche eine Pause.

♡—♥—♡

»*Oga*, Boss, wir sind in Ikeja«, sagt der Fahrer und reißt mich aus meinen Gedanken.

Schnell schicke ich ihr eine Nachricht. *Hey Mami.*

Hey Papi.
Was treibst du so?
Nichts. Bin nur zu Hause mit meiner Mitbewohnerin.
Echt? Schick mal ein Bild.

Mein Handy brummt. Auf dem Bild liegt sie in knackigen Jeansshorts und einem durchsichtigen cremefarbenen Top auf dem Bett und sieht sehr sexy aus. Ihre Mitbewohnerin ist auch zu sehen, wie sie neben ihr tief und fest schläft.

Du bist so hot.
Danke, Papi.
Ich bin in Lagos in deiner Straße.
Waaas? Ach komm.
Im Ernst.

Sofort ruft sie mich an. »Ist das dein Ernst?«

»Yup. Ich wollte dich überraschen.«

»Ich bin so aufgeregt. Bis gleich, Papi.«

Sobald ich aufgelegt habe, taste ich nach der hinteren Tasche meiner Jeans. Beruhigt spüre ich die Kondome – ich habe sechs Stück eingesteckt.

Heute sterben wir hier!

♡—♥—♡

Dooshima

Ich bin aufgeschmissen. Warum jetzt? Warum kann ein Mann aus Lagos mich nicht mal mit Geld oder einem Auto überraschen? Die kreuzen einfach auf und sagen: »Überraschung!« *Oga*, Alter, was für eine Überraschung ist das denn? Wie kann Don hier einfach in Lagos auftauchen, in meiner Straße, ohne mir Bescheid zu sagen? Ich rüttle meine Mitbewohnerin Edikan wach.

»Was ist jetzt schon wieder?«

»Du hast mich in Schwierigkeiten gebracht. Don ist hier.«

Hellwach öffnet sie die Augen und setzt sich sofort auf. »DON DON? Dein Ernst?«

»Meine Liebe, beruhigst du dich bitte? Ich flippe hier aus.«

»Warum?«

»Weil er vielleicht bumsen will.«

»Und?«

»Und ich noch nicht so weit bin.«

»Meine Liebe, dann tu, was du tun musst, um so weit zu sein, denn deine Vagina wird heute Abend singen.« Edikan ärgert mich, indem sie einen von Dons Songs auf ihrem Handy abspielt.

Ich merke, wie mir ganz mulmig wird. Wie kann ich ihn hinhalten? Ich hatte gedacht, wir würden uns wegen seiner Tour noch drei Monate lang nicht sehen. Deshalb glaubte ich, noch genug Zeit zu haben, um von Edikan zu lernen, wie man ein schlimmes Mädchen ist. Auf Instagram und sonst auch.

Die Dating-Szene in Lagos ist voller Frösche, aber praktisch ohne Prinzen. Das musste ich auf die harte Tour erfahren. Und wisst ihr was? Brave Mädchen gibt's im Zeitalter von Social Media nicht. Das ist eine aussterbende Art. Keiner will die Sorte Ehefrauenmaterial, wie die Mummys es sich vor Jahr und Tag vorgestellt haben. Wenn du keine Baddie bist, kriegst du keinen Freund, von einem Ehemann ganz zu schweigen. Also, vielleicht irgendwo in der Provinz, aber sicher nicht in Lagos. Und bestimmt nicht, wenn du bestes Männermaterial wie Don willst. Attraktiv, keine Skandale und talentiert. Von seinem Reichtum gar nicht zu reden.

Wegen Überbelegung, liederlichen Dozenten und Streiks war ich sechs Jahre Bachelorstudentin an der Unilag. Würden meine Eltern und mein älterer Bruder mir keinen Unterhalt schicken und könnte ich nicht mit dem Marketing für eine Firma, die Handy-Accessoires vertreibt, ein klein wenig nebenher verdienen, dann wäre ich nicht mal imstande, mir die Miete zu leisten, die ich mir mit Edikan teile. Die Zeiten sind hart und noch härter für die sogenannten braven Mädchen. Ich habe es satt, mich abzurackern, Opfer zu bringen, und bin bereit, das Nötige zu tun, um mir eine stressfreie Zukunft zu sichern.

Ich hatte nach der letzten Beziehung gerade mein Image auf Instagram neu gemacht und alle alten Fotos runtergenommen, als Don mir die erste DM schickte. Mit mir und meinem Ex hatte es übel geendet. Sagen wir einfach, ich war damals ein naives braves Mädchen. Kochen, putzen und Soji Mut machen, der sich inzwischen mit jedem Mädchen nördlich der Mautstelle Lekki vergnügte. Er sagte, ich wäre langweilig. Könnt ihr euch das vorstellen? Ich bat Edikan um Hilfe, und seither hat sie mir beigebracht, wie ich mein fades Ich aufpeppen kann. Ich hatte mich gerade erst dran gewöhnt, auf Bildern sexy auszusehen, als Don mich entdeckte und wir anfingen zu chatten.

Edikan sagte mir, was ich posten, wie ich posen und Männer reizen sollte. Zwei Monate lang hatte ich Bilder gemacht und gepostet, doch alle Männer, die sich meldeten, waren enttäuschend. Ich werde nie verstehen, wie man denken kann, man würde bei einer Instagram-Baddie landen, wenn es auf der eigenen Seite gerade mal zwei Fotos gibt, auf denen man das Peace-Zeichen macht. Diejenigen, die Geld hatten oder danach aussahen, waren für meinen Geschmack entweder zu *yellow* oder eindeutig verheiratet. Ich wollte einen Typ, den ich posten und mit #CoupleGoals taggen kann, nicht jemand, der mich auf Instablog bringt. Diese Leute und ihre Follower sind brutal.

Edikan ermutigte mich, weiterzusuchen und zu posten. Schließlich erhörten die Insta-Götter meine Gebete in Form von Don. Ich konnte es kaum glauben. Dass es kein Fake-Account war, wusste ich, weil es verifiziert war.

Kann also ich, Dooshima, mir einen echten Promi angeln? Ich war so glücklich, zeigte es Edikan, und die sagte mir, was ich schreiben sollte. So chatteten wir ein paar Wochen lang, bis Edikan eines Abends die Stimmung unserer Chats änderte.

»Babe, du weißt, der Typ ist ein Promi, also musst du sein Interesse wachhalten.«

»Er ist doch interessiert, oder? Wir reden jeden Tag.«

»Bei all den Tänzerinnen mit ihren dicken Hintern, die er ständig um sich hat, solltest du besser mal anfangen, mit ihm zu sexten.«

»*Haba*. Also bitte. Das wirkt doch ein bisschen verzweifelt, oder?«

»Okay. Aber sag hinterher nicht, ich hätte dich nicht gewarnt.«

Ich verwarf Edikans Rat, doch am selben Abend chattete Don nicht mit mir, also begann ich zu überlegen, ob sie recht hatte. Ich musste sein Interesse wachhalten. Am nächsten Abend bat ich sie um Hilfe, und so fingen Don und ich an zu sexten.

Ich musste lernen, gespielte Sexgeräusche von mir zu geben, ich lernte sogar, aufreizend schleppend zu sprechen.

Außerdem fing ich an, ihm Videos von mir in Dessous zu schicken, die Edikan mir lieh. Wir chatteten mehr, und ich wusste, ich hatte meinen Promi-Boyfriend gefunden. Seine Tour sollte sechs Monate dauern, also dachte ich mir, bis dahin würde er sich in mich verliebt haben. Wer konnte wissen, dass er heute unangekündigt auftauchen würde? Die Erinnerung an Soji, der gesagt hat, ich wäre langweilig, spukt mir noch im Kopf herum. So was darf mir nicht noch mal passieren.

»Heute ist der Tag, an dem meine Mitbewohnerin mit einem Promi schläft!«, singt Edikan durch die Wohnung. Ich sollte mir besser mal schnell was einfallen lassen.

Ich muss das noch ein bisschen rauszögern. Schließlich bin ich ein kluges Mädchen.

Meine Güte, wie ich solche Überraschungen hasse.

♡—♥—♡

Don

Hmm, in echt sind ihre Boobs kleiner. Ich mustere sie, als sie auf mich zuläuft. Ich bin eine Spur enttäuscht, weil ich gehofft hatte, später mit ihnen die Motorbootnummer zu machen. Das habe ich auf Tour gelernt. Nach einem Auftritt in Abuja besorgte unsere Crew ein paar heiße Stripperinnen.

»Don, such dir eins von den Girls aus, komm und lass uns Spaß haben.«

»Bei mir ist alles gut, Baba. Ich versuche, mich beim Bumsen zurückzuhalten.«

»Nein … kein Bumsen. Wir spielen nur mit ihnen.«

Also ging ich zu einem der Mädchen, das wirkte, als würde es ihr überhaupt nichts ausmachen, nackt zu sein. Er suchte sich eine zierliche mit hellerer Haut aus. Dann gingen wir aufs

Zimmer, wo er mir Motorboating und andere Tricks zeigte. Maaann, der Abend war wild.

Ich hoffe, dieser Abend mit Dooshima wird noch wilder, weil ich vorhabe, Druck abzulassen und mich zu entspannen. Sie redet viel, aber ich kann die ganze Zeit nur denken, wie gut sie aussieht. Ihre Lippen sind so sexy. Ich nicke nur und stimme allem zu, was aus diesem fickbaren Mund kommt. Damit die Leute mich nicht erkennen, als sie mich in ihre Wohnung führt, trage ich eine Cap.

Ihre Wohnung erinnert mich an meine Studentenzeit. Ich wundere mich, wie sie so viel Zeug auf so wenig Platz unterbringen kann. Jedes Stück sieht aus wie maßgefertigt dafür. Es gibt ein Wohnzimmer und zwei Schlafzimmer. Bad und Küche teilt sie mit ihrer Mitbewohnerin. Ich muss einfach grinsen. Mädchen und ihr Organisationstalent. Sie flattert nervös herum, und ihre Brüste klatschen aneinander, weil sie so rastlos ist. Unwillkürlich erinnert mich das an den Beat im Studio, der für meinen afrozentrischen Style immer zu schnell ist. Ich hoffe, im Bett ist sie nicht so. Mein Schwanz stellt sich schon wieder auf, als ich daran denke, wie wir vögeln.

Sie redet viel, sagt dabei aber nichts. Ich tue trotzdem, als würde ich zuhören. Gerade fiel mir ein, dass ich ihr nichts mitgebracht habe. Nigerianische Mädchen nehmen so was sehr genau, also versuche ich, mir im Geist eine Notiz zu machen, damit ich ihr Geld schicke, bevor ich am nächsten Tag wieder weg bin. Wenn alles gut läuft, lade ich sie nach Magodo ein.

Wir wollen nur erst mal sehen, wie dieser Abend wird.

»Don, lass uns in einen Club gehen«, sagt sie nah an meinem Ohr.

»Clubbing? Ach, echt, Babe? Ich will, dass wir Zeit miteinander verbringen. Wenn du nicht willst, dass wir hierbleiben, können wir in ein Hotel gehen.«

»Nein, wir kommen dann wieder hierher zurück. Ich möchte nur ein bisschen ausgehen. Macht's dir was aus, wenn meine Mitbewohnerin mitkommt?«

Natürlich, denke ich. Warum bringen Mädchen immer ihre Freundinnen zu Dates mit? Ich lächle, damit sie nicht sieht, dass ich genervt bin.

»Macht mir nichts aus. Je mehr, desto besser, haha. Da gibt es diesen Club, der mich schon seit Monaten einlädt. Lass mich meinen Manager anrufen. Ich bin mir sicher, er kann da was arrangieren.«

»Danke schön!«, sagt sie und läuft ins andere Zimmer. Ich schätze, sie ist schüchtern. Na ja, die Schüchternen sind normalerweise die Durchgedrehten.

Ich kann's kaum erwarten, mit ihr durchzudrehen.

♡—♥—♡

Dooshima

Er hat sich drauf eingelassen, mit mir und Edikan in einen Club zu gehen. Mein Plan sieht vor, dass da der Champagner fließen soll, weil ich weiß, er kann es sich leisten. Dann ist er hoffentlich betrunken, und sein Schwanz macht schlapp. Allerdings scheint er geizig zu sein. Dass er einen Club vorschlägt, in den er eingeladen wurde, klingt nach Knauserigkeit. Gott, bitte, noch einen Geizhals halte ich nicht aus. Bevor er morgen geht, muss er was abdrücken.

Mein Plan ist einfach. Ihn betrunken machen, und zwar so betrunken, dass er auf den Boden kotzt. Dann nach Hause zurückkommen und ihm maximal einen Handjob geben. Darin bin ich inzwischen Meisterin. Danach ihn nackt ausziehen, damit er am nächsten Morgen denkt, wir hätten Sex gehabt. Wenn er dann wieder aufwacht, werde ich lügen, ich müsste verreisen, und ihn weiter mit Sextalk hinhalten. Sobald ich Expertin bin, schlage ich ein Datum vor und bring ihn um den Verstand.

Bis dahin halte ich ihn mit den Tricks, die Edikan mit beigebracht hat, bei der Stange.

♡—♥—♡

Don

»EDIKAN! Du kannst es EH-DII-CAN aussprechen.« Die Mitbewohnerin schrie mir gegen die Musik an ins Ohr. Mir bleibt nichts anderes übrig, als mich mit ihr zu unterhalten, denn im Club sitzt sie zwischen uns. Keine Ahnung, was da los ist. Ich dachte, inzwischen würden Dooshima und ich schon die Zunge im Mund des anderen haben. Aber bis jetzt füllt sie mich nur mit Drinks ab.

Ich will nicht zu betrunken sein, wenn wir wieder bei ihr zu Hause ankommen. Aktuell bin ich drei Gläser Hennessy davon entfernt, Unsinn zu reden.

Ich wünschte, Dooshima würde aufhören, mir auszuweichen. Wir sind jetzt seit zwei Stunden in dem Club. Zum Glück war die Menge nicht zu aggressiv. Ich ließ ein paar Bilder machen, schrieb Autogramme auf Dekolletés, und dann wurden wir in den VVIP-Bereich gelotst.

Der Club ist perfekt, weil nicht zu weit von ihrem Haus entfernt. Die Mitbewohnerin habe ich mit einem der Jungs vom Club verkuppelt, sodass ich jetzt näher an Dooshima rankann. Meine Güte, hat sie sexy Lippen. Ich will einfach nur an ihnen saugen. Ich bin so geil.

»Ich bin froh, dass wir uns getroffen haben!«, versuche ich ihr ins Ohr zu flüstern. Doch die Lautsprecher in unserer Nähe sorgen dafür, dass unser Gespräch kurz bleibt.

»Ich auch!«

»Wir können gehen, wann immer du so weit bist.« Dazu fahre ich mit den Fingern über ihren Arm, um meine Worte zu unterstreichen.

»Ist okay. Lass uns noch bleiben. Edikan hat gerade so viel Spaß.«

Fuck! Was kümmert mich, wie viel Spaß ihre Mitbewohnerin hat? Weiß sie nicht, wie kritisch die Lage ist?

♡—♥—♡

Dooshima

Habe ich den Wasserhahn im Bad zugedreht? Hoffentlich. Ich vergesse das immer wieder. Du meine Güte – ich will nicht in ein Zimmer zurückkommen, das unter Wasser steht! Warum ist dieser Mann entschlossen, heute Abend mit mir zu schlafen? Dauernd betatscht er meine Knie und meinen Po. Ich merke, wie er meine Boobs anstarrt. Vielleicht lasse ich ihn später daran saugen, damit er zufrieden ist.

Er trinkt nicht genug. Ich habe versucht, ihn zum Trinken zu kriegen. Aber er nippt nur. Ich habe auch versucht, Edikan als Puffer zu platzieren, aber inzwischen sitzt er wieder dicht neben mir. Was bin ich froh über den Lautsprecher in unserer Ecke des Clubs.

Edikan unterhält sich gerade mit einem der Jungs, die sich zu uns gesetzt hatten. Ich wünschte, sie würde in meine Richtung schauen, damit ich sie bitten kann, Don von mir fernzuhalten. Er will, dass wir gehen, aber ich glaube nicht, dass er betrunken genug ist.

»Dooshima, du bist so hübsch«, sagt er.

»Danke.«

»Ich …«

Das Dröhnen der Lautsprecher übertönt den Rest seiner Worte.

»Tut mir leid, ich kann dich nicht hören. Entschuldige mich bitte, ich muss kurz wohin.« Dann ziehe ich Edikan von ihrem Gesprächspartner weg und mit in Richtung Toiletten. »Babes, er trinkt nicht genug. Was soll ich machen?«

»Schütte den Hennessy in deinen Mund und lass ihn von da trinken.«

»Du meinst, ich soll einen erwachsenen Mann aus meinem Mund füttern?«

»Wie du das sagst, klingt es so vulgär.«

»Nicht bloß vulgär. Widerlich.«

»Babe. Du musst dich locker machen und selbst ein bisschen mehr trinken, denn heute Abend musst du noch was leisten«, sagt sie mit Blick auf meine Taille.

»Lässt du das bitte?«

Als wir in den Clubraum zurückkehren, wartet Don schon am Ausgang auf mich. »Hey! Dooshima! Hier drüben!«, ruft er.

Bitte nicht.

Mist!

♡—♥—♡

Dooshima

Wir sind auf dem Weg zu meiner Wohnung. Edikan sitzt vorne neben dem Uber-Fahrer. Don und ich sitzen hinten. Er will mich küssen.

»Stopp, Babe. Wir sind nicht allein.«

»Na und? Die achtet doch gar nicht auf uns. Ich will dich schon küssen, seit ich hergekommen bin. Küss mich, Baby.«

»Warte noch kurz. Wir sind fast zu Hause.« Ich gebe ihm

einen Kuss auf die Wange und lehnte den Kopf an seine Schulter.

Wie komme ich heute Abend aus dieser Nummer raus?

♡—♥—♡

Don

Warum benutzt das Mädchen seine Zunge nicht? Vor ein paar Minuten sind wir bei ihr angekommen. Ich konnte es kaum erwarten, in ihrem Zimmer zu sein. Endlich stört uns die Mitbewohnerin nicht mehr. Ich schnappte sie mir und küsste sie. Vielleicht bin ich zu schnell, aber das kann mir keiner vorwerfen. Ich habe schließlich lange gewartet.

Am liebsten möchte ich ihr das dünne Kleid vom Leib reißen, aber ich will nicht zu gierig wirken. Also gebe ich mich vorläufig damit zufrieden, ihre Brüste zu streicheln, in ihren Po zu kneifen und sie zu küssen. Aber warum spielt sie mit ihrer Zunge Verstecken? Ist das ein neues Sexspiel?

Moment mal. Hat sie mich gerade gebissen?

♡—♥—♡

Dooshima

Dieser Mann ist schmutzig. *Haba*, bitte. Warum kann er nicht duschen und sich die Zähne putzen, bevor er mich küsst? Er stinkt nach Zigaretten und Hennessy und nach diesem Parfum, das jeder Mann in Lagos hat. Sauvage. Ich rieche es überall. Er braucht eine Dusche. Ich brauche eine Dusche. Ich will nicht Zigaretten und Alkohol schmecken. Ohhh. Jetzt versucht er, mir die Zunge in den Hals zu stecken. Jesus. Vielleicht kapiert er es, wenn ich die Zähne zusammenpresse.

Oh Shit! Hab ich ihn gerade gebissen?

♡—♥—♡

Don

Okay, ich will versuchen, ihr beim Entspannen zu helfen. Vielleicht steht sie nicht so auf küssen. Vielleicht will sie einfach nur meinen großen Schwanz. Keine Ahnung, warum sie sich nicht locker macht. Kann sie nicht einfach stillhalten?

Omo, Alter. Warum ist sie so trocken? Ich will versuchen, an ihren Nippeln zu saugen und ihr ins Ohr beißen. *Kai*, ach. Sie ist immer noch trocken. Dann müssen wir Gleitmittel benutzen, schätze ich. Ich strecke den Arm aus und will nach meiner Tasche greifen, aber im nächsten Moment liege ich fast am Boden. Hat sie mich da gerade von sich runtergeschubst und sich auf die andere Seite vom Bett verzogen?

Ich kapier's nicht. Warum benimmt dieses Mädchen sich wie eine Verrückte? Ist das ihr Ernst? Soll mich das antörnen? Also ich will heute Nacht gern an Blue Balls sterben.

Werde mal versuchen, mit ihr zu reden.

»Hey, alles okay mit dir?«

»Ja.«

»Brauchst du einen Drink? Ich hab noch Cognac in meiner Tasche. Wir können was zur Entspannung trinken.«

»Nein. Mit geht's gut.«

Seufz. Irgendwas stimmt nicht. Das kann nicht das Mädchen sein, das ich auf Instagram kennengelernt habe. Was ist mit der Baddie passiert, die aussah, als könnte sie zehn Zoll schlucken? Warum starrt sie meinen Schwanz an, als wäre der ein seltsames Objekt? Ich nehme sie in meine Arme und versuche noch mal, sie zu küssen. Sie reagiert immer noch nicht. Meinem Schwanz ist das inzwischen egal. Ich ziehe ein Kondom über und versuche, ihn in sie reinzustopfen.

Sie liegt einfach nur da wie ein Stück Holz.

Was für ein Scam ist das hier? Ich bin so aufgedreht, dass ich keine zehn Stöße brauche, um meine Ladung abzufeuern. Dann rolle ich von ihr runter und drehe mich zu ihr.

Könnt ihr euch vorstellen, dass dieses dumme Ding schläft? Sie schnarcht sogar, nachdem sie absolut nichts getan hat. Ich greife nach meinem Handy, um Kemi, meine Ex, anzuhauen. Die wird mir Stress machen, aber immerhin wird der Fick fantastisch sein. Ich brauche schnelle Abhilfe, um diese traurige Aktion von heute Abend aus dem Kopf zu kriegen. Ich checke ihren Status. Verdammt, sie ist auf einem Konzert.

Ich hatte gerade den schlechtesten Sex, seit ich erwachsen bin, aber ich habe ihn schon vergeben und vergessen. Wäre die Situation umgekehrt, würde dieses Babe mir jetzt die Ohren vollnörgeln, und vor morgen früh wüssten all ihre Freundinnen, dass ich eine lahme Nummer bin. Aber ich nehme diesen Fehler einfach in Kauf. Manchmal greift man eben daneben.

Ich mache einen letzten Versuch, Kemi zu schreiben, aber sie lässt mich einfach damit hängen, dass sie meine Nachricht gelesen hat.

Jetzt habe ich Durst. Mal sehen, ob dieses Babe Wasser hat. Ich meine, im Wohnzimmer einen Wasserspender gesehen zu haben.

♡—♥—♡

Edikan

Endlich kommt er raus. Darauf habe ich gewartet.

Kaum waren wir aus dem Club zurück, habe ich meine Laken gewechselt, ein heißes Bad genommen und mich mit den Duftölen eingerieben, die ich von meiner Dubai-Connection habe. Dann zog ich meinen schärfsten BH und passende Pantys an, setzte mich ins Wohnzimmer und wartete. Ich wusste, er würde rauskommen.

Heute Nacht wird er gefickt, wie er es noch nie erlebt hat.

Den ganzen Abend hatte er nur Augen für Dooshima. Am liebsten hätte ich ihn geohrfeigt und gesagt: *Na*, ich bin das echte Babe. Ja, ich bin nicht so schön wie sie, aber ich kann dich reiten, bis dir Hören und Sehen vergeht.«

Ich wusste schon immer, dass ich kein Hingucker bin, aber ich weigere mich, deshalb nur miese Typen zu daten. Das habe ich hinter mir. Reine Zeitverschwendung. Jetzt will ich auf ein höheres Level. Ich weiß, dass ich mit meinem Aussehen bei so einem Typen nicht landen kann. Also kommt Dooshima ins Spiel! Wir lernten uns auf einer Party kennen, und ich habe sie nicht wegen ihres Aussehens ins Visier genommen, sondern weil sie ein Neuling ist. Das konnte ich ihr beim Tanzen ansehen. Es heißt ja, Hüften lügen nicht. Also ihre erzählen eine Story. Sie hat keinen Schimmer. Problemlos freundete ich mich mit ihr an und begann, meinen Plan umzusetzen. Ich will euch mal was über die Welt sagen, in der wir leben – da musst du selbst für dein Happy End sorgen. Die Gesellschaft sagt, Mädchen wie ich verdienen Staub und Mädchen wie Dooshima die Sterne. Yeah, sie ist hübsch, na gut. Aber wisst ihr was? Alles, was ich südlich von meinem Durchschnittsgesicht habe, ist zehn Dooshimas wert. Das könnt ihr mir glauben.

Nachdem ich mich mit ihr angefreundet hatte, verpasste ich ihr ein neues Styling. Es fiel mir nicht schwer, ein paar Klamotten für sie zu besorgen, weil ich einen Online-Shop bei Insta betreibe. Sie war einfach ein gewöhnliches, hübsches, aber ahnungsloses Babe mit null Gespür für Mode oder Geschmack. Zwei Monate Makeover im echten Leben und online, schon war sie eine Baddie. Das Babe dachte, ich mache das, weil ich so ein gutes Herz habe oder weil ich mich wie ihre große Schwester fühle. Lol.

Nein. Das hier ist Lagos. Ich hab's für mich gemacht. Ich wusste, wer auch immer ihr ins Netz geht, wird mir gehören. Don war der Beweis dafür, dass meine Gebete erhört worden waren. Ich hatte auf einen Ölmagnaten oder einen Politiker gehofft, aber ich werde nehmen, was ich kriegen kann. Don hat eine strahlende Zukunft vor sich. Ich sehe ihn schon als meinen Baby-Daddy.

In dem Moment tritt er ins Zimmer, und sein Blick bleibt an mir hängen. Ich sehe seine Augen aufleuchten, als er meine üppige Figur in den Dessous wahrnimmt. Ich strecke ihm eine Hand entgegen. »Komm«, befehle ich im Flüsterton.

Sein Mund steht offen wie in Trance, als er meine Hand ergreift. Ich führe ihn in mein Zimmer. Dann schließe ich die Tür und schiebe ihn mit dem Rücken dagegen. Als Nächstes stecke ich meine Hand in seinen Slip und beginne, den ohnehin schon harten Schwanz zu massieren. Behutsam, während ich die andere Hand auf seinen Kopf lege. Nachdem ich seinen Kopf in Richtung meiner Lippen geschoben habe, küsse ich ihn leidenschaftlich. Dabei benutze ich meine Zunge, um all seine Geheimnisse zu erforschen. Ich löse mich von seinen Lippen und streiche mit der Zunge über seinen Hals. Ich merke, wie er erschauert, als ich mit meiner Zunge sein Ohr entlangfahre und ihn dann leicht ins linke Ohrläppchen beiße. Anschließend ziehe ich ihn zum Bett, stoße ihn darauf. Ich fessle ihm die Hände über dem Kopf und streiche mit den Fingerspitzen an seinen Beinen entlang. Als ich ihm den Slip ausziehe, springt sein Schwanz heraus. Lächelnd knie ich mich zwischen seine Beine, nehme ihn in den Mund und beginne, an ihm zu saugen. Dabei spiele ich mit seinen Eiern und sauge noch fester. Er zittert, und ich spüre, dass er kommen will, also nehme ich meine Lippen weg. Während ich mich auf ihm hochschiebe, nehme ich seinen Schwanz zwischen meine prallen Schenkel. Als Nächstes stecke ich einen Finger in seinen Mund und streiche dann damit über meine Nippel.

»Ich brauche Wasser … bitte«, keucht er.

Ich strecke mich auf ihm und greife nach einem Sachet neben meinem Bett. Daraus gebe ich ihm zu trinken, während ich ihn zwischendurch küsse. Aus beiden Quellen trinkt er gierig.

Nachdem ich das Sachet auf den Nachttisch gelegt habe, hole ich ein Kondom aus der Schublade und rolle es über seinen Schwanz. Erst schiebe ich meinen Thong beiseite, dann setze ich mich rittlings auf ihn. Ich fange an, ihn zu reiten, aber mit langsamen Bewegungen, auf und ab. Sein Gesichtsausdruck ist unbezahlbar – er gehört mir. Ich beuge mich vor, schiebe einen Nippel in seinen Mund, während ich weiterreite. Dann törne ich ihn an, indem ich es ihm schwer mache, daran zu saugen, weil er immer wieder aus seiner Reichweite flutscht. Ich beschleunige das Tempo, mache dazwischen aber immer wieder Pausen, um ihn mit meiner Pussy zu melken, zu pressen und zu verdrehen. Die Adern an seiner Stirn sehen aus, als würden sie gleich platzen. Also verschließe ich seinen Mund mit meinem. Das Ganze wiederhole ich dreimal, dann reite ich ihn richtig heftig. Er kommt rasch, wirf sich herum und schnappt nach Luft.

Ich bin noch nicht fertig.

Ich befreie seine Hände.

»Versprichst du, leise zu sein?«

Er nickt wie ein kleiner Junge, der es kaum erwarten kann, ein Geschenk von seiner Mummy zu bekommen. Ich hole eine Flasche Kokosnussöl, nehme zwei seiner Finger und träufle etwas Öl darauf. Dann führe ich sie an meine Klit.

»*Fuck me hard.*«

Er fängt an, mich zu fingern, wobei das Öl ein warmes Kribbeln bei mir auslöst. Augenblicke später nehme ich seine Finger weg, lecke sie ab, mache meine eigenen nass und beginne, mich selbst zu befriedigen, während er zusieht. Ich fingere mich selbst, bis ich in einer Welle komme, die mir den Atem raubt. Als ich komme, sehe ich, wie sein Schwanz hart wird. Ich beuge mich hinüber, verreibe etwas Öl auf ihm und drehe mich um, damit er ihn in mich schieben kann. Er kniet hinter mir, reißt mit einer Hand meinen Thong weg und beginnt mit seinen Stößen. Ich klammere mich ans Kopfteil meines Betts, aber es macht trotzdem Krach. Sogar ich habe mich nicht unter Kontrolle, stöhne laut und rufe seinen Namen. Ist mir egal. Sein Schwanz in mir wird immer dicker. Er fängt an, mich auf den Po zu schlagen, während er das Tempo seiner Stöße erhöht.

Ich liebe das!

Irgendwo in diesem Rausch höre ich Dooshima kreischen: »What the fuck ist hier los?«

Ich schaue hoch. Sie steht in der Tür und sieht in ihrem Spitzennachthemd, das bis zur Mitte ihrer Schenkel reicht, wie ein geschändeter Engel aus.

Don hält einen Moment inne. Dooshima ergreift die Flucht. Ich weiß, Don möchte ihr nachlaufen, doch ich schiebe meine nasse Pussy ein Stückchen höher, damit er tiefer rein kann.

Er stöhnt.

»Nicht aufhören«, befehle ich.

Da fängt er wieder an, mich zu rammeln. Sekunden später kommen wir, und ich presse einfach seine Hände auf meine Brüste, als er schwer atmend auf mich sinkt.

»Wie heißt du gleich wieder?«, fragt er nach einer Ewigkeit.

Ich muss lächeln.

♡—♥—♡

Don

Ich habe Edikan nicht gevögelt, sie hat mich gevögelt. Ich schwöre, ich wollte Dooshima nachlaufen, aber ich musste erst fertig machen. Kein Mann, der bei Verstand ist, verlässt eine so enge Pussy. Das war der beste Sex meines Lebens. Wer hätte gedacht, dass die Nacht sich so entwickeln würde? Ich weiß, dass Dooshima mir nie verzeihen wird, also warum soll ich betteln? Kemi, der ich vor zwei Jahren das Herz gebrochen habe, redet immer noch nicht wieder mit mir.

Ich schaue zu Edikan, die neben mir liegt. Das Mädchen hat Verstand, aber das gefällt mir. Wir müssen das wiederholen. Aber dann in Magodo.

Ich beuge mich rüber, um Edikan zu küssen.

In diesem Leben musst du dich ranhalten, um deine Orgasmen zu kriegen. Ich verschaff mir so viele, wie ich kriegen kann.

Heute Nacht sterbe ich hier.

ZWEITBESETZUNG

Als du ihn kennenlerntest, führtest du ein bescheidenes Leben, befleckt von großen Träumen. In einer Ecke des Einzelzimmers, in das deine beste Freundin aus Kindertagen dich großzügigerweise einziehen ließ, als du frisch aus Enugu kamst, stand der Beweis einer weiteren gescheiterten Geschäftsidee, die so vielversprechend gewirkt hatte. Die gefälschten italienischen Schlangenledertaschen hätten sich im Handumdrehen verkaufen sollen. Sie hatten Trendfarben: Fuchsia-Surprise, Pflaume-Sunrise. Du hattest dir ausgemalt, ein kleines Unternehmen durch die Verkäufe via Instagram und Mundpropaganda aufzubauen. Du stelltest dir vor, dass Micro-Influencer für Gratis-Marketing sorgen würden, wenn sie die Taschen als Teil ihres »Outfit of the day« präsentieren und deinen Business-Account taggen würden. Du maltest dir sogar schon aus, im Header des Accounts »CEO« neben deinen Namen zu schreiben. Und den Rausch des Erfolgs, den du verspüren würdest, weil du nach Lagos gekommen warst und es so schnell geschafft hattest.

Doch da waren die Taschen, großteils unverkauft, denn

der Trend der knallig nuttigen »*ashawo*«-Farben war passé und nur ein Drittel der Lieferung verkauft, die du mit deinem hart verdienten Ersparten bezahlt hattest.

Ehrgeiz ist das Lebenselixier von Mädchen wie dir. Ihre zweite Natur. Das Tor zu einem erfolgreichen Leben mit sehr spezifischen Dimensionen: dem Respekt und Neid anderer, der Unterstützung und Wertschätzung von Freunden und Familie sowie der Liebe und Hingabe des Mannes deiner Wahl. Nach den gescheiterten Geschäftsbemühungen warst du natürlich traurig, aber du wechseltest die Spur und fingst an, dich ernsthaft um wirklich jeden Job zu bewerben, der dir unterkam. Egal, ob du tatsächlich dafür qualifiziert warst oder nicht. Bis dein Leben eine neue, unerwartete Wendung nahm.

Als an jenem Tag vor drei Jahren dein Handy klingelte, warst du gerade dabei, die volle, buschige Mähne von Inis Tochter in ordentliche Rows für die Schule am nächsten Tag zu flechten. Du und Ini, ihr hattet alles zusammen durchgemacht: Du warst die erste Person, der sie noch am selben Tag erzählte, sie hätte ihren Ehemann getroffen, du redetest mir ihr nach jedem Streit und jeder Kleinigkeit, und als sie schließlich heirateten und dein Patenkind Treasure auf die Welt kam, warst du dabei, um die weiße Schmiere von der Haut des Neugeborenen zu wischen.

Da war es nur natürlich, dass sie für dich da war, als du nach Lagos kamst: mit deinen Träumen in der einen Hand, deinem Gepäck in der anderen und ohne eigene Bleibe.

»Ich bin nicht deine Mutter, ich werd dich hauen«, drohtest du Treasure, die sich gegen deine Hände wehrte, während du versuchtest, aus ihrem extrem krausen Haar einen einzigen Twist zu drehen. Dabei wusstest du, dass du sie nie anrühren würdest. Dafür liebtest du den kleinen *coconut head* zu sehr, und der kleine Fratz wusste das auch.

»Wenn du mich haust, dann spiel ich nicht mehr mit dir«, konterte Treasure.

Du musstest gerade daran denken, wie gern du mit ihr Verstecken spieltest, obwohl sie nicht besonders gut darin war, sich zu verstecken, als die fremde Nummer auf deinem Handy anrief.

»Hallo?«, meldetest du dich nach dem ersten Klingeln.

»Hallo, ist da Miss Genevieve Ndala?«

»Ja, hier ist Genny.« Obwohl Wochenende war, dachtest du, das wäre die Firma aus Maryland, bei der du dich beworben hattest.

»Ah, okay. Mein Name ist Odili. Tut mir leid, Sie so einfach anzurufen, aber mir blieb keine andere Wahl. Ich möchte nicht, dass wir mit einer Lüge beginnen, deshalb sage ich es jetzt einfach. Ich habe gesehen, wie Sie eine Sendung vor Ihrem Zaun reingeholt haben. Dann habe ich dem Boten Geld gegeben, damit er mir Ihre Nummer verriet. Bitte seien Sie nicht böse.«

Zu dem Zeitpunkt von Odilis Anruf warst du neunundzwanzig Jahre alt. In dem schrecklichen Alter, bevor man als Frau das Jahrzehnt beginnt, in dem man der Gesellschaft etwas vorweisen soll. Doch du hattest nichts. Deine Ausbildung, deine Talente, deine Schönheit – nichts davon hatte irgendeinen Gewinn abgeworfen. Du musstest feststellen, dass Lagos voll mit Frauen wie dir war, mit sich plagenden, nicht so schlechten Frauen. Das drohende Scheitern hatte immerhin deine Sinne geschärft für den Geruch einer Gelegenheit, einer Pause, einer Chance. Vielleicht legtest du deshalb nicht sofort auf, als der seltsame Typ dich sonntagmorgens ohne ersichtliche Absicht anrief.

Du redetest dir ein, seine Aufrichtigkeit oder die Unsicherheit in seiner Stimme hätten dich dazu gebracht zu antworten: »Ich bin nicht böse, Mr Odili. Wie kann ich Ihnen helfen?«

»Bitte nennen Sie mich Oddy.«

»Okay, Oddy.«

♡—♥—♡

Er kam wie ein Tsunami in dein Leben und übernahm die Kontrolle. Gerade mal drei Wochen nach dem sonntäglichen Anruf hatte er dir deinen ersten Job besorgt. Noch ein paar Wochen später wurdest du bei eurem ersten Kuss als Paar mit dem Rücken gegen das Beifahrerfenster seines luxuriösen Autos gedrückt. Innerhalb von Monaten wechseltest du von »ich« zu »wir«. Oddy sah nicht besonders gut aus, aber er besaß markante Gesichtszüge. Seine Nase war kräftig. Ein überaus intelligenter Mann, keine Spur zivilisiert, was er sich auch unbekümmert anmerken ließ. Doch mit dir war er sanft. Alles, was dich betraf, nahm er wichtig. Er brachte dir einiges in Sachen Sex und Lust bei, was du in deinen früheren Beziehungen nicht gekannt hattest.

Eines Abends in einer Suite im Eko Hotel saßest du in einem flauschigen weißen Bademantel auf dem Bett, als er sich dir gegenüber niederließ. Er hatte nur ein Handtuch locker um seine Hüften gebunden. »Ich will zusehen, wie du dich anfasst«, sagte er.

»Das kann ich nicht, Oddy.«

»Es ist dein Körper. Natürlich kannst du.«

»Es ist seltsam.«

»Dann schau mir zu.«

Er lockerte das Handtuch, um seinen Penis zum Vorschein zu bringen. Dann strich er behutsam mit der Hand daran entlang. Dein Körper füllte sich mit flüssigem Feuer, während sein Ding anschwoll. Du beobachtetest die Lust daran, wie seine Hand Öl auf seinem geäderten Penis verrieb und er das Gesicht verzog, bis er die Anspannung in seine Handfläche entließ. Schließlich wischte er sich mit einem Papiertuch sauber.

Dann nahm er einen deiner Finger und steckte ihn in seinen Mund. Die Hitze in seiner Mundhöhle beim Befeuchten ließ dir warm werden und erregte dich ein bisschen. Er öffnete den Bademantel und schob deinen Finger in den Slip.

»Mach's.«

Du schobst den Finger in dich hinein und begannst, ihn rein- und rauszubewegen. Dabei beobachtetest du ihn, wie er dich beobachtete. Noch bevor alles verschwamm, sahst du, dass er wieder hart geworden war. Er fing an, sich wieder zu streicheln, und ihr kamt gemeinsam.

Ihr hattet überall Sex. Dein Körper wurde zu einem fein gestimmten Instrument seiner Begierden. Nur ein Blick quer durchs Zimmer genügte, damit deine Knie zu zittern und die Wände deiner Pussy zu pochen begannen. Einmal fuhr er in einer ruhigen Ecke von Victoria Island an den Straßenrand, spreizte deine Beine und nahm dich mit dem Mund. Einmal standest du vornübergebeugt, sodass die Spitzen deiner manikürten Nägel kaum den Teppich berührten, während er in dich hineinstieß. Der Blick auf Dubai von eurer Suite aus verschwamm, während ihr gemeinsam kamt.

Was hatte Oddy an sich, das ihn so berauschend wirken ließ? Es war nicht bloß der Sex, so unglaublich der auch sein mochte. Du hattest nie jemand wie ihn gekannt. All die anderen Männer, die du gedatet hattest, waren Träumer wie du gewesen, die sich eine ungewisse Zukunft ausmalten. Oddy kam fix und fertig in dein Leben. Er besaß eine Macht, die dich magisch anzog. Doch wenn du mit Ini über ihn sprachst, konntest du ihren Gesichtsausdruck nicht immer deuten. An jenem Tag hattest du nach sechs Monaten deinen Job gekündigt, weil er ein paar Tage vor einer Geschäftsreise nach Dubai gesagt hatte: »Babe, du musst mitkommen, bevor diese Mädchen mich in Versuchung führen. Gib die Arbeit einfach auf und begleite mich.«

Ini war kurz angebunden und entschieden dagegen.

»Genny. Denkst du, das ist klug? Entwickelt sich diese Beziehung nicht zu schnell?«

Die Wände von Inis Gästezimmer, die dir Sicherheit gegeben hatten, wirkten jetzt beengend. Die Tatsache, dass ihr spätabends im Flüsterton über Oddy sprechen musstet, nachdem Treasure im Bett war, und du ihn nie in Gegenwart ihres Mannes erwähnen durftest, weil er vielleicht schlecht von dir denken würde, machte es noch unbehaglicher. Du schenktest deiner Freundin ein süßes Lächeln und sagtest: »Vielleicht geht es schnell, weil ich so lange darauf gewartet habe, dass mir etwas Gutes widerfährt.«

Tatsächlich dachtest du daran, was Ini dir gesagt hatte – dass Lagos schwer sein würde, bevor es leicht wäre. Dass der beste Start, den du kriegen könntest, das Zimmer bei ihr in Lekki wäre. Jetzt, wo das Glück dir endlich gewogen war, schien sie eher besorgt als froh.

In kürzester Zeit wurdest du Oddys Jüngerin. Du folgtest ihm überallhin und wurdest mit Designerschuhen und -taschen, Investitionen und sogar einem Haus belohnt. Wobei du Letzteres am Ende würdest verkaufen müssen, weil so viele Erinnerungen an ihn darin steckten.

♡—♥—♡

»Wir können nicht weiter in Hotels schlafen, wenn ich in Lagos bin. Finde ein Haus. Da können wir zusammen wohnen«, sagte er, ein Jahr nachdem du deinen Job gekündigt hattest.

»Zu dir nach Hause kommen, das ist alles, was ich brauche, Genevieve.«

Du hättest ihm mehr Fragen stellen sollen, aber in diesen frühen, bezaubernden Tagen in Oddys Gesellschaft warst du zu beschäftigt damit, dich von der Erfahrung hinreißen zu lassen. Du wusstest, dass er viele Geschäftsreisen unternahm, doch selbst Zugvögel kehren in ein Nest zurück. Warum hast du ihn nicht gefragt, wo er wohnte, wenn ihr getrennt wart?

Einen Monat später hattest du eine Bleibe in Lekki Phase One gefunden. Als dir die Maklerin den Preis nannte, fielst du fast in Ohnmacht. Aber Oddy bezahlte alles sofort.

»Baby, dieses Haus ist teuer.«

»Baby, ist es nicht.«

»Wir können etwas Billigeres, vielleicht Kleineres finden. Wir brauchen keine drei Schlafzimmer.«

»Denk an den Verkehr, mein Liebling. Oder auch was ist, wenn ich einen Quickie will? Soll ich dann durch den dichten Verkehr fahren müssen?«

»Du denkst nur an Sex«, meintest du im Scherz zu ihm.

»Stimmt nicht. Ich denke auch an Geld.«

Ihr zogt gemeinsam ein. Weil du ihn auf Reisen nicht immer begleiten konntest, war das Haus eine kluge Entscheidung. Er ließ dich nicht arbeiten, also musstest du dich auf andere Weise beschäftigen. Du meldetest dich bei einem Fitnessstudio an, besuchtest Kochkurse, fandest neue Freundinnen. Seltsam, dass all die Dinge, die du unternahmst, wenn er verreiste, auch die Dinge waren, auf die du dich besannst, als er ging. Treasure und Ini kamen oft, wohnten im Gästezimmer und sorgten dafür, dass das Haus nicht so verlassen war.

»Also, wann wird Oddy sich dir gegenüber anständig verhalten? Das sind jetzt eineinhalb Jahre. Wartet er darauf, dass Gott ihm ein Zeichen gibt?«, fragte Ini mit ihrer üblichen Miene. Ihre Lippen waren zu einem Strich zusammengepresst, während ihre großen braunen Augen dich durchbohrten. Sie war schon immer gut darin, sich nichts vormachen zu lassen. Diese Gabe hasstest und liebtest du an ihr.

Wie gern hättest du ihr gesagt, dass es sich anfühlte, als wärt ihr schon verheiratet. Wenn er zu Hause war, kochtest du all seine Lieblingsgerichte, und ihr aßt zusammen. Er brachte sogar ein paar Geschäftsfreunde mit, um gemeinsam das Spiel zu sehen, in dem Chelsea gegen Man U verlor. Dazu gab es Bier und Asun, gebratenes Ziegenfleisch, während du zwischen Küche und Wohnzimmer hin- und herflattertest. Mehr zu verlangen, hätte gierig gewirkt. Selbst für jemand so Ambitionierten wie dich.

Doch du sagtest stattdessen: »Ini, *abeg*, wir haben 2019. Also komm mir nicht damit. Wir lieben uns, sind glücklich, und er versorgt mich. Das genügt.«

»Bitte hör doch auf, Genevieve. Du wirst nicht jünger. Er muss dich heiraten.«

»Ich habe jetzt nicht die Energie, um mit dir zu streiten. Treasure, komm und sieh dir das Auto an, das Uncle Oddy dir gekauft hat.«

»Mummy hat gesagt, ich soll kein Geschenk von Uncle Oddy annehmen, bis er dich heiratet. Hat er dich schon geheiratet, Aunty?«

Du lenktest Treasure ab, indem du den Fernseher auf Nick Jr. umschaltetest. Dann drehtest du dich mit flammendem Blick zu Ini um. In ersticktem Flüsterton sagtest du: »Bitte, warum ziehst du Treasure da mit rein?«

»Er soll dir einen Ring kaufen und nicht Spielzeugautos für die Kinder anderer Leute. Er muss dich heiraten und Babys mit dir machen, damit Treasure jemand zum Spielen hat«, flüsterte Ini stur zurück.

Oddy benutzte nie ein Kondom, wenn ihr Sex hattet, aber er war ein Meister des Rückziehers. Bei den wenigen Malen, wenn er sich nicht sicher war, nahmst du bereitwillig die Postinor-Tablette, die er dir hinlegte.

»Du bist eine Hexe«, erwidertest du und warfst ein Kissen nach ihr.

Nachdem die beiden weg waren, gingen dir ihre Worte noch eine Weile durch den Kopf. Dir fiel ein Abend vor sechs Monaten ein. Damals war die Farbe im Haus noch kaum trocken, und die Möbel hatten gerade erst ihren Platz gefunden. Er war von einem Seminar gekommen, saß im Wohnzimmer und aß Suppe mit Maniokbrot. Er mochte es immer, wenn du neben ihm saßest und ihr euch beim Essen unterhalten konntet. Bevor du nach Lagos kamst, hättest du das nicht für möglich gehalten.

Damals, noch zu Hause, aßt ihr schweigend. Nur das Knacken von Knochen, Schlucken und gelegentlich das Räuspern deines Vaters waren zu hören. Oddy machte sich nicht besonders viel aus Tischmanieren.

Das fandst du immer amüsant.

An jenem Abend schaute er dich beim Essen an und sagte: »Genevieve, möchtest du mein Date sein?« Er stopfte sich ein Stück Stockfisch in den Mund und versuchte gleichzeitig, die Tropfen der White Soup aufzufangen, die ihm über die Finger liefen.

Du warst verwundert. Nach einem Jahr und allem, was ihr zusammen gesehen und gemacht hattet, fragtest du dich, was wohl der Grund dafür war. Als du nicht sofort antwortetest, sah er dich wieder an und meinte: »Was?«

»Es ist bloß … was waren wir denn bis jetzt?« Du beugtest dich vor und wischtest seinen Mundwinkel mit der Serviette ab.

»Ich will es bloß offiziell machen«, sagte er und aß weiter. Als du Ja sagtest, nannte er dich danach nie mehr Genny. Du warst sein Baby, und er weigerte sich, dich irgendwie anders zu nennen.

»Du bist mein Baby. Ich liebe dich und werde dich weiter lieben.«

Damals kamst du zu dem Schluss: Das genügte.

♡—♥—♡

Dein Vater beschloss, nach Lagos zu kommen und sich mit eigenen Augen davon zu überzeugen, wie gut es dir ging. Er pfiff anerkennend, als er sein Gepäck abstellte und sich in deinem Haus umsah. Sein leicht feuchter Blick mochte einen Funken Respekt für dich enthalten.

Machte es dir etwas aus, dass er dachte, das Haus und der Wagen wären Teil eines Package-Deals im Zuge deines Spitzenjobs im Marketing auf Victoria Island? Nein. Genauso wenig wie die Tatsache, dass du erleichtert warst, Oddy auf Geschäftsreise zu wissen, als dein Vater angerufen hatte, um mitzuteilen, er sei am Flughafen. Alle Beziehungen entwickeln sich schrittweise. Du und Oddy, ihr wart noch nicht an dem Punkt, an dem das Treffen von Vätern nötig war. Das machte die Sache zwischen euch nicht weniger echt. Dein Vater blickte sich im Wohnzimmer um und pfiff wieder. Dazu stützte er die Hände in seine Taille. »Diese Bleibe ist ideal für Kinder«, sagte er und drehte sich zu dir um. »Gewöhn dich nicht zu sehr daran, das Alleinsein zu genießen, damit du nicht vergisst, was wirklich zählt.«

Mein Vater ist altmodisch, dachtest du. Ein höherer Beamter im Ruhestand, der seine Zeit mit irgendwelchen Versammlungen in seiner Community verbringt oder damit, Leuten gute Ratschläge zu erteilen. Deine Mutter musste fast ein Jahr lang alle Tricks aus ihrem Arsenal anwenden, bis sie ihn überredet hatte, dich von zu Hause weg und nach Lagos zu lassen. Lächelnd lotstest du ihn ins Gästezimmer.

Wie nicht anders von ihm zu erwarten, verbrachte er gerade mal zwei Tage bei dir, bevor er eilig zurück nach Enugu aufbrach. Am nächsten Wochenende tauchte Oddy auf, um mit dir gleich weiter nach Accra zu reisen. Während du deinen Koffer packtest, redetest du dir ein, dass du dich doch glücklich schätzen konntest, ja, vielleicht sogar das glücklichste Girl von ganz Lagos warst.

♡—♥—♡

Wie viel muss man über einen Menschen wissen, um ihn zu lieben? Ihr führtet so viele Gespräche, während ihr zusammen aßt, verbrachtet so viel Zeit in Flughafen-Lounges oder schmiegtet in beliebigen Hotelzimmern eure klebrigen Körper aneinander. Oddy konnte gut reden, liebte es zu reden, und du liebtest es, ihm zuzuhören. Einige seiner Anekdoten kanntest du auswendig, da du sie so oft gehört hattest.

»Weißt du, dass ich vier Jahre als Maurer gearbeitet habe? In der Zeit habe ich die reichen Männer studiert, für die wir Häuser bauten. Und, Baby, damals wurde mir klar, dass ich einer von ihnen werden wollte.«

Er teilte sein Geld und seine Erfahrungen freigiebig mit dir. Manchmal fragtest du dich, ob er in deiner Gegenwart nicht ein etwas zu lockeres Mundwerk hatte. Aber welche Vorbehalte du auch gegen ihn haben mochtest – mit der Zeit brachte er alle Mauern um dein Herz zum Einsturz, weil er dir keinen Grund gab, an seiner Aufrichtigkeit zu zweifeln. Als du ihn nach seinem Geburtstag fragtest, sagte er: »29. Februar.« Du überlegtest rasch und runzeltest die Stirn. »Im Ernst«, meinte er mit dem glucksenden Lachen, das seine Schultern in Bewegung brachte und seine Augen strahlen ließ.

»Schau mich an! Ich bin jetzt gerade, während du mit mir sprichst, erst zwölf Jahre alt«, sagte er, immer noch lachend.

Weil ihr drei Jahre zusammen wart und es in der Zeit kein Schaltjahr gab, hattet ihr nie seinen Geburtstag gefeiert, und du hattest ihm nie eine Torte gekauft. An deinem Geburtstag schickte er haufenweise Geschenke und überwies dir mehr Geld, als du gebraucht hättest, um eine Party für eine ganze Community zu feiern. Doch er war nie persönlich anwesend. Er mochte es auch nicht, fotografiert zu werden. Das hatte etwas von einer Phobie. Egal, wo auf der Welt ihr wart, ob vor dem Eiffelturm in Paris oder in der Küche beim Aufräumen nach dem Abendessen. Oddy ließ dich nie ein Selfie von euch beiden machen. Und so gab es auf deinem Handy nur Porträts, die er von dir gemacht hatte. Der einzige Beweis seiner Existenz war das Lächeln in deinen Augen, wenn du für ihn posiertest.

♡—♥—♡

Du begleitetest ihn auf eine Reise nach Abia State, wo er einen Vortrag darüber hielt, wie man mit Devisen Geld machen könne. Der kleine klimatisierte Saal hatte Vorhänge in den nigerianischen Nationalfarben an den Fenstern und war bis auf den letzten Platz gefüllt. Dort sahst du Leute, die nicht zu wissen schienen, woher sie ihre nächste Mahlzeit nehmen sollten, und sich trotzdem bereitwillig in die Träume stürzten, die Oddy ihnen verkaufte. Sie glaubten so sehr daran, dass ihnen alles einleuchtete. Dabei funktionierte Oddys Erfolgsformel nicht für jeden. Und diejenigen, deren Träume nicht wahr wurden, fassten ihre Wut in Worte und veröffentlichten negative Bewertungen in den Foren der Internetplattform Nairaland.

Du fühltest dich schrecklich, wenn du sie lasest.

Oddy machte die schlechte Presse nichts aus. »Publicity ist gut fürs Geschäft, Baby. Du musst das Internet ignorieren. Das sind Verrückte, die da vor ihren Tastaturen sitzen und nichts Besseres zu tun haben. Ich weiß, warum ich mit dem Devisenhandel angefangen habe. Ich will Leuten helfen. Ich weiß, dass ich das immer noch tue.« Er hatte sein eigenes Leben verändert, als er lernte, wie der Handel funktionierte. Und er war überzeugt, das auch für andere bewirken zu können.

Am Ende waren es die Seminare, die dir die Wahrheit über deine eigene Situation vor Augen führten.

An jenem Samstag warst du im Ebeano Village Market einkaufen, um Oddy ein paar seiner Lieblingsgerichte zu kochen. Am Morgen hatte er dich über WhatsApp wissen lassen, dass er in zwei Tagen aus London zurückkäme. An der Kasse begegnetest du einem der Seminarteilnehmer aus dem März des Vorjahrs.

»Guten Tag Ma'am, Sie erinnern sich wohl nicht mehr an mich?«

Du bedachtest ihn mit einem flüchtigen Blick – Mittdreißiger, buschiges Haar, Bart, ein Gauner. »Nein, tut mir leid. Guten Tag.«

»Oh, das macht nichts.« Er strahlte dich an. »Ich habe im März letzten Jahres ein Seminar Ihres Mannes besucht, und sehen Sie mich an! Ich bin jetzt ein offiziell zertifizierter Devisenhändler. Ich habe sogar kürzlich geheiratet.«

Mit drei Sätzen erinnerte dieser Fremde dich daran, was in deiner Beziehung fehlte. Eigentlich wolltest du ihm sagen, dass Oddy nicht dein Mann war, aber dann entschiedest du dich dagegen.

Lächelnd meintest du nur: »Glückwunsch. Ich werde Oddy sagen, dass ich Sie getroffen habe. Momentan ist er im Ausland.«

»Oh, bitte, richten Sie ihm meine Grüße aus, Ma'am.«

Das Gespräch dauerte keine zwei Minuten, doch wärst du nicht stehen geblieben, um mit dem Mann zu reden, dann hättest du das Paar verpasst, das zwei Schritte vor dir in den zentralen Bereich des Supermarkts trat. Der Mann hatte Oddys Swag. Beim Gehen rollte er ein wenig die Schultern, und sein majestätisches Profil war leicht nach oben gerichtet. Die Frau an seiner Seite war schwanger.

Aber er ist in London. Ich muss ihn wirklich sehr vermissen.

Du machtest das nicht bewusst, aber du beschleunigtest deine Schritte, bis du sie eingeholt hattest. Du überlegtest auch nicht, bevor du die Hand austrecktest und dem Mann auf die Schulter tipptest. Er drehte sich um. Es war Oddy.

Sein Gesicht mit staunend aufgerissenen Augen, rasch folgendem Stirnrunzeln und den zu einem Strich zusammengepressten Lippen war das Letzte, was du sahst, bevor Dunkelheit dich verschluckte. Als du wieder zu dir kamst, wedelten der Wachmann und Angestellte des Supermarkts dir mit Papierblättern hektisch Luft zu. Jemand hatte dich in eine sitzende Position gebracht. Oddy und die schwangere Frau waren auch noch da.

»Alles in Ordnung mit Ihnen, junge Frau?«, fragte Oddy.

Du suchtest nach Worten, aber dir fiel nichts ein.

»Haben Sie jemand, den wir anrufen können? Mein Mann und ich sind so erschrocken, als Sie plötzlich in Ohnmacht fielen.«

Der Mann, den sie ihren Ehemann nannte, sah aus wie Oddy, klang wie Oddy – aber du kanntest diesen Mann nicht, der in Oddys Haut steckte.

»Mir geht es gut.«

Dann stiegst du in dein Auto und fuhrst nach Hause. Dort bliebst du im Wagen sitzen und umklammertest mit zitternden Händen das Lenkrad, während dein Körper von stummen Schluchzern geschüttelt wurde. Da vibrierte das Handy auf deinem Schoß. Du griffst danach – eine Nachricht von Oddy: *Du hättest mich wirklich nicht so in Verlegenheit bringen müssen. Warum näherst du dich mir in der Öffentlichkeit? Ich bin enttäuscht von dir, Genevieve.*

♡—♥—♡

Die Anzeichen waren alle sichtbar gewesen. Den Schrank füllten deine Kleider, Schuhe, Tasche. Auf seiner Seite gab es fünf Hemden, zwei Hosen und ein Paar Schuhe. Jedes Mal, wenn er kam, brachte er sein Waschzeug und andere Sachen in einer Tasche und nahm sie anschließend wieder mit. Euer gemeinsames Zuhause war für ihn immer nur eine Durchgangsstation gewesen. Du lebtest dort, aber Oddy war immer ein Gast.

In den zwei Tagen bevor er wieder auftauchte, schwanktest du zwischen Unglauben und Selbsttäuschung. Du redetest dir ein, dass er gezwungen gewesen sein musste, diese andere Frau zu heiraten. Aus einem Grund, den du noch nicht kanntest. Es musste ihm schwergefallen sein, zwei Frauen gleichzeitig zu lieben, und er wusste nicht, wie er damit umgehen sollte. Du erinnertest dich an eure Anfangszeit und wünschtest, du hättest seinen Ansinnen früher nachgegeben. War damals die andere ins Spiel gekommen? War sie eine Geschäftspartnerin? Im Vergleich zu dir sah sie sehr alt aus.

Weil du all deine Zeit mit ihm verbracht und dich von Ini entfernt hattest, musstest du mit diesem Wahnsinn ganz allein fertigwerden. Die Kontakte in deinem Handy waren lauter Leute, die mit »Das hab ich dir gleich gesagt« reagieren würden. Dabei warst du auf Gottes Erdboden die Letzte, die erfuhr, dass man sie zum Narren gehalten hatte.

Als es an der Tür klingelte, bliebst du ein paar Sekunden reglos. Der Oddy, den du kanntest, hatte die Klingel nie benutzt. Als er deinen Namen rief, gelang es dir, dich aus dem Sofa zu schälen, auf dem du wie gelähmt gesessen hattest, und an die Tür zu kommen. In dem Moment, als er im Türrahmen stand, wusstest du, dass du ihn verloren hattest.

Er trat mit einer Nüchternheit ein, die zu einer Beerdigung gepasst hätte. Er behielt die Hände in den Hosentaschen, und die herzliche, laute Persönlichkeit, die zu so geliebt hattest, blieb verborgen.

»Ich fühle mich betrogen, Oddy«, sagtest du. Er trug ein gestärktes Oberhemd mit Streifenmuster und eine maßgeschneiderte Anzughose. Du hattest in dem cremefarbenen T-Shirt und der Adidas-Jogginghose schon zwei Nächte geschlafen. Defensiv verschränktest du die Arme vor der Brust. Du fühltest dich verletzlich, denn dir wurde klar, dass nur du das Chaos der letzten achtundvierzig Stunden durchlitten hattest.

»Warum? War ich nicht gut zu dir? Hab ich dich jemals geschlagen oder angeschrien? Hab ich nicht für sich gesorgt?«

»Du hast mich die ganze Zeit belogen.« Du versuchtest, die Tränen aus deiner Stimme zu halten, doch es gelang dir nicht.

»Ich habe dich nie belogen, weil du nie gefragt hast.«

»Du hast mich gefragt, ob du mein Date sein kannst. Verheiratete Männer daten keine anderen Frauen!«

»Genny, komm schon. Du kanntest den Deal.«

»Deal? Welchen Deal?«

»Hör zu. Ich war glücklich mit dem Arrangement, bis du vor zwei Tagen diese Nummer abgezogen hast. Auch noch in aller Öffentlichkeit. Was, wenn meine Frau die Sache durchschaut hätte? Und sogar jetzt zeigst du keine Reue.«

Meine Frau.

Diese zwei Worte trafen dein Herz wie die Schüsse eines versierten Attentäters.

»Du hast Glück, dass ich dich liebe, Genny, denn der Unsinn hätte diese Beziehung beenden können«, fuhr Oddy fort. Er starrte dich mit kalten Augen an. Einer seiner Mundwinkel war verzogen und gab ihm einen verbitterten Ausdruck.

»Wie lange schon?«

»Was meinst du damit?«

»Wie lange bist du schon verheiratet, Oddy? Von Beginn an?«

Ungeduldig trat er ans Fenster, zog die Vorhänge auf und schaute hinaus.

Verzweifelt um Antworten ringend, folgtest du ihm. »Sag mir einfach die Wahrheit, bitte.«

»Genny, wenn wir weitermachen sollen, dann kann ich mit dir nicht über meine Frau oder meine Kinder sprechen. Ich möchte mein Privatleben für mich behalten.« Dabei machte er eine Geste, als würde er etwas mit seinen Händen zerschneiden.

Als du ihm so gegenüberstandest, wurde alles klar, und du fingst an zu weinen.

»Bitte hör auf. Ich habe dir alles gegeben. Ich habe dieses Haus für dich gekauft. Was willst du denn noch?«

♡—♥—♡

Du weintest, bis er gereizt das Haus verließ. Dann gingst du in dein Schlafzimmer, legtest dich hin und schliefst fast zwölf Stunden. Wieder wach, fingst du an, mit dir selbst zu feilschen. Du warst zweiunddreißig, ohne Job, ohne Plan. Solltest du einfach in Oddys Leben bleiben, selbst wenn es ein Leben im Abseits wäre? Wie lang und kalt war der Schatten von Ehefrau und Kindern? Wenn du ihn wahrhaftig liebtest, würdest du dann nicht bleiben?

Als du ihn nach zwei Tagen Nachdenken anriefst, dachtest du, es handele sich um einen Fehler beim Telefonanbieter, weil eine automatische Stimme dir sagte, die Nummer existiere nicht. Er hatte keine Facebookseite und keinen Twitter-Account, von denen du wusstest. Die Suche nach seinem Namen im Internet ergab viele Bilder und Namenskombinationen, doch keiner war der Oddy, den du kanntest. Niemand konnte dir sagen, wo er wohnte oder warum er nicht mehr an sein Handy ging.

Nachdem du drei Monate lang versucht hast, ihn zu erreichen, und dich gefragt hast, ob die letzten drei Jahre ein Produkt deiner Einbildung waren, sitzt du heute in der Ecke deines Wohnzimmers und weinst, weil ein verheirateter Mann aus Lagos dir das Herz gebrochen hat.

DER CLUB
DES SCHÖNEN SCHEINS

Dein Handy meldete sich ein paar Minuten nach Mitternacht. Du warfst einen Blick drauf. Die Nachricht lautete: *Er sagt er verlässt mich. HILFE!!!*

Das kam von Flora.

Du seufztest leise, gereizt, weil du darum gebeten hattest, dass niemand nach 22 Uhr eine Nachricht schickt. Aber das war typisch für Flora, die Knalltüte, einfache Anweisungen zu missachten. Dir kam in den Sinn, dass sie vielleicht verzweifelt gewesen war, als sie die Nachricht schickte, aber dann fiel dir wieder ein, was für eine Dramaqueen sie war. Von daher war es eher wahrscheinlich, dass sie geschrieben hatte, während sie sich in ihrem Jacuzzi rekelte.

Trotzdem hatte sie um Hilfe gebeten. Hilfe von dir und der Gruppe. Und als deren Kopf warst du verpflichtet zu helfen. Du seufztest noch mal. Tipptest auf dein Handy und öffnetest WhatsApp. Dort scrolltest du zu der Gruppe mit dem Namen »Gilde tugendhafter Gattinnen« und schriebst: *Notfalltreffen um 14 Uhr.* Dann löschtest du Floras Nachricht und schobst das Handy in die Tasche deines seidenen Hausmantels.

Du stiegst die herrliche Treppe hinunter, um dich noch mal zu vergewissern, dass das Foyer abgeschlossen war. Seit damals vor fünfzehn Jahren bewaffnete Räuber in dein früheres Haus in Anthony Village eingedrungen waren, weil der Wachmann unachtsam gewesen war, hattest du in dieser Hinsicht verständlicherweise eine Paranoia. Obwohl du jetzt in Banana Island, dem vermutlich sichersten Teil von Lagos, wohntest und eine hervorragende private Sicherheitsfirma deine Villa bewachte, warst du immer noch paranoid. Deshalb kontrolliertest du zweimal täglich alle Fenster und Türen und schliefst erst, wenn alle anderen schon schlummerten. Nach dem vollständigen Check gingst du wieder nach oben in dein Schlafzimmer.

Du machtest es dir auf dem kleinen weißen Sofa am Fußende deines Kingsize-Betts gemütlich. Wie üblich saßest du dort ungefähr eine Stunde lang und sahst deinem Mann Biodun zu, der im Bett leise vor sich hin schnarchte. Und wie immer betetest du stumm. Als Erstes um die Kraft, zu Biodun ins Bett zu steigen.

Die anderen abendlichen Gebete hatten nichts mit Gottes Schutz oder Hilfe zu tun, sondern waren eher eine Wiederholung deiner Neurose. Dein Lebensweg war ziemlich bemerkenswert: Von lähmender Armut während deiner Kindheit in Maroko bis nach deinem Abschluss an der LASU, den Jahren der Arbeitslosigkeit und der semiregelmäßigen Prostitution an der Allen Avenue und der Opebi Road, bis zu deiner Begegnung mit Biodun in der Kirche (tatsächlich trafst du ihn nach der Kirche, als viele Gemeindemitglieder zur Bushaltestelle Costain strömten und er dich für eine von ihnen hielt, was du nie richtiggestellt hast), über die Anfangsjahre eurer Ehe, als ihr in Anthony Village von der Hand in den Mund lebtet, wo euch die Räuber heimsuchten, bis zu Bioduns Begegnung mit

Otunba, der sein Wohltäter wurde und ihm half, der Milliardär zu werden, der er jetzt war. Aber weil du dir insgeheim immer Sorgen machtest, konntest du das Jetzt nie voll und ganz genießen. Immer fürchtetest du, irgendwie doch wieder zu verarmen. Oder dass jemand deine Vergangenheit aufdeckte.

Schließlich warst du fertig mit Beten und legtest dich ins Bett, wobei du darauf achtetest, so viel Abstand wie möglich zu deinem Ehemann zu halten, mit dem du seit zwanzig Jahren verheiratet warst.

Wie üblich wachtest du um fünf Uhr auf und absolviertest deine Routine – beten (diesmal um Gottes Schutz für deine Kinder vor dem Wahnsinn in Amerika und für deinen Mann vor sich selbst), ein dreißigminütiges Tabata-Workout im Home-Gym im Untergeschoss, duschen und dann Biodun um 6:30 Uhr wecken, damit er seinen Tag beginnen konnte.

Wie immer frühstücktet ihr zusammen. *Akara*, frittierte Bohnenbällchen, und *Ogi*, ein Pudding aus Getreide und Mais, für ihn und eine halbe Avocado, ein gekochtes Ei und schwarzen, ungesüßten Kaffee für dich. Wie üblich verlief das Frühstück hauptsächlich in Stille. Unterbrochen nur vom gelegentlichen leisen Piepton von Bioduns iPad Pro und hin und wieder etwas Small Talk, der geprägt war von der gewissen Übersättigung nach zwei Jahrzehnten Ehe.

»Ich gehe um 13 Uhr«, sagtest du.

Biodun grunzte nur zum Zeichen seiner Kenntnisnahme.

»Ich habe ein Treffen in der Kirche. Gegen drei sollte ich zurück sein.« Es gab keinen Grund, etwas zu erklären oder zu lügen, doch du tatest es trotzdem. Macht der Gewohnheit.

»Ich gehe später am Nachmittag. Ein paar junge Heißsporne, die versuchen, mich davon zu überzeugen, dass ich in ihr Unternehmen investiere, haben sich irgendwie Zutritt zum Mitgliederbereich des Yachtclubs verschafft. Sie wollen dort ein Lunch-Meeting veranstalten. Glauben die, dass mich das beeindruckt?« Er grinste belustigt. »Mich, der ich schon seit zehn Jahren Vollmitglied als Bootsbesitzer bin?« Er schüttelte den Kopf und widmete sich wieder dem Bildschirm.

Als pflichtbewusste Ehefrau stimmtest du ihm mit einem Ts-ts-ts zu und brachtest deine Missbilligung der Dummheit dieser unbekannten jungen Männer zum Ausdruck. Doch du erinnertest dich daran, dass es vor Jahren Bioduns großer Traum gewesen war, Mitglied des Yachtclubs zu sein, bis Otunba ihn als Mitglied vorgeschlagen hatte.

»Wie geht's Otunba?«, fragtest du.

Biodun seufzte schwer. »Ich habe ihn gestern in seinem Haus besucht. Der alte Mann ist immer noch schwach und ans Bett gefesselt. Er vergeht einfach langsam.« Wieder seufzte er. »Es ist schon drei Jahre her, aber über den Verlust von Lady Deborah ist er nie hinweggekommen, weißt du.«

»Ich weiß.« Du nicktest. Aber deine Überraschung darüber, dass Otunba nach dem Tod seiner Frau so lange weiterlebte, behieltst du für dich. »Ich werde ihn morgen besuchen und ein bisschen Zeit mit ihm verbringen«, sagtest du. »Ich bringe ihm etwas Pfeffersuppe mit Huhn und lese ihm vor. Das mag er.«

»Sehr nett. Bitte tu das.«

»Wirst du bis 21 Uhr zu Hause sein? Ich habe vor, dann die Jungen anzurufen. Ich habe gehofft, wir könnten gemeinsam mit ihnen sprechen.«

Seit die Coronapandemie dich von deinen Besuchen dreimal pro Jahr in New York abhielt, konntest du mit deinen Zwillingen, die die Columbia University besuchten, nur per Video telefonieren. Sie fehlten dir so sehr, dass du nach dem letzten Video-Anruf, den du zusammen mit Biodun machtest, geweint hattest. Irritiert hatte Biodun gefragt: »Sie sind erwachsene Männer – warum weinst du so?« Du erwidertest, dass deine Babys erst neunzehn und nicht annähernd erwachsen wären und du sie seit fast einem Jahr nicht gesehen hättest. Biodun hatte geschnaubt, weil er das nie verstehen würde. Vielleicht würde auch sonst keiner verstehen, dass du weintest, weil Kehinde, der heikle Esser, ein bisschen abgenommen hatte. Und es wäre undenkbar gewesen, dass Taiwo, der sich Dreadlocks wachsen lassen wollte, diese lächerlich ungekämmten Haare behalten hätte, wenn du die beiden in New York besucht hättest. Aber du sagtest nicht, dass du hauptsächlich weintest, weil du manchmal vor Dankbarkeit als glückliche Mutter der wunderbar perfekten zwei Jungen überwältigt warst. Vor allem, wenn du die Düsterkeit deiner Tage an der Allen Avenue und die tiefe Unzufriedenheit mit deiner Ehe bedachtest. Die beiden waren das Beste und Reinste in deinem Leben, ein Verweis auf Gott und seine verschlungenen Wege.

»Ich werde bis neun zurück sein, um mit ihnen zu sprechen«, brummte dein Mann und fuhr fort, die Nachrichten auf seinem Gerät zu lesen. Damit war der Small Talk, beim Frühstück offenbar beendet.

Für das Treffen mit deiner Gruppe verließest du das Haus gegen 13 Uhr. Du fuhrst den Range Rover Sport von 2014 selbst, weil er das älteste und am wenigsten auffällige Auto des Haushalts war. An Tagen wie diesen hättest du allerdings am liebsten in einem der schwarzen, zerbeulten Toyota Corolla von vor 2010 gesessen, die man in Lagos überall sah. Biodun, der inzwischen ein unerträglicher Autosnob war, hätte dir jedoch nie erlaubt, etwas so Proletenhaftes zu benutzen. Du fuhrst auf den fast leeren Parkplatz der Church of the Nativity in Parkview. Dann wartetest du.

Das Treffen sollte in einer Airbnb-Wohnung in Lekki, irgendwo hinter dem Ebeano Supermarket, stattfinden. Als Deborah die Gruppe vor Jahren mit dir als erstem Mitglied gründete, konntet ihr euch noch zum Mittagessen in den Häusern der anderen oder euren Autos treffen, wo ihr in verschlüsselten Codes miteinander flüstertet. Doch als die Gruppe wuchs, wurden Treffen zu Hause oder an öffentlichen Orten gefährlicher. Niemand konnte riskieren, dass jemand vom Personal eure Gespräche belauschte.

Du musstest nicht lange warten. Schon sahst du einen weinroten Ford Edge aufs Gelände der Kirche fahren und neben dir parken. Das war Gbonju in ihrem unauffälligsten Wagen. Sie würde dich zum Treffen und zurück fahren. Du setztest eine große Sonnenbrille auf, die dein halbes Gesicht verdeckte, und stiegst aus, um sofort in Gbonjus Wagen zu verschwinden. »Guten Tag, Aunty«, begrüßte sie dich lächelnd, während sie den Gang des SUV einlegte und losfuhr.

Du hattest Gbonju schon immer gemocht. Vor allem, weil sie pünktlich, respektvoll und für jemand in ihrem jungen Alter sehr diskret war. Inzwischen war sie zweiunddreißig und seit acht Jahren mit dem zum Ölmagnaten avancierten Dipo verheiratet. Sie war dreiundzwanzig gewesen, als du sie ihm vorstelltest, und du hattest Gbonju mit Bedacht ausgewählt. Dipo war ein aufstrebender Manager der mittleren Führungsebene in Bioduns Erdölunternehmen. Naiv, wie sie damals war, hatte sie fest an ihre perfekte stürmische Romanze geglaubt. Bis heute war ihre Hochzeit die größte und extravaganteste, die du in Nigeria je besucht hattest. Und das wusstest du so genau, weil Biodun den Großteil davon bezahlt hatte. Als du beim Hochzeitsmahl saßest und sahst, wie Dipo und Gbonju einander mit Torte fütterten, trafen sich dein und Dipos Blick für eine Sekunde, und ihr erinnertet euch beide.

Und zwar an jenen Abend ein Jahr zuvor. Irgendwie hatte

Biodun das Datum der Rückkehr von einer deiner Reisen durcheinandergebracht. Du warst also unangekündigt nach Hause gekommen und in euer Schlafzimmer gegangen. Dort fandest du Biodun und Dipo, beide nackt, auf dem Bett. Biodun lag mit ausgestreckten Gliedern da, während Dipo, über ihn gebeugt und den haarigen Hintern in die Höhe gereckt, ihm geräuschvoll einen Blowjob gab.

♡—♥—♡

Es war Deborah, die dir am nächsten Morgen einen Überraschungsbesuch abstattete. »Wie ich höre, hast du das Geheimnis deines Ehemanns erfahren«, sagte sie mit ihrer sanften, aber entschlossenen Stimme. »Willkommen im Club.«

Deine Augen waren noch verschwollen, weil du die ganze Nacht geweint hattest, aber jetzt fielen sie dir beinah aus dem Kopf. Du begriffst, dass Biodun für Otunba gewesen war und wahrscheinlich immer noch war, was Dipo jetzt für Biodun darstellte. Deborah, die nie viele Worte machte, nickte bestätigend und meinte: »Kopf hoch, meine Liebe. Diese Männer, wie sehr wir sie auch lieben mögen, sind unsere Tränen nicht wert. Lass mich dir stattdessen zeigen, wie du am besten profitierst.«

Ihre Überlegungen waren leicht nachvollziehbar. Sie hatte der Ehe mit Otunba die besten Jahre ihres Lebens geopfert, bevor sie nach elf Jahren und drei Kindern entdeckte, dass er sie benutzt hatte, um seine Homosexualität zu verstecken. Anstatt einer Scheidung, die ihrer Ansicht nach zur Folge hätte, dass ein Teil von Otunbas beträchtlichem Reichtum durch seine Sexpartner verprasst würde, beschloss sie, an der Ehe festzuhalten. »Ich dachte wie ein Mann und fällte eine kaltblütige geschäftliche Entscheidung. Für mich und meine Kinder«, erklärte sie. Sie konnte Otunba nicht ändern, aber in gewisser

Weise an die Kette legen. Durch eine Kombination ihrer starken Persönlichkeit und der Logik ihrer Argumentation überzeugte sie Otunba davon, seine Affären mit unerwünschten Männern (sprich alleinstehenden, jüngeren, armen, von denen einige wahrscheinlich gay-for-pay und potenzielle Erpresser waren) zu unterlassen. Die ideale Wahl für Otunba wurden Männer in Scheinehen, die selbst etwas zu verlieren hatten, wenn ihre sexuelle Orientierung an die Öffentlichkeit käme. Es erwies sich ebenfalls als nützlich, wenn diese Männer tüchtig und klug waren – ihr wurde klar, dass sie Geld für sich selbst und Otunba scheffeln würden, anstatt ihn einfach nur auszusaugen. Auf diese Weise hätten alle etwas gewonnen. Biodun war so ein Mann.

Es war dann auch Deborah, die – ohne dir zu erzählen, wie – Bioduns Wiedergutmachung für dich aushandelte. Sie erfolgte in Form des Transfers von zwanzig Millionen Naira auf dein Konto noch am selben Abend. Außerdem bekamst du einen voll bezahlten Urlaub und Shoppingtrip nach New York für dich und die Jungen. Sie lehrte dich auch, diese Wiedergutmachung derart in die Länge zu ziehen, dass sie nicht abriss – sodass du ihn dazu brachtest, deine internationalen Immobiliengeschäfte und dein Import-Business zu finanzieren. Du besaßest jetzt zwölf Millionen Dollar, und, ja, du hättest Biodun schon vor ein paar Jahren verlassen können und wärst finanziell gut gestellt gewesen. Aber wie sagte Deborah immer: »*Misery loves company*, meine Liebe.« Und gern stellte sie auch die rhetorische Frage: »Warum dein Geld ausgeben, wo du auch seins ausgeben kannst?«

Also, ja, du brauchtest Biodun nur noch, bis er die Studiengebühren der Jungen an der Columbia bezahlt hätte. Aber abgesehen davon hattest du widerwillig begonnen, den Idioten zu tolerieren und sogar zu mögen.

Noch wichtiger war, dass du, als Deborahs gute Schülerin, ein Jahr nachdem du sein Geheimnis entdeckt hattest, zu Biodun gingst und meintest: »Es ist am besten für alle, wenn Dipo bald heiratet. Das wird euch beide schützen.« Er hatte genickt. Als du Gbonju vorschlugst, damals ein kluges Mädchen, das gerade versuchte, dir Versicherungen zu verkaufen, war die Sache besiegelt.

Deborah nahm dich unter ihre Fittiche und wies dich ohne Aufsehen auf die heimlich schwulen und bisexuellen Männer in der High Society von Lagos und ihre meist ahnungslosen Ehefrauen hin. Zusammen mit Deborah besuchtest du die Hochzeiten derjenigen, die sich erst später eine Frau nahmen. Dort tauchtest du mit großzügigen Geschenken auf und tanztest mit einigen der Männer, während dir all die Ehefrauen leidtaten. Schließlich hatte Deborah die Idee, eine Art Selbsthilfegruppe für einige von ihnen zu gründen. Immerhin hatten eure Ehemänner die meisten von deren Männern flachgelegt.

Allerdings weigerte Deborah sich, dir von dem gefräßigen Krebs zu erzählen, der ihr Inneres zerstörte, bis sie nur noch zwei Monate zu leben hatte. Erst bei ihrem letzten Treffen mit der Gruppe hatte sie es dir flüsternd anvertraut. Es handelte sich um ein ungewöhnliches Treffen, weil es in der Öffentlichkeit stattfand. Und zwar in einem Spa (Deborahs Geschenk an alle Frauen), wo nichts Geschäftliches besprochen wurde. Nachdem sie es dir gesagt hatte, lächelte sie und drohte dir mit schwach wedelndem Zeigefinger wegen der Tränen, die dir in die Augen traten. »Kopf hoch, Liebes. Ich habe dem Leben immer die Stirn geboten.«

Dann zeigte sie auf die anderen Frauen, die in weißen Bademänteln und mit Gurkenscheiben auf den Augen in Liegestühlen lagen, und flüsterte: »Du bist jetzt die Leitwölfin. Handle danach.«

♡—♥—♡

Es ärgerte dich, dass du und Gbonju die Ersten bei dem Treffen wart und Flora, auf deren Geheiß es einberufen worden war, noch fehlte.

»Aunty *mi*, was ist denn mit Flora los?«, fragte Gbonju.

Du zischtest: »Wer weiß? Wahrscheinlich nichts, du weißt doch, wie sehr sie immer nach Aufmerksamkeit giert. Aber egal, wir werden es rausfinden, wenn sie auftaucht. Wobei man meinen könnte, dass sie eher früh hier wäre, da wir hier sind, um ihr Problem zu lösen, nicht wahr?«

Gbonju lachte. Dir gefiel, dass sie nie etwas kommentierte. Kluges Mädchen. Du erinnertest dich, wie sie, ein Jahr nach ihrer Hochzeit, in deinem Büro aufgetaucht war. Schwanger und grimmig, um dir flüsternd mitzuteilen, sie habe rausgefunden, dass Dipo schwul sei. Sie hatte nie irgendwelche Details preisgegeben, aber du vermutetest, dass sie von Dipo und Biodun wusste und deshalb zu dir gekommen war.

»Bring dein Kind zur Welt. Besorg dir eigenes Geld. Kauf ausländische Immobilien auf deinen Namen«, lautete dein Rat an sie.

Sie hörte auf dich. Inzwischen hatte sie drei Villen, an der Algarve, in Monaco und auf Santorin, die sie das ganze Jahr über an Urlauber vermietete. Das wusstest du, weil du die Villen über deine internationale Immobilienagentur für sie gekauft hattest.

Onome, die Auffällige, kam herein. Sie war der Inbegriff eines Lagos Big Girls: wunderschön, ausschließlich mit Designersachen und geliebt von Blogs und Paparazzi. Ihr Ehemann war Prediger und so ein Heimlichtuer, dass er auch in einem auf hoher See verlorenen Sarg hätte stecken können. Er hatte keine Skandale verursacht und war, soweit sie wusste, noch nie mit einem Mann zusammen gewesen, aber er hatte ihr seine sexuelle Neigung gestanden. Onomes Großtuerei kümmerte dich wenig, du mochtest ihre sorglose Art und dass sie kein *wahala* machte, sondern einfach das gute Leben genoss.

Fatima erschien als Nächste. Die dritte Frau eines Senators aus dem Norden war von ihrem Vater verheiratet worden, um eine eindrucksvolle politische Allianz zu zementieren. Sie war wahrscheinlich eine der schönsten Frauen, die man je gesehen hatte. Trotzdem bewegte sie sich quasi auf Zehenspitzen und der Macht ihres Gesichts völlig unbewusst. Sie war schmerzlich naiv und noch Jungfrau gewesen, als sie den Senator heiratete – einen Mann, der dreißig Jahre älter war als sie, zwei Frauen, sieben Kinder und einen unbändigen sexuellen Appetit hatte. Während ihrer Flitterwochen in Dubai stellte sie fest, dass ihr Gatte Männer bevorzugte. Sie reagierte erstaunt, als er einen Dreier vorschlug, verblüfft, als er einen Mann ins Spiel brachte, und entsetzt, als die beiden leidenschaftlich loslegten und sie als unwillkommenes Beiwerk dastehen ließen. Vier Monate später brachte Onome sie zu dir (die beiden waren seit ihrer Zeit an einer Universität im Ausland ungleiche Freundinnen). Du akzeptiertest sie. Inzwischen hatte sie drei Kinder, und ihr Mann erkaufte ihr Schweigen permanent mit teuren Geschenken.

»Tut mir leid, dass ich so spät dran bin! Es gab einen Notfall!« Flora rauschte herein, und du hattest Mühe, nicht mit den Augen zu rollen. Sie ließ sich zwischen Onome und Fatima fallen, die auf einer Couch saßen, und fing fast augenblicklich an zu weinen. Die beiden bemühten sich sofort um sie, und du hättest beinah losgelacht. Dann sahst du zu, während sie – mit dramatischen Gesten und bebendem Busen – erzählte, dass ihr Mann sie verlassen und mit einem anderen Mann ins Ausland ziehen wolle. Wie sie so sprach, fielen dir ihr makelloses Make-up und das perfekte Contouring auf. Und obwohl sie sich so hysterisch gab, floss keine einzige Träne. Die Bitch war innerlich tot. Das wusstest du, weil sie genau wie du war.

Du hattest immer gewusst, dass Flora eine Nutte war. Da machte dir niemand etwas vor. Gern redetest du dir ein, du wärst eine Nutte mit Gewissen, während Flora absolut kaltblütig war. Ihr hattet euch erst am Tag ihrer Hochzeit mit Julius kennengelernt, einem von Bioduns fernen, eigenwilligen Freunden. Es war eine dieser Hochzeiten an irgendwelchen besonderen Destinationen, diesmal Miami. Bis zu dem Zeitpunkt wusstest du nichts über sie, umso erstaunter warst du, als sie dich während des Tanzes, bei dem alle das Brautpaar mit Geld überschütten, wie eine längst verloren geglaubte Freundin umarmte. Deine erste Überraschung war, dass du ihr Parfum kanntest und dessen Preis – Crab Apple Blossom von Clive Christian. Dann flüsterte sie: »Danke fürs Kommen, Aunty *mi*. Tut mir leid, dass wir uns erst jetzt offiziell kennenlernen. Ich komme dich bald besuchen, weil ich weiß, dass ich deine Hilfe brauchen werde.« Du musstest sie fragend angesehen haben, denn sie beugte sich erneut zu dir und flüsterte: »Ich werde deine Hilfe brauchen, damit ich ihn nicht an einen anderen Mann verliere.« Da lächeltest du, obwohl du innerlich wegen ihres Tons vor Wut kochtest. Sie bat dich nicht wirklich um Hilfe – sie ließ dich wissen, dass sie von der Gruppe wusste. Da wurde dir bereits klar, dass sie sich zum Problem entwickeln würde. Sofort fingst du an, zu überlegen, wie man sie neutralisieren könnte.

»Also, warum sagt Julius, dass er dich verlassen will?«, fragte Onome.

»Er sagt, er will in einer Gesellschaft leben, in der es ihm freisteht, sein authentisches Selbst auszuleben«, höhnte Flora. »Und dass er verliebt ist.«

»Hmm. Hoffe, du hast die Taschen irgendwie in Sicherheit gebracht, *sha*«, sagte Gbonju.

Beschämt senkte Flora den Kopf und murmelte, was du schon wusstest: »Nein.«

Du wusstest auch, dass Flora, abgesehen von ein paar Birkin Bags, ihrer teuren Garderobe und zwei Autos nicht wirklich Geld oder ein eigenes Business besaß. Wenn Julius sie verließ, war sie auf seine Großzügigkeit angewiesen oder seinem Geiz ausgeliefert, da sie keine Kinder hatten und sie über kein Druckmittel verfügte, ihn zu erpressen, wenn er dann schon in einem Land war, in dem seine sexuelle Orientierung gefeiert wurde. Außerdem wusstest du inzwischen, dass Julius sie gezwungen hatte, eine Verschwiegenheitserklärung und einen Ehevertrag zu unterschreiben. Noch dazu hatte er in Miami geheiratet, weil die Gesetze zur nachehelichen Vermögensverteilung im Scheidungsfall ihn als den reicheren Partner bevorzugten. Diesen Preis bezahlte sie für ihre Überheblichkeit, wissentlich die gekaufte Frau eines reichen schwulen Mannes geworden zu sein. Und dafür, dass sie die Außenseiterin in der Gruppe war. Du erinnertest dich an Gelegenheiten in der Vergangenheit, als sie sich mit Blicken über andere Frauen der Gruppe mokiert hatte, als die sich Sorgen gemacht und über ihre eigenen Männer geklagt hatten.

»Aunty *mi*«, rief Flora dir zu.

Du schautest von deinen Nägeln hoch. »Ja, Flora?«

»Ich brauche deine Hilfe, Aunty. Ich will ihn nicht an einen anderen Mann verlieren.«

Du erinnertest dich, dass sie am Tag ihrer Hochzeit fast die gleichen Worte benutzt hatte, und zwar in einem anmaßenden Ton. Du musstest dich anstrengen, um ein Lächeln zu unterdrücken. »Was genau möchtest du denn, dass ich tue, Flora?«

»Ich weiß nicht, Aunty. Ihn für mich erpressen?«

Du runzeltest die Stirn. »Das ist unter meiner Würde. Außerdem klingt es, als wäre das Julius egal.«

»Ach! Wie wär's mit irgendwelchem Dreck über seinen Lover? Ein Sexvideo zum Beispiel? Oder ihn auszahlen?«

Du tatest, als würdest du kurz darüber nachdenken. »Es ist nur eine vage Idee, aber vielleicht kenne ich da jemand. Lass mich einen Anruf tätigen und sehen. Entschuldigt mich, Ladys.« Damit standest du auf, tatest so, als würdest du auf deinem Handy scrollen, und verließest das Wohnzimmer. Du gingst in eins der Schlafzimmer, setztest dich aufs Bett und hieltst dein Handy ans Ohr. Gelassen flüstertest du irgendwelchen Unsinn ins Telefon. Schließlich kehrtest du ins Wohnzimmer zurück und setztest dich wieder auf deinen Platz.

Du hieltst Floras Blick stand. »Ich habe mit einem Gentleman gesprochen und ihm die, ähm, delikate Situation geschildert. Er sagt, er könne dir helfen, aber wenn du seine Hilfe willst, musst du zwei Dinge akzeptieren – erstens wird es dich zehntausend Dollar in bar und im Voraus kosten, zweitens kann er dir nicht garantieren, dass er Erfolg haben wird.«

»Wer ist er?«

»Ich weiß, er ist eine Art Privatdetektiv und in den schwulen Communitys von Lagos undercover tätig, deshalb zieht er es vor, inkognito zu bleiben. Ich kenne seinen Namen nicht, und mir ist auch sonst nichts über ihn bekannt. Und weil ich ihm noch nie persönlich begegnet bin, tappe ich genauso im Dunkeln wie du. Meine einzige Rolle, falls du dich entscheidest, seine Dienste zu nutzen, wäre die der Mittelsfrau für das Geld und irgendwelche Nachrichten.« Dann schütteltest du den Kopf, seufztest und hobst die Hände. »Weißt du was? Um ehrlich zu sein, möchte ich lieber nicht in diese undurchsichtigen Machenschaften und was weiß ich verstrickt sein. Vielleicht solltest du dir selbst Hilfe suchen.«

»Ach, Aunty *mi*, nur du kannst mir helfen.« Im Nu kniete Flora vor dir.

Einen Augenblick mustertest du sie, dann sagtest du: »Steh auf, Flora. Das ist würdelos.« Du zucktest mit den Achseln und seufztest. »Na gut. Ich werde helfen.« Dann wartetest du, bis sie wieder auf ihrem Platz saß. »Ich schätze, wir bringen die Sache ins Rollen, nachdem du mir das Bargeld geschickt hast?«

♡—♥—♡

»Ifedayo.«

»Ja, Ma'am.«

»Was höre ich da? Du und Julius plant, Nigeria zu verlassen und im Ausland zu leben? War das der Plan, als ich dich mit ihm zusammengebracht habe?«

Ifedayo schaute auf seine schmal zulaufenden Hosenbeine und die spitzen Schuhe. »Nein, Ma'am. Das war nicht der Plan«, sagte er leise. Er war ein schöner Mann, mit weichen Gesichtszügen, geschmeidig, mit karamellfarbenem Teint und Zähnen wie Perlen. Er war neunundzwanzig – gerade noch jung genug, um als Affäre bei Julius durchzugehen, der eigentlich auf Jüngere stand, und alt genug, um im Anzug als potenzieller Käufer von einem deiner Anwesen durchzugehen, die »zu verkaufen« waren. Heute trug er einen Anzug. Ihr hattet euch in einer deiner zum Verkauf stehenden Wohnungen in Ikoyi getroffen. Nur ihr beide.

»Also, warum dann die Planänderung?«

Er brauchte einen Moment, bis er antwortete. »Wir haben uns verliebt.«

»Ha! Du oder Julius oder ihr beide?«

»Wir beide, Ma'am.«

»Ach, Liebe. Diese lästige Sache. Also, wie genau sieht der Plan aus? Ihr geht in die Staaten, stimmt's?«

»Ja, Ma'am.«

»Lass mich raten. Miami?«

»Ja, Ma'am. Woher wissen Sie das?«

»Ich weiß, dass er da ein Haus hat und Steuervorteile, mit denen ich dich nicht langweilen will. Aber was willst du dort machen, Ifedayo?«

Er zuckte mit den Achseln. »Keine Ahnung. Einfach mit ihm chillen?«

»Wie lange bist du jetzt schon gay-for-pay – fünf Jahre?«

»Ich bin jetzt schwul, Ma'am. Total.«

»Verstehe.« Am liebsten hättest du gesagt: Aber du bist nur mit einem reichen alten Mann schwul. Stattdessen fragtest du: »Ifedayo, was hast du in diesen fünf Jahren bekommen, außer deiner Wohnung, dem Auto und Klamotten? Hübscher Anzug übrigens.«

»Ich verstehe die Frage nicht, Ma'am.«

»Wie viel hast du auf dem Konto, Ifedayo?«

»Ungefähr siebenhundertfünzigtausend Naira, Ma'am.«

»Also, nach fünf Jahren Arbeit hast du eine Wohnung, ein gebrauchtes Auto, ein paar Secondhandklamotten, siebenhundertfünfzigtausend Naira und ein leichtes Leben. Wie lange, glaubst du, wird das dauern?«

»Ich verstehe nicht, Ma'am.«

»Lass mich dir offen sagen, wie ich es sehe. Julius hat immer jüngere Männer bevorzugt, zwischen neunzehn und zweiundzwanzig. Ja, als ihr euch kennengelernt habt, warst du fünfundzwanzig, aber vergiss nicht, dass du gute Gene hast und schon immer jünger ausgesehen hast, als du warst. Gute Gene helfen jedoch auch nur in begrenztem Ausmaß, bis das Alter dich einholt. Julius mag dich jetzt durchaus lieben, aber was, wenn er eines Tages damit aufhört und dich gegen eine jüngere Affäre austauscht? Hast du das umwerfende Angebot in Miami mal gesehen? Ich schon.«

Du seufztest. »Was ich sagen will, ist, dass du deine Zukunft planen musst. Hier mein Vorschlag: Besorg dir eine Zulassung für ein MBA-Studium an einer Universität in Miami und bring Julius dazu, dir das komplett zu finanzieren. Und mit komplett meine ich, Studiengebühren, Kost und Logis, damit du ein Dach über dem Kopf hast, wenn ihr beiden Schluss macht. Falls er sich weigert, das zu bezahlen, lass es mich wissen, dann rede ich mit ihm. So hast du, wenn ihr nach Miami geht, noch etwas anderes zu tun, als nur Julius' Trophäe und Boyfriend zu sein. Du hast eine Chance, dortzubleiben und zu arbeiten, eine Karriere zu beginnen und dir ein Leben aufzubauen, falls die Sache schiefläuft. Hab ich mich klar genug ausgedrückt?«

Er nickte. »Danke, Ma'am.«

»Gern geschehen. Eine Sache noch …« Du öffnetest deine Handtasche und holtest den Umschlag mit Floras zehntausend Dollar heraus. Den gabst du ihm. »Das ist mein Abschiedsgeschenk. Versprich mir, dass du es nicht ausgibst, bevor du in den Staaten bist. Wenn du dort bist, zahl mehr als die Hälfte auf ein Investmentkonto ein. Ich werde dir die E-Mail-Adresse meines Finanzberaters geben. Er wird dir zeigen, wie du dieses Geld vermehren kannst. Haben wir uns verstanden?«

Plötzlich standen ihm Tränen in den Augen. Er schüttelte den Kopf. »Warum tun Sie all das für mich, Ma'am?«

Du lächeltest. »Weil es jemand auch für mich getan und mir gezeigt hat, wie man von der Sorte Männer profitiert, mit der wir beide es zu tun haben.« Am Ende klopftest du ihm auf die Schulter. »Du bist jetzt ein einsamer Wolf. Handle danach.«

ICH KANNTE DICH

Manche Sachen sind leichter zu bekommen als zu behalten, weißt du? Reichtum zum Beispiel. Freundschaften. Die Liebe. Sich verlieben ist leicht. Ich bin kein schlecht aussehender Typ. Ich habe meine Methoden, meine Tricks. Frauen kamen immer in mein Leben, und sie sind daraus wieder verschwunden. Ich bin leicht zu haben, aber nicht leicht zu fesseln, weißt du. Und alle Frauen wollen an irgendeinem Punkt eine Anzahlung, eine Versicherung, irgendwas Konkretes. Einen Ring, ein Haus … meinen Nachnamen. Und dieser Teil, der letzte Teil, fällt mir schwer.

Jetzt quälen mich Gespenster und Erinnerungen. Irgendwas in mir drin ist zerbrochen. Und nichts kriegt mich wieder hin, nicht mal das Übliche: Drinks, Pussys, nicht mal Musik! Mann, dabei war die meine erste Liebe.

Die Sache ist, ich mache dir nicht mal einen Vorwurf. Ich wünschte, ich könnte verbittert sein, wütend oder irgendwas, nur um diesen verdammten Schmerz, diesen Verlust nicht spüren zu müssen. Aber ich möchte, dass du weißt, ich gebe dir wirklich keine Schuld. Es ist witzig, dass, wenn Leute fragen, warum wir nicht mehr zusammen sind, ich einfach sage, es liegt daran, dass ich Angst hatte, dich zu verlieren.

Ich erinnere mich noch an den Abend, als wir uns kennenlernten.

Ich war der Leadsinger der Band, die an jenem Abend im O'Jays auftrat. Das ist zwar ein kleines Lokal, aber mit der richtigen Atmosphäre. Echte Musikliebhaber gehen dahin, nicht nur die üblichen Leute, die in Lagos nach Unterhaltung suchen. Du kamst mit deinen Freundinnen. Und du duftetest nach Rosen. Ich wusste, dass du das warst, weil ich mich vorbeugte, als du vorbeigingst. Gefesselt hat mich allerdings deine Begeisterung. »Okay, der Typ kann singen!« Das riefst du so laut, dass ich es hören konnte. Du dachtest wahrscheinlich, es würde im Stimmengewirr untergehen. Tat es nicht. Ich habe dich gehört. Ich hatte ein Medley für das ganze Publikum vorbereitet, aber kaum hatte ich dich gesehen, wusste ich, dass ich nur für dich singen wollte.

»Leute, lasst uns die Playlist ändern. Geben wir den Ladys was Peppigeres.« Ich bemühte mich, locker zu klingen, als ich das zur Band sagte, aber meine Augen waren nur auf dich gerichtet. Ich sah, wie du und deine Freundinnen einen Tisch fandet und eine Runde Cocktails bestelltet. Da wusste ich schon, ihr würdet den ganzen Abend bleiben.

»Sid, *you dey crase*? Bist du irre?« Mein Saxofonist Tayo sah aus, als wollte er platzen. Vor Wut oder einfach so. Tayo war fett, aber es störte ihn nicht, wenn wir uns über ihn lustig machten. Der Kerl hatte eine Retourkutsche für jede fiese Bemerkung. Er war der scharfzüngige Clown unserer Truppe.

»Bitte, Tayo, ich überlass dir auch mein Trinkgeld von heute Abend.« Weil ich ein Mann bin, der sein Wort hält, genügte das, damit er grummelnd zustimmte. Geld war Tayos Lieblingssprache – Geld und Essen.

Ich fing mit Victor Uwaifos *Mammy Water* an und ließ es in etwas von Harry Belafonte übergehen. Eine Zeit lang sah ich nicht zu dir hin, aber nach dreißig Minuten des ersten Sets gab ich auf und schaute. Mann, du warst so wunderschön. Später würdest du mir sagen, dass dir schwindlig wurde, als unsere Blicke sich begegneten. Die einzige Situation, in der du dich je so fühltest, wären die Momente, bevor du eine OP vornahmst. Erst ein Adrenalinstoß, dann ein kurzer Schwindel und anschließend laserscharfe Konzentration.

»Du wolltest mich also aufschneiden? Abartig.« Ich zog dich gern damit auf, als wir unsere ersten Eindrücke austauschten. Dieser spezielle Scherz hörte aber auf, als du für mich aus der Medizin ausstiegst. Obwohl du behauptetest, es nicht zu bedauern, weiß ich, du wärst phänomenal gewesen, wenn die Liebe deine Pläne nicht durcheinandergebracht hätte.

Nach dem Set kamst du zu mir. »Das war ein beeindruckender Auftritt«, sagtest du.

»Danke. Ich wollte dich auch beeindrucken.« Ich sprach mit leiser Stimme, rau, aber tief genug, um dich zu fesseln. Es funktionierte. Aber es grämt mich, dass du mich zuerst angesprochen hast. Ich wünschte, es wäre umgekehrt gewesen. Doch ich hatte zu lange überlegt, was ich sagen sollte. Du warst immer diejenige, die alle Vorsichtsmaßnahmen in den Wind schlug und ohne Zögern mit großen Schritten losstürmte.

Wir unterhielten uns ein paar Minuten, während meine Fantasie damit beschäftigt war, sich auszumalen, wie du schmecken würdest. Würde ich den Chapman, an dem du die ganze Zeit genippt hattest, noch auf deiner Zunge wiederfinden? Du lecktest dir unbewusst die Lippen – eine Gewohnheit, die du in all unseren Phasen beibehieltst. Dann ertapptest du mich dabei, wie ich dich ansah.

»Du möchtest mich küssen, oder?«

»Ja.«

»Dann bring mich irgendwohin und küss mich.«

Ich nahm deine Hand, und wir zogen uns in die Dunkelheit hinten im O'Jays zurück. Dort fanden wir einen bequemen Platz, wo ich dich mit dem Rücken an die Wand drückte und mich dann vorbeugte, um dich zu küssen. Ich biss dich in die Unterlippe, strich darüber und schob meine Zunge vorsichtig in deinen Mund, um dich zum Mitmachen zu animieren. Später sagtest du, ich hätte nach Pfefferminz und Zigaretten geschmeckt, was du so berauschend fandst, dass du mehr davon wolltest. Als du dich mir öffnetest, drang ich tief ein. Wir liebten uns mit unseren Zungen, während meine Hand zu deinen Brüsten wanderte und einen Nippel kitzelte, bis er unter meiner Berührung hart wurde. Zögernd löste ich meinen Mund von deinen Lippen, suchte durch dein Shirt nach der Knospe und saugte daran. Du sagtest, bei dem Gefühl, das durch deinen Körper schoss, hätten beinah deine Knie nachgegeben. Außerdem warst du froh, keinen BH mit Polster zu tragen. Ich wechselte von einer Brust zur anderen, saugend, neckend. Verdammt. Du warst so weich. Ich packte deinen Po fest an und drückte dich gegen meinen pulsierenden Penis, um dich mein Verlangen spüren zu lassen.

In dem Moment kam Tayo durch die Hintertür getrampelt wie der sprichwörtliche Elefant in den Porzellanladen. Weiß der Himmel, was er suchte. Wir fuhren auseinander und lachten, als hätten wir uns mit Champagner betrunken.

Ich hätte dich an Ort und Stelle im O'Jays gevögelt, aber ich wusste, das hattest du nicht verdient. Jahre später erzähltest du mir, dass es dir nichts ausgemacht hätte.

♡—♥—♡

Die Sache ist die:

Ich war von mir eingenommen. Nicht, dass ich mich für etwas Besonderes hielt. Persönlich halte ich mich nur für ganz okay. Was ich meine, ist, dass ich davon ausging, das Leben würde mir unzählige Chancen bieten. Bescheuert, was? Ich dachte wirklich, wenn's auf dem einen Weg nicht klappt, dann kannst du ja einen anderen einschlagen. Wenn ein Mädchen dir das Herz bricht, such dir ein anderes, um es wieder heil zu machen. So was in der Art. Ich wusste vom ersten Augenblick an, du bist etwas Besonderes und dass es anders war als alles, was ich gewohnt war. Doch ich dachte, dich kennenzulernen, wäre der Beginn von was Größerem. Vielleicht dass ich, nachdem ich die Liebe mit dir erfahren hatte, sie immer auch mit einer anderen neu erschaffen könnte, falls es mit uns nicht klappen sollte. Aber das Universum ist ein hinterhältiges Dreckstück. Du wärst es gewesen. Jener Abend wäre es gewesen. Und ich habe es verbockt.

Lass mich versuchen, etwas genauer zu beschreiben, wie ich dich sehe.

Wenn du einen Raum betrittst, ist das, als würdest du einer Menge von Hatern die kalte Schulter zeigen. Du verkörperst eine gewisse Anmut, eine Haltung – sanft, aber mit Kanten. Was ich an deiner Schönheit am liebsten mag, ist deine Silhouette, der lange, elegante Nacken. Wie bei einer Ballerina oder einem Schwan. Du bist eine Seltenheit, Babe. So was wie dich gibt es nicht oft, das wusste ich damals, und das weiß ich heute. Aber das Süße an dir war, dass du deine Schutzhaltung mir gegenüber komplett abgelegt hast. Das machte mich dermaßen an.

Mann, wie ich das an dir liebe – deine Schamlosigkeit, wie du es oft nennst. Ich wusste, du warst nur in meiner Gegenwart so. Wie hatte ich es für eine Selbstverständlichkeit halten können?

♡—♥—♡

Eine Woche nachdem wir uns kennengelernt hatten, schliefen wir das erste Mal miteinander. In meinem Einzimmerapartment, einem umgebauten Boys' Quarter in Ikoyi, wo ein Bekannter mich mietfrei wohnen ließ. Im Hintergrund lief eine Liveversion von Felas V.I.P. Damals hatte ich meinen Plattenspieler direkt neben der Matratze stehen, wo auch der Standventilator war, dessen Rotorblätter sich in trägen, unregelmäßigen Kreisen drehten, weil die Stromstärke ständig schwankte. Unsere verschwitzten Körper hatten sich in Harmonie mit dem Rhythmus des Songs bewegt, bis wir gleichzeitig kamen. Du sahst wunderschön aus, mit dem Haar, das an deiner Stirn klebte, und dem bis zur Taille hochgeschobenen Etuikleid. Du bist die einzige Frau, der ich beim Sex in die Augen schauen kann. Ich sah die Lust in deinen Augen größer werden. Sie glitzerten, bis kurz bevor du kamst und sie zukneifen musstest. Genau in dem Moment fiel mir der Text zu einem Song ein – es sollte die erste Zeile meines ersten Hits werden.

Als wir nackt und eng umschlungen dalagen und jeden Moment seit unserer ersten Begegnung analysierten, erzähltest du mir, ich wäre dein zweiter und letzter Mann. Weil ich solchen Druck nicht wollte, lenkte ich dich mit Singen ab. Da meintest du, meine Stimme sei ein Balsam, den du immer brauchen würdest.

Manchmal, wenn der Alkohol die Erinnerungen an dich nicht ertränkt, kann ich immer noch hören, wie du mich aufforderst, ich solle committen. Meine Antwort ändert sich nie, selbst wenn ich wie in Trance bin. Immer sage ich, lass uns sehen, wie es läuft.

Sogar in meinen Träumen fürchte ich, dich zu verlieren.

♡—♥—♡

Du bist die Schlaue, die Ärztin, also dachte ich, du würdest Bescheid wissen. Es war von Anfang an da, ab unserem allerersten Telefongespräch. Das war das Faszinierende an uns, wir kamen so schnell und heftig zur Sache, dass es sich anfangs gar nicht unheimlich anfühlte. Nein, warte, das ist gelogen. Ich hatte immer verdammte Angst, aber ich liebte es, bei dir zu sein, dir beim Reden zuzuhören und alles andere, sodass ich die Furcht überwand.

Doch sie war immer da. Hast du das nicht gespürt?

An dem Abend, als wir uns im O'Jays geküsst hatten, wartete ich vier Stunden, bis ich dich anrief. Ich wollte nicht so verzweifelt wirken, nachdem wir Nummern getauscht hatten, verstehst du? Keine Frau hat mich je so erregt, aber ich wusste, das mit uns würde mehr sein, also musste ich mich zurückhalten.

Als ich dann anrief, meldetest du dich nach dem dritten Klingeln.

»Hey, hier ist Sid. Kannst du gerade reden?«

»Hi Rusty!«

Du klangst sogar am Telefon sexy. Vor allem am Telefon. Du hast eine Stimme wie gemacht für Telefonsex, Babe. In jener Nacht wollte ich mein Glück versuchen und dich in ein heißes Gespräch reinziehen, aber dann musstest du mich total aus dem Konzept bringen.

»Rusty? Was hat's denn damit auf sich?«, fragte ich.

»Hast du noch nie in den Spiegel geschaut? Du hast rötliche Haare. Ich wollte dich schon danach fragen. Ist das deine echte Farbe?«

»So ungefähr.«

»Bist du *oyibo* oder so?«

»Ich bin genauso Yoruba wie du.«

»Dann so eine Art genetische Anomalie?«

»Das kommt von der Familie meines Vaters.«

»Ah, dann bist du also ein kleines bisschen weiß.«

»Nicht *oyibo*, sondern Araber. Er ist Algerier.«

»Interessant. Siehst du aus wie er?«

»Nope. Ich bin ganz der Sohn meiner Mutter. Bis auf die Haare und die Nase vielleicht.«

»Also, ich mag deine Haare und deine Nase, Sid. Ist das dein richtiger Name?«

»Sadiq. Die Jungs meinten, ich bräuchte einen Künstlernamen.«

»Der gefällt mir.«

»Gibt es irgendwas an mir, was dir nicht gefällt?«, fragte ich lachend.

»Es hat mir nicht gefallen, dass du aufgehört hast, mich zu küssen.«

»Ich wollte es nicht.« Meine Stimme wurde zwei Oktaven tiefer. Und mein Schwanz war nur von deiner Stimme hart.

»Werden wir's noch mal tun?«

»*Fuck*, ja!«

Diesmal musstest du lachen. »Ich freu mich drauf, Sadiq.«

»Nicht zu lange. Wir können uns morgen sehen. Ich hab frei. Wo wohnst du?«

»Ich kann die ganze Woche nicht. Ich habe OPs.«

»Du bist Ärztin?«

»Noch eine Anfängerin. Seit zwei Jahren.«

»Wo arbeitest du?«

»Diese Woche am LASUTH. Aber ich bin auch ein bisschen in der Gegend unterwegs.«

»Cool. Dann ist das abgemacht. Ich seh dich nächste Woche.«

Ich bin nicht stolz drauf, aber nachdem ich aufgelegt hatte, blieb deine Stimme sogar noch in meinem Ohr, als ich mir mit Onome am Telefon einen runterholte. Ich kam, während ich an dich dachte. Es war der letzte Telefonsex mit einer anderen Frau.

Bevor wir uns wiedersahen, telefonierten wir stundenlang, redeten über alles und nichts. Ich möchte dich jetzt anrufen, aber ich weiß, du würdest niemals rangehen, und selbst wenn, wäre diese besondere Freude aus deiner Stimme verschwunden.

♡—♥—♡

Einen Monat nachdem wir uns kennengelernt hatten, hörten Leute auf, mich zu fragen: »Sid, wie weit bist du inzwischen?«, und fingen an mit: »Sid, wie geht's deinem Babe?«. Für meine Verhältnisse war das schon was. Um die Wahrheit zu sagen, hatte ich vorher über die Liebe nur gewusst, dass sie endet. Mehr nicht. Happy Ends sind was für *mumus* und andere Idioten und für Märchen. Happy End ist der Codename für eine Spezialmassage im Puff. Bei Beziehungen kannst du froh sein, wenn der Anfang happy und das Ende nicht ganz so schlimm ist.

Ich war vor dir allein durchs Leben gegangen, und mit einem Wimpernschlag warst du das Yin zu meinem Yang geworden. Das war echt viel. Deshalb habe ich nie Anspruch auf dich erhoben. Ich habe uns nie mit einem Etikett versehen, weil ich mir selbst keine Angst einjagen wollte. Das hatte nie mit dir zu tun. Ich weiß, du hast es gehasst, dass du immer »Girlfriend« ergänzen musstest, wenn ich dich vorstellte. Aber ansonsten habe ich dir alles gegeben. Alles, was ein Mann wie ich zu geben hat. Warum genügte das nicht?

Drei Monate nach dem ersten Kuss sagtest du mir, dass du mich lieben würdest. Ich weiß nicht, wie du da die Furcht in meinen Augen übersehen konntest. Vielleicht weil die NEPA uns an dem Abend wie immer den Strom abstellte, sodass du mein Gesicht im mondhellen Dämmerlicht des Zimmers nicht so deutlich sahst.

Vier Monate nachdem wir uns das erste Mal geliebt hatten, zogen wir zusammen. Du gabst deinen Job auf und fingst als Selbstständige für ein Telemedizinunternehmen in Südafrika an. Ich zog aus dem Boys' Quarter in unsere gemeinsame Bleibe in Surulere, ein paar Straßen vom O'Jays entfernt. Nach weiteren sechs Monaten unternahmen die Band und ich unsere erste Tour durch Lagos. Der Titelsong war der, den ich für dich geschrieben habe. Auf der Tour schlossen wir unseren ersten großen Deal ab. Als pflichtbewusste Freundin warst du an jeder Station dabei.

Ein paar Tage nach Ende der Tour saß ich mit dir beim wöchentlichen Treffen deiner Familie. Endlich hatte ich es geschafft, an einem der vielen familiären Anlässe teilzunehmen, zu denen du mich schon eingeladen hattest. Obwohl ich zu spät dran war und das Essen bereits vorbei, wirktest du dankbar, dass ich überhaupt gekommen war.

Ich erinnere mich, dir gesagt zu haben, wie herzerwärmend ich es fand, zu sehen, dass deine Eltern sich immer noch liebten, obwohl sie schon fast drei Jahrzehnte zusammen verbracht hatten. Ich erinnere mich an die echte Zuneigung im Blick deines Vaters, als du uns vorstelltest. Die Umarmung deiner Mutter trieb mir Tränen in die Augen, die ich gut zu verbergen wusste. Ich hielt Ausschau nach etwas, das mich nerven würde. Deine Schwester Tolu und die zwei Brüder Tayo und Tife und ihre jeweiligen Partnerinnen und Partner scherzten untereinander und neckten sogar mich gelegentlich.

Ich lachte, aber ich wusste, dass ich so eine Art Liebe nie wollen würde. Sie war zu weit, zu offen. Wie der Weltraum oder das Meer, unendlich, grenzenlos. So offen, dass mir klar war, ich würde mich mit Sicherheit darin verlieren. Und das wollte ich nie – mich irgendwo oder an irgendwas verlieren.

Darum habe ich dich danach nie wieder zu deinen Eltern begleitet.

♡—♥—♡

Lass mich deutlich machen, dass ich kein Typ mit »Themen« bin. Ich bin tatsächlich sehr simpel, wie du sicher weißt. Kompliziert trifft es bei mir überhaupt nicht. Ich bin allerdings ein Mensch mit gelebter Erfahrung. Jemand, der Dinge gesehen hat. Ich bin überzeugt von der Wahrheit, die ich kenne, und lasse mir von niemand irgendetwas einreden. Du wirst mich nicht dazu bringen, dir deine Version der Realität abzukaufen.

Aber ich versuche es und gebe mir wirklich Mühe, einige dieser Eigenschaften abzulegen, die mich an diesen Punkt gebracht haben. Ich weiß, dass ich nie viel über meinen Vater geredet habe. Lass mich dir von ihm – dem Bastard – erzählen. Das Erste, was du wissen solltest: Ich hasse ihn nicht. Um jemand zu hassen, muss man diese Person kennen. Ich kenne den Kerl nicht. Insgesamt bin ich ihm vielleicht dreimal begegnet, und bei den letzten beiden Malen musste ich ihn von meiner Mum fernhalten, wenn du verstehst.

An dem Tag im Haus deiner Eltern meintest du: »Wunder dich nicht über sie. Sie tun immer noch so, als wären sie frisch verheiratet. Deshalb macht es Tolu und ihrem Mann auch nichts, vor uns allen zu knutschen.«

Du rolltest mit den Augen, als wärst du genervt, aber das

winzige Lächeln und die Fröhlichkeit in deiner Stimme verrieten mir, wie glücklich du warst.

»Das ist wirklich in Ordnung, *jare*. Komm, lass sie einfach. Danke noch mal für die Einladung.«

Ich legte den Arm um deine Schultern, während wir den Kindern deiner Schwester beim Verstecken im Garten des Stadthauses deiner Eltern in Ikoyi zusahen.

Ich log, dass sich die Balken bogen, Babe. Für manche Leute ist Lügen eine Bewältigungsstrategie, eine Überlebenstaktik. Nach dem Tod meiner Mutter kam mein Vater nie mehr aus Frankreich zurück, rief niemals an. Soweit ich weiß, hat er dort eine andere Familie. Das Beste, was ich hoffen kann, ist, dass er die nicht so scheiße behandelt wie mich und meine Mum.

Ab meinem sechzehnten Lebensjahr war ich allein. Bevor sie starb, tat meine Mutter nichts anderes als hart arbeiten und sich beklagen. Sie erzählte mir, mein Vater hätte sie nur drei Monate lang glücklich gemacht. All die Plage für drei glückliche Monate. Die beiden hatten sich zufällig kennengelernt. Meine Mutter war eine junge Kellnerin in einem vornehmen Hotel. Er besuchte Nigeria mit seiner Familie. Sie hätten ignorieren sollen, was für eine Anziehung auch immer zwischen ihnen war. Stattdessen trieben sie es auf die Spitze und scheiterten. Ich bin auf keinen von beiden böse. Sie fielen einfach auf die Masche rein, dass Liebe von Dauer ist oder etwas bedeutet. Außerdem war meine Mutter wirklich gut zu mir. Sie hat mir alles gegeben, was sie zu geben hatte.

Layo, Leute wie ich können dir nicht geben, was deine Eltern haben. Das steckt nicht in meinen Genen. Der einzige Instinkt, den ich kenne, ist, genau zu wissen, wann ich Schluss machen und abhauen muss. In der übrigen Zeit improvisiere ich bloß.

♡—♥—♡

In den ersten beiden Jahren machten wir vielleicht fünfmal Schluss. Das erste Mal passierte es, als dir auffiel, dass ich nie »ich liebe dich« gesagt hatte. Du sahst mich an, deine Zahnbürste in der Hand und den Mund voller Schaum. Ich nutzte das als Ausrede, um so zu tun, als hätte ich dich nicht gehört. Da spucktest du entschlossen ins Waschbecken und wiederholtest es noch mal.

»Ich habe gefragt, warum du noch nie ›ich liebe dich‹ zu mir gesagt hast.«

»Was offensichtlich ist, muss man nicht sagen, Babe. Ich habe einen ganzen Song, den ich zweihundertmal pro Jahr singe und der davon handelt, wie viel du mir bedeutest. Wie viele Frauen in dieser Stadt können das von sich behaupten?«

»Es sind nur drei kurze Wörter. Ich sage es andauernd zu dir, warum kannst du es nicht zurücksagen? Denkst du, ich verdiene nicht, es auch zu hören?«

»Ich denke einfach nicht, dass es eine große Sache ist, verstehst du?«

»Du wirst es also nicht sagen?«

»Du hast es so in den Mittelpunkt gestellt. Jetzt bin ich eingeschüchtert.«

Ich dachte, du würdest mit einem Lächeln reagieren. Stattdessen packtest du eine kleine Tasche und gingst. Ich brauchte drei Tage, bis ich um Verzeihung betteln kam. Dann dauerte es noch eine Woche, bis ich mir die Worte abrang. Ich drückte dich fest an mich und flüsterte sie dir ins Ohr. Als du daraufhin in meinen Armen schmolzest, fragte ich mich, warum ich es nicht schon früher gesagt hatte.

Wir stritten und versöhnten uns, waren gute Freunde und noch bessere Geliebte. Du mochtest mich so sehr, dass mir gar nichts anderes übrig blieb, als anzufangen, mich selbst zu mögen, anzufangen, mich anständig zu benehmen. Eben wie jemand, auf den zu Hause etwas Besonderes wartet.

Bei den letzten beiden Malen war ich derjenige, der Schluss machte.

Beim ersten Mal kam ich in unsere Wohnung und fand sie im Halbdunkel vor. Überall brannten Teelichter, und im Hintergrund lief John Coltrane. Du sagtest immer, seine Musik würde dich an mich erinnern, an deine Gefühle für mich. Als ich dich im Schlafzimmer fand, trugst du meinen Pyjama, was du gern machtest. Deine kleinen Füße steckten in meinen großen Schlappen. Dann überreichtest du mir eine Geschenktüte.

Mann.

Es ist obszön, angesichts der Stimmung, die du erzeugt hattest, solches Entsetzen zu verspüren, wie ich es tat. Das Geschenk war ein positiver Schwangerschaftstest.

Weil ich ein guter Schauspieler bin, täuschte ich die Art von Freude vor, von der ich wusste, sie würde dich freuen. Ich hielt dich in jener Nacht im Arm, während du friedlich schliefst. Aber meine Augen waren gerötet und vor Schreck weit aufgerissen.

Am nächsten Morgen täuschte ich einen spontanen Gig vor und verschwand für zwei Tage in ein kleines Motel in Ikeja, wo ich mich in Alkohol ertränkte. Was wusste ich über Vaterschaft, Alter? Ich hatte selbst keinen Vater gehabt, nie. Wollte ich irgendwelche verkorksten Gene, die ich wohl besaß, an irgendeine arme ahnungslose Seele weitergeben? Nein, verdammt. Ich haute ab und wäre weiter abgehauen, wenn Tayo mich nicht gefunden hätte. Für einen Kerl mit seiner Statur ist er verstohlen und sehr gewieft. Er trackte mein Handy, sagte später, er kenne jemand, der sich auf so was verstünde.

Als er mich an der Tür sah, dachte ich, er würde mir eine

reinhauen, aber dann schüttelte er nur mitleidig den Kopf. »Bist du ein kleines Kind? Wie kannst du was von einem Gig lügen und nicht zuerst deinen Bandmitgliedern Bescheid sagen? *Ode*, du Narr.«

Als ich nicht antwortete, redete er weiter: »Sieh zu, dass du dich wäschst und dann zu Layo zurückgehst, bevor ich mich noch auf dich setze. Idiot.«

Da fing ich an zu lachen. Tayo lachte mit und schlug mir mit unbändiger Kraft auf die Schulter. »Gratulation, mein Junge.«

6. Juni 2015. Ich erinnere mich, zum ersten Mal geweint zu haben. Nicht mal der Tod meiner Mutter oder dass du mich verlassen hast, hatte das bewirkt. An dem Tag sah ich Tomisin zum ersten Mal. Sie war perfekt.

Sie sah genauso aus wie du.

♡—♥—♡

Wenn ich dieser Tage anrufe, erklärt Tomisin mir oft, dass du nicht zu Hause bist. Nie hätte ich gedacht, dass du so eine Mutter wärst, die ihre zwei Kinder bei der Nanny lässt, um feiern zu gehen. Das war okay, als wir uns vor sechs Jahren kennengelernt haben, jetzt nicht mehr. Einmal meintest du zu mir, du hättest keinen Grund mehr, abends auszugehen, weil du mich gefunden hattest. Warum gehst du jetzt aus? Ich bin doch noch hier.

Nachdem wir Tomi bekommen hatten, veränderte unsere Liebe sich ein bisschen. Sie reifte. Oder eher reiftest du. Mutter zu sein, das stand dir so gut. Ich bin der Ältere, aber du warst immer schon vernünftiger. Ich hatte solche Angst davor, ein Dad zu sein, doch sobald ich gelernt hatte, deinem Vorbild zu folgen, war es leicht. Und sie war ein braves Baby.

Ein Gig-Baby. Das arme Kind war ab seinem sechsten Lebensmonat in Bars und Clubs. Du triebst diese süßen, lärmreduzierenden Kopfhörer in Babygröße auf. Und an Abenden, wenn sie dabei war, herrschte striktes Rauchverbot. Als sie zwei war und ihr Bruder Tobi auf die Welt kam, konnte sie schon einige unserer Songs mitsingen.

Layo, du warst mein Glücksbringer. Wir hatten eine richtige Familie. Ich sorgte dafür, dass wir in ein größeres Haus umzogen. Zweistöckig, mit einem Gästezimmer. Wir aßen abends zusammen und gingen am Wochenende an den Strand, wenn ich nicht auf Tour war. Wir hatten eine richtige Familie und waren so glücklich.

Ich kann immer noch nicht glauben, dass du losstürmen und das mit einer weiteren Überraschung kaputt machen musstest.

♡—♥—♡

Ich hätte spüren müssen, wie es heraufzog. Deine Eltern hatten uns seit einem Monat nicht besucht, und es war eine der wenigen Gelegenheiten, bei denen ich zu Hause und nicht auf Tour war. Wir empfingen sie fröhlich, doch mit ihren Worten richteten sie viel Schaden an.

Du hattest für sie eine Party zu ihrer Silberhochzeit geschmissen, und ich war aufmerksam genug gewesen, dir das Geld dafür zu geben, um alles zu planen. Ich beklagte mich nicht, als du vorzeitig von der Tour nach Hause zurückkehrtest. Ich kam dazu, um dich zu unterstützen und sie zu feiern. Alles war perfekt.

Als der Abend langsam zu Ende ging, begleiteten sie ihre Gäste hinaus, und dann beschlossen deine Eltern, noch eine Bombe zu zünden, bevor sie selbst gingen. »Danke für diese wundervolle Party«, sagte deine Mutter leise.

»Gern geschehen, Mummy«, erwiderten wir.

»Möge Gott eure Herzen weiterhin mit Lachen füllen«, betete dein Vater.

»Amen.«

»Nächstes Jahr um diese Zeit werden wir uns versammeln, um eure offizielle Verbindung und vieles andere zu feiern«, fuhr dein Vater fort.

Tödliche Stille.

»Amen!«

Du riefst das so laut, damit mein Schweigen nicht auffallen sollte.

Es funktionierte nicht.

Danach beendeten sie ihr Gebet rasch, deine Mutter zog uns beide in eine Umarmung, und dann gingen sie. In jener Nacht tatest du zum ersten Mal in unserer Beziehung kein Auge zu. Das weiß ich, weil auch ich hellwach war. Ich versuchte, dich abzulenken, indem ich am Morgen mit dir schlief.

Es funktionierte nicht.

»Kannst du dir vorstellen, dass wir heiraten?«, fragtest du in dem Moment, als ich von dir herunterrollte.

Tödliche Stille.

»Warum fragst du?«

»Das ist keine Antwort. Beantworte die Frage.«

Tödliche Stille.

»Ich weiß nicht … Ich schätze schon.«

»Wann?«

Tödliche Stille.

»Lass uns abwarten, wie das Jahr läuft.«

Diese Antwort stellte dich offenbar nicht zufrieden, denn einen Monat später machtest du mir auf Tobis Geburtstagsparty einen Antrag.

Das war nicht fair.

♡—♥—♡

Zunächst lief auf der Party alles gut. Unser kleiner Mann kam in seiner kleinen *agbada* mit *abeti aja*, also dem traditionellen Yoruba-Gewand samt der Mütze »mit den Ohren eines Hundes«, in das dekorierte Wohnzimmer getapst. Alle gerieten ins Schwärmen. Wir waren so stolz darauf, wie er den Luftballons nachlief. Dabei wurde er von allen beklatscht und angefeuert. Nachdem wir die Torte angeschnitten hatten, wurde die Party entspannter, sodass die Erwachsenen sich beim Tanzen austoben konnten. Meine Band war da, deine Eltern, Geschwister und unsere Freunde. Da die Kinder oben von den Nannys beschäftigt wurden, hatten die Erwachsenen auch ihren Spaß.

»Tobi sieht Sadiq so ähnlich! Er hat sogar dieselbe Haarfarbe – *atarodo*, wie rote Paprika.« Das hörte ich deine Schwester sagen, als ich an euch vorbeiging, um Drinks zu holen. Ich kriegte deine Antwort nicht mehr mit, aber Lachen, Freude und endloses Geplauder füllten den Raum. Nach einer Stunde feiern mit Trinken und Essen riss Tayo, der inzwischen mein Roadmanager war, einen Witz. »Sid, wann wirst du Layo endlich heiraten? Sonst würde ich sie ja heiraten, aber mein Nachname ist nicht so schön wie deiner. Omolayo Bensaïd. Das klingt so gut«, sagte er.

Nervöses Gelächter ertönte, aber die Stimmung war umgeschlagen. Keine Sorge, ich habe den Hofnarren inzwischen gefeuert. Er wird uns nicht noch mal so in Verlegenheit bringen.

»Uncle Tayo, hilf mir beim Fragen. Also, wann wirst du eine ehrbare Frau aus mir machen?«, sagtest du, als wieder Ruhe eingekehrt war.

Aller Augen richteten sich auf uns. Ich kann immer noch nicht glauben, wie du uns grundlos in den Mittelpunkt der Aufmerksamkeit gezerrt hast.

»Sadiq Bensaïd, wann wirst du mich heiraten?«, fragtest du noch mal.

Ich flehte dich mit meinen Augen an, es gut sein zu lassen, doch du saßest entschlossen mir gegenüber am Tisch. Niemand sagte ein Wort. Es war ganz still, und zwar drei verdammte Minuten lang. Ich starrte die ganze Zeit auf die Wanduhr. Weißt du, wie lang drei Minuten sind? Die Stille wurde zum Geräusch, ein Summen in meinen Ohren. So lange fühlten die drei Minuten sich an, die es brauchte, um mit dir Schluss zu machen. Das spottete der Physik. Es ließ die Zeit einfrieren.

Da standest du auf und danktest allen fürs Kommen, wünschtest ihnen einen guten Abend, und innerhalb einer Stunde war unser Haus leer. Nur die Stille blieb. Ich saß eine weitere Stunde später, nachdem du die Kinder ins Bett gebracht hattest, immer noch in derselben Haltung am Tisch.

»Das funktioniert nicht mehr. Wenn du morgen auf Tour gehst, komm nicht mehr hierher zurück. Such dir eine Bleibe zur Miete in der Nähe, damit die Kinder sich an die neue Situation gewöhnen können.«

Ich hätte fast aufgelacht.

Was?

Welche Frau verlässt einen Mann, den sie liebt, wegen eines Rings? Wer nimmt den eigenen Kindern, einem Zweijährigen, um Gottes willen, aus diesem Grund den Dad? Wenn er älter sein wird und dich fragt, warum du mich verlassen hast, kannst du ihm dann wirklich sagen, warum?

♡—♥—♡

Das war vor sechs Monaten. Seither bin ich nicht mehr derselbe. Die Tour habe ich abgebrochen, als noch drei Konzerte ausstanden, weil ich ein Wrack war. Die Blogs und das Gerede auf Social Media waren brutal. Ich hatte das Gespür verloren. Meine Stimme war im Eimer. Ich war ständig mit Alkohol abgefüllt und mein Blick verschwommen. Ich weiß nicht, wie du dich fühlst, und ich glaube, das ist die andere Sache, die wirklich schmerzt. Du warst so kalt an jenem Abend, schienst dir so sicher zu sein. Und die zwei Male, als ich anrief, um mit dir zu sprechen, klangst du genauso. Könnte ich dich verloren haben? Ich kann dich doch nicht verloren haben, oder?

Gestern habe ich einen neuen Song für dich aufgenommen. Ich habe versucht zu sagen, was mein Schweigen und Abhauen nicht sagen konnten. Meiner Erfahrung nach zerstört eine Ehe die Liebe. Ich wollte nie aufs Spiel setzen, was wir haben, indem ich diesen Weg für uns einschlug. Ich wollte an Ort und Stelle bleiben. Diesen einen letzten Song habe ich für dich geschrieben, damit du weißt, dass ich auf dich warte. Du bist mein Zuhause, und ich hoffe, du kommst zu mir zurück.

UNABHÄNGIGKEITSTAG

An einem Tag, den du normalerweise als perfekt verbucht hättest, begegnetest du zufällig dem Mann, der dich vergewaltigt hatte.

Eigentlich liebtest du die frühen Oktobertage. Die Regenzeit war zu Ende, und die Trockenzeit würde bald beginnen. Der Regen von letzter Nacht sorgte für angenehme Kühle. Am makellos blauen Himmel stand keine einzige Wolke. Die Sonne strahlte, erzeugte aber keine Hitze. Seltsamerweise erinnerte sie dich an die perfekten Spiegeleier, die dein Mann Lekan immer für dich briet.

Du sahst deinen Vergewaltiger an der Schule deines siebenjährigen Sohns. Es stellte sich heraus, dass sein Sohn und deiner dieselbe Klasse besuchten. Beim Hinfahren der Kinder hattest du seine Frau Funke schon oft getroffen. Erst als sie heute wegen des Kulturtags in der Schule zusammen mit ihrem Mann auftauchte, wurde dir bewusst, wie extrem beschissen manche Zufälle im Leben sind.

Der 1. Oktober ist Nigerias Unabhängigkeitstag. Der alljährliche Kulturtag der Schule fand immer an diesem Datum statt, weil es ein staatlicher Feiertag war und dadurch mehr Eltern teilnehmen konnten. An früheren Kulturtagen hatte die Schule ihre Kinder nach den drei wichtigsten Ethnien Nigerias in Haussa, Yoruba und Igbo aufgeteilt und gebeten, in den jeweils traditionellen Gewändern zu erscheinen. Dieses Jahr hattest du allerdings die Direktorin Mrs Nwokedi daran erinnert, dass es in Nigeria über dreihundert Ethnien gibt und es vielleicht an der Zeit wäre, sich auch mit einigen anderen auseinanderzusetzen. Also durften die Kinder an diesem Kulturtag die Tracht einer Ethnie ihrer Wahl tragen. Du rechnetest damit, dass Lekan Junior sich für *dashiki* und *fila* der Yoruba, also der Ethnie deines Ehemanns, entscheiden würde. Es war eine schöne Überraschung, als er sagte, er wolle als Bini gehen, um deine Ethnie zu repräsentieren. Es machte dir und Lekan Spaß, das passende Outfit für ihn zu besorgen und Lekan Junior in das *ebuluku*, also das weiße Gewand zu kleiden. Das wurde um die Taille geschlungen und über die linke Schulter drapiert. Dazu kamen noch Korallenketten um Hals und Handgelenke. Du besorgtest ihm sogar einen traditionellen Fächer aus Pferdehaar, mit dem er ausgesprochen würdevoll wedelte.

Der grausame Zufall wollte es, dass Charles dich am 1. Oktober vor sechzehn Jahren vergewaltigt hatte.

Du stauntest, als du Charles erkanntest, der mit Funke und ihrem Sohn Jayden kurz vor Beginn des Kulturtags auf dem Schulhof stand. Funke winkte dir wie immer lächelnd, und du hättest die Begrüßung erwidert oder sie sogar kurz umarmt, doch da war Charles. Plötzlich geriet deine Welt aus den Fugen, und die Zeit blieb stehen.

Aus seinem lauernden Blick konntest du schließen, dass er dich erkannt hatte. Du hättest am liebsten geschrien, dir die Haare gerauft und dich dann auf Charles gestürzt. Wäre doch

Lekan hier bei dir gewesen – er hätte gewusst, was zu tun war. Eigentlich hatte er kommen wollen, doch das Krankenhaus, in dem er als Herzchirurg arbeitete, hatte ihn heute Morgen gerufen, damit er eine Notoperation vornahm. Du hattest dich gerade mal so weit unter Kontrolle, dass du Charles in die Augen schauen und Funke kühl Hallo sagen konntest, ohne den Blickkontakt mit ihm zu unterbrechen. Dann schaute er weg. Lekan Junior zappelte und schüttelte seine Hand aus. Erst da wurde dir bewusst, dass du sie viel zu fest gedrückt hattest. Funke machte große Augen und zog erstaunt die Augenbrauen hoch. Du murmeltest nur hastig eine Verabschiedung und marschiertest an ihnen vorbei, Lekan Junior hinter dir herziehend.

Du hattest so heftiges Herzklopfen, dass es sich anfühlte, als würde es deine Brust sprengen. Tief Luft holend, versuchtest du, die dir in die Augen schießenden Tränen zurückzuhalten. Dabei erinnertest du dich daran, wie oft du dir gesagt und vorgenommen hattest, du hättest wegen Charles genug geweint.

Mrs Nwokedi erblickte dich und kam durch die Menge zu dir. Du wusstest, dass sie dich wohl an die kurze Rede erinnern wollte, die du nach der Präsentation der Kinder im Namen der Eltern halten solltest. Obwohl du ihr zulächeltest, hörtest du kein Wort von dem, was sie sagte. Dein Körper war anwesend, doch dein Verstand auf eine Zeitreise gegangen.

Wie hattest du Funkes Bekanntschaft geschlossen? Du versuchtest, dich an jedes einzelne Gespräch zu erinnern, das du mit ihr auf dem Parkplatz oder im Wartebereich für die Eltern je geführt hattest. »Mein Ehemann ist nie da! Ich schwöre, ich habe eine nicht existierende Person geheiratet«, sagte sie einmal halb im Scherz. »Du weißt doch, wie beschäftigt manche Männer sind«, erwidertest du. »Manchmal müssen wir sie einfach dadurch unterstützen, dass wir weitermachen, solange sie nicht da sind.« Da hatte sie deine Schulter berührt, sich ein Lächeln abgerungen und gemeint: »Danke dir, Osa.«

Wie konnte dir bis heute noch nicht aufgefallen sein, dass Jayden Charles' Augen, seinen Mund und die gleiche kantige Gesichtsform hatte? Der Apfel fiel üblicherweise nicht weit vom Stamm, dachtest du. Und plötzlich empfandest du irrationalen Hass gegen den Jungen, von dem du dir vorstelltest, er würde ein Vergewaltiger wie sein Vater werden.

»Mummy, ist alles okay mit dir?«, fragte dein Sohn.

Da atmetest du schwer aus und nicktest. Dann beugtest du dich zu ihm hinunter und fragtest in ernstem Ton: »Sag mir die Wahrheit – fasst Jayden in der Schule die Mädchen an?«

»Jayden? Mädchen in der Schule?«

»Ja! Antworte mir. Hat er ihnen schon mal an den Po gegriffen oder sie geküsst?«

Er runzelte die Stirn. »Nein, Mummy.«

»Bist du dir sicher?«

»Ja, Mummy. Warum sollte er das machen?«

»Weißt du was, Junior? Vergiss es einfach wieder, okay?«

Er nickte.

»Aber versprich mir eines. Versprich, dass du nicht mehr mit Jayden befreundet sein wirst, ja?« Zur Bekräftigung hieltst du ihm deinen rechten kleinen Finger hin.

Er runzelte wieder die Stirn. »Er ist nicht so richtig mein Freund. Aber warum?«

Du seufztest. »Das würdest du jetzt noch nicht verstehen. Vertrau mir einfach und versprich es, okay?«

»Okay«, murmelte er zögernd und verschränkte seinen kleinen Finger mit deinem. »Ich versprech's.«

♡—♥—♡

Der Tag damals war auch perfekt.

Du warst siebzehn, hattest gerade die weiterführende Schule beendet. Deine JAMB-Prüfung war hervorragend gelaufen, und jetzt hattest du die Zulassung, um an der Unilag Architektur zu studieren. Das Semester hatte wegen der üblichen ASUU-Streiks noch nicht begonnen. Du nutztest die Zeit für ein Praktikum im Businesscenter, das einem Freund deines Vaters gehörte. Doch an dem Tag gingst du nicht arbeiten.

Aunty Philo, die Schwester deines Vaters, entdeckte dich am Morgen noch im Bett und fragte: »Osariemen, keine Arbeit heute?«

»Aunty, heute ist doch Feiertag.«

»Na und? Steh auf. Da dein Papa nicht zu Hause ist, kommst du mit in meinen Laden.«

Philo war drei Jahre zuvor bei euch eingezogen, nachdem deine Mum gestorben war. Die Idee war gewesen, dass sie euch ein bisschen mütterliche Fürsorge geben sollte, weil euer Vater nicht wusste, wie er allein mit zwei Kindern zurechtkommen sollte. Als Vierzehnjährige hattest du dich dagegen gesträubt. Du hattest deinem Vater gesagt, du wärst schon selbstständig und könntest dich um deinen jüngeren Bruder Usifo kümmern. Der war damals elf und hatte gerade begonnen, auf ein Internat zu gehen. Außerdem erinnertest du deinen Vater daran, dass deine verstorbene Mutter und Aunty Philo sich nicht gemocht hatten. – Unausgesprochen hieß das, die Anwesenheit von Philo wäre eine Herabsetzung des Andenkens deiner Mutter. Doch dein Vater hatte nicht auf dich gehört.

Wie erwartet war Aunty Philo nach ihrem Einzug mürrisch, machte regelmäßig abfällige Bemerkungen über deine Mutter und kümmerte sich hauptsächlich um den Lebensmittelladen, den dein Vater für sie eröffnet hatte. Natürlich kam es oft zu Auseinandersetzungen zwischen euch beiden, und du versuchtest, ihr nach Möglichkeit aus dem Weg zu gehen.

»Aunty, ich muss schon woandershin. Mein *oga* bei der Arbeit hat mich gebeten, was zu erledigen.« Das war offensichtlich gelogen, interessierte dich aber nicht. Du hattest entschieden, nicht mit ihr in ihren Laden zu kommen. Jetzt musstest du aus dem Haus und dich ein paar Stunden lang fern von ihr beschäftigen.

Da fiel dir Charles ein, ein Junge aus deinem Viertel Yaba. Schon seit einer Weile bat er dich um ein Date, und ehrlich gesagt, zogst du es in Erwägung. Er sah zwar nicht besonders gut aus, aber er war schon Student im dritten Jahr an der Universität von Ibadan. Er klang leidenschaftlich und intelligent, wenn er über gesellschaftliche Ungerechtigkeiten und die bevorstehende Revolution sprach. Aber am wichtigsten war, dass er der unbeirrbarste unter all deinen Verehrern war. Denn in letzter Zeit hattest du überlegt, ob vielleicht die Zeit endlich reif für einen Boyfriend wäre. Nachdem du dir jahrelang selbst versprochen hattest, mit den Jungs zu warten, bis du auf der Universität wärst.

Du erinnertest dich daran, dass Charles dir am Vortag eine Nachricht geschickt und gefragt hatte, ob du heute Zeit mit ihm verbringen wolltest. Also griffst du nach deinem Handy und schriebst ihm: *Hi Charles, ich hab heute Zeit, falls du mich treffen willst. Happy Independance Day.*

Er antwortete nach zehn Minuten: *Ja! Endlich! Lol. Kann dich um eins abholen, und wir gehen zu dem neuen Fast-Food-Lokal bei dir in der Nähe?*

Du antwortetest: *Ja.*

Dann duschtest du, machtest dich zurecht, so gut, wie du es eben konntest, und zogst dein liebstes lässiges Maxi-Sommerkleid an. Er kam mit einer Stunde Verspätung und behauptete, er hätte seine Freunde noch am Flughafen absetzen müssen. Du hattest vor allem im Sinn, von zu Hause wegzukommen, also machtest du keinen Stress, als er an dem Fast-Food-Lokal vorbeifuhr.

»Oh, sorry. Kurzfristige Planänderung. Ein paar meiner Freunde veranstalten eine kleine Party in Festac. Ich will da nur kurz vorbeischauen, mich sehen lassen und wieder gehen.«

»Ich muss um sechs zu Hause sein, und jetzt ist es schon zwei.«

»Keine Sorge. Bis dahin sind wir zurück. Versprochen.«

Ihr verbrachtet fast zwei Stunden im Auto. Selbst da rechtfertigte er sich noch. »Tut mir leid, Osa. Ich habe an einem Feiertag nicht mit so viel Verkehr gerechnet. Lagos ist immer ein Irrsinn. Mach dir keine Sorgen, wir bleiben nur fünf Minuten und fahren dann zurück. Ich bringe dich bis sechs nach Hause.«

»Ist cool«, sagtest du, dabei war es alles andere als das. Die Mittagshitze hatte die Temperaturen noch ein ganzes Stück in die Höhe getrieben, und die Klimaanlage in seinem Auto funktionierte nicht gut. Was die Fahrt erträglich machte, war, dass er eine schöne Auswahl von Hits spielte – angefangen bei *African Queen* und *Bizzy Body* über *Nwa Baby, Drop it Like It's Hot, Olufunmi* und *Tongolo* bis hin zu *Road to Zion*. Die Musik trug dich, während er ins Zentrum von Festac fuhr und vor einem Wohnblock hielt, aus dem andere Musik dröhnte. Du lächeltest, als er dir die Tür zum Aussteigen aufhielt und dich an der Hand nahm, um dich ins Haus zu führen.

Du bliebst noch mal kurz stehen: »Wir bleiben nur einen Augenblick, ja?«

»Ja. Zehn Minuten maximal.«

Du lächeltest, stelltest dich aber innerlich auf eine Stunde ein.

Die Party war in vollem Gang, als ihr reinkamt. Er zog dich in den Kreis seiner Freunde, und es gefiel dir, dass er dich als seine künftige Freundin vorstellte. Seine Freunde und deren Freundinnen wirkten wie eine nette Truppe, nur ein bisschen laut.

Du wusstest nachher nicht mehr, wie es dazu kam, dass alle *Wahrheit oder Pflicht* spielten. Du spieltest es zum ersten Mal und warst keinesfalls bereit, diesen fremden Leuten deine Geheimnisse zu erzählen, selbst wenn es Studierende höherer Semester waren, die du cool fandest. Als sie dich in die Pflicht nahmen, küsstest du also Charles unter Beifall und Jubel seiner Freunde. Es war dein erster Kuss, aber du wusstest ja aus dem Fernsehen, wie das ging. Du hieltst ihn für einen schlechten Küsser, weil seine Zunge so schwerfällig wie ein Ziegelstein in deinem Mund lag. Außerdem roch sein Atem schal.

Als du auf deine Uhr schautest und sahst, dass die Stunde vorbei war, sagtest du ihm, du wolltest nach Hause.

»Bald. Entspann dich.«

Da ließest du ihn in Ruhe und bereitetest dich mental schon mal auf die unvermeidliche verbale Auseinandersetzung mit Aunt Philo vor.

Schließlich brachte er dir einen Drink. »Hab ich dir geholt. Ich weiß, dass du keinen Alkohol trinkst. Aber das ist Saft.« Er beobachtete dich genau, während du einen Schluck nahmst. Du warst durstig und das Getränk kalt und süß. Du trankst es komplett aus. Er lächelte.

Als dir plötzlich die Knie weich wurden und die Wände schwankten und tanzten, beugte er sich zu dir und flüsterte mit heißem Atem in dein Ohr: »Komm, lass uns irgendwo hingehen, wo es ruhig ist.« Du erinnerst dich, wie dir klar wurde, dass etwas nicht stimmte und die Lage sich verschlimmern würde. Du wolltest Nein sagen, als er dich mit sich zog, aber deine Zunge schien irgendwie festzukleben, und dunkler Nebel umfing dich.

Deine nächste Erinnerung ist immer noch verschwommen: du und er in einem dunklen, unaufgeräumten Zimmer. Du lagst rücklings auf einem Bett und fühltest dich halb hypnotisiert von den Blättern eines surrenden Ventilators. Sein Gewicht drückte dich nieder, und du fühltest dich beinah körperlos, während er dich küsste und begrapschte. Als du versuchtest, ihn von dir runterzuschieben, waren deine Gliedmaßen so schwer wie Baumstämme. Das Bedürfnis, deine Augen zu schließen und wieder wegzudämmern, war stark. Nachdem du die Augen zugemacht hattest, spürtest du dumpfe Schmerzen in deinem Gesicht. Mühsam öffnetest du die Augen wieder und sahst sein zu einer Grimasse der Abscheu verzerrtes Gesicht, während er dich ohrfeigte. Du spürtest, wie seine andere Hand an deinem Slip zerrte. Aller Mut verließ dich, als er dein Kleid mühelos deine Schenkel hinaufschob.

Dann nahmst du all deine Muskel- und Willenskraft zusammen, um dich zu bewegen. Es gelang dir, eine schwerfällige Hand zu heben, und der schwache Versuch, ihn wegzuschieben.

Du sahst sein Stirnrunzeln und wie er den Arm auf Schulterhöhe hob. Du begriffst, dass er dich schlagen würde, genau in dem Moment, als er es tat. Eine Bombe explodierte in deinem Kopf. Muttern, Bolzen und Bruchstücke schienen darin herumzufliegen. Gleichzeitig sahst du eine Art Feuerwerk, bevor du das Bewusstsein verlorst.

Als du wieder zu dir kamst, dröhnte dein Kopf, war aber zugleich geräuschlos. Er trug jetzt keine Hose mehr, nur noch sein graues T-Shirt mit dunklen Schweißflecken unter den Armen. Du beobachtetest, wie er seine Knie benutzte, um deine gespreizten Beine zu fixieren. Er versuchte, seinen erigierten Penis in dich zu reinzuschieben, doch es gelang ihm nicht, weil du trocken warst. Nach drei erfolglosen Stößen wich er ein Stück zurück und verrieb mit dem Daumen das Präejakulat als Gleitmittel auf seiner Eichel. Dann stieß er wieder zu, konnte aber immer noch nicht eindringen. Vorwurfsvoll starrte er dich an. Du hattest solche Angst, dass er dich wieder schlagen würde. Eigentlich warst du schon bereit, dich flehend darauf zu berufen, dass es nicht wirklich deine Schuld war und dein Körper nicht wusste, wie er reagieren sollte, weil du noch Jungfrau warst.

Doch da sahst du schon, wie ihm ein Licht aufging. Er zog sich noch mal ein Stückchen zurück und bewegte seine Kiefer hektisch. Nachdem er eine gewisse Menge Speichel zusammen hatte, spuckte er in seine Hand und rieb damit energisch über seinen Penis. Das wiederholte er dreimal, bis der vor Nässe glänzte und schimmerte. Er war bereit.

Diesmal funktionierte es. Du schriest, als er in dich hineinstieß. Schnell presste er seine Handfläche über deine Nase und deinen Mund. Das roch nach seiner Spucke und schlechtem Atem. Während er begann, auf dir zu schaukeln, betatschte er auch deine Brüste und biss hinein. Dein Kleid hatte er dir bis zum Hals hochgeschoben, wo es sich jetzt wie ein Galgenstrick anfühlte. Mit seiner Hand auf deinem Gesicht konntest du nicht atmen. Du wolltest aber auch gar nicht atmen. Du wolltest sterben. Du betetest darum zu sterben. Du ließest deinen Körper schlaff werden und wartetest auf den Tod.

Doch du starbst nicht.

Stattdessen spürtest du, wie sein Körper zitterte. Er zog sich aus dir zurück, rutschte von dir herunter, grunzte, zuckte und ließ warmes Sperma auf deine Schenkel tröpfeln. Erst da merktest du, dass dir Tränen die Schläfen heruntergelaufen waren.

Du schlosst die Augen und dämmertest weg in der Hoffnung, es wäre nur ein Traum. Vielleicht konntest du im Traum durch eine Tür in den Tod schlüpfen.

Doch du starbst nicht.

♡—♥—♡

Du musstest die lange Fahrt von Festac nach Hause mit ihm erdulden. Weil der ursprüngliche Plan gewesen war, nur in das Fast-Food-Lokal die Straße hinunter in Yaba zu besuchen, hattest du nicht genug Geld mitgenommen. Du drücktest dich in eine Ecke des Autos. So weit von ihm entfernt wie möglich, stumm und wie ein Zombie. Er sagte, er hätte es gemacht, weil du zu lange gebraucht hättest, um seine offizielle Freundin zu werden. Vor allem, nachdem er schon Geld für Dates mit dir ausgegeben hatte. Du sagtest kein Wort, doch du erinnertest dich, dass es drei Dates gewesen waren: Beim ersten hattest du gar nichts bestellt, beim zweiten nur eine Coke und beim dritten eine Coke und eine Fleischpastete. Er sagte, er wolle dich wiedersehen. Er entschuldigte sich nicht, sagte aber, beim nächsten Mal würde er sanfter sein.

Vielleicht lag es an deinem Gesicht oder daran, wie du an jenem Abend ins Haus schlichst, denn Aunty Philo schrie dich nicht an, wie du es erwartet hattest. Und von da an ließ sie dich einfach in Ruhe – obwohl du sie mehrmals dabei ertapptest, wie sie dich eindringlich ansah. Als könnte sie spüren, dass irgendwas in dir irreparabel zerstört war.

Du gingst direkt ins Bad und schrubbtest dich bis aufs Blut. Danach hattest du die Angewohnheit, drei- bis viermal am Tag zu baden. Doch nie fühltest du dich sauber genug.

Charles rief am nächsten Tag an, doch du gingst nicht dran. Er schickte Nachrichten, in denen er schrieb, er wolle reden, doch du antwortetest nicht. Du blockiertest seine Nummer. Schließlich ändertest du deine Nummer und brachst den Kontakt zu allen ab.

Nie wieder trankst du Coke oder aßest Fleischpasteten. Das war auch besser so, dachtest du verbittert, denn ein Mann hatte dich wegen zwei Cokes und einer Fleischpastete vergewaltigt.

Du hörtest auf, Make-up zu benutzen und Kleider zu tragen. Um deine Figur zu verstecken, zogst du nur noch weite Oberteile und Hosen an. Über deiner Unterwäsche und unter der Jeans trugst du noch ein Extrapaar Shorts und schwierig zu öffnende Gürtel, um es dem nächsten Mann, der versuchte, dich zu vergewaltigen, schwerer zu machen.

Den nächsten Mann, der es versuchte, würdest du töten. Inzwischen warst du Architekturstudentin, und Schablonenmesser gehörten zu deinen Arbeitsmaterialien. Also trugst du immer einen Satz der Messer in deiner Tasche bei dir (selbst nach deinem Abschluss). Zum Glück hast du niemanden umgebracht. Obwohl du einmal einen Aufruhr auf dem Yaba Market ausgelöst hast, als du einem der berüchtigten Straßenhändler, der dich begrapschte, die Hand aufschlitztest.

Immer achtetest du darauf, *Vexcash* bei dir zu haben. Allerdings brauchtest du solches Geld für die Heimfahrt und für alle Fälle gar nicht, weil du ja keine Dates hattest. Du gingst auch nie auf Partys.

Nie konntest du länger als vier Stunden schlafen. Nach ein paar Jahren versuchtest du es jeden Abend mit Alkohol. Doch das funktionierte bei dir nicht. Du fingst erst wieder an, normal zu schlafen, als Usifo dir Schlaftabletten gab. Damals studierte er Pharmazie und jobbte während der Ferien in einer Apotheke, die zu einer Privatklinik gehörte. Nachdem dein Körper sich an die Pillen gewöhnt hatte, batest du ihn um stärkere. Irgendwann fragte Usifo, der seit dem Tod eurer Mutter die dir vertrauteste Person war, was eigentlich mit dir los sei.

Also erzähltest du es ihm. Sechs Jahre später.

Nachdem er zusammen mit dir geweint hatte, begann Usifo, dir zusätzlich zu den Schlafmitteln Antidepressiva zu beschaffen.

Dann wurde er erwischt. Es stellte sich heraus, dass er die Medikamente in der Krankenhausapotheke gestohlen hatte, ohne dir je etwas davon zu sagen.

Die Klinik gehörte zwei Generationen einer eng verflochtenen Familie von Ärzten – Geschwistern, Cousins und deren erwachsenen Kindern (eines davon war Lekan). Weil Lekan Usifo mochte und ihn unter seine Fittiche genommen hatte, nutzte er seinen Einfluss, damit Usifo nur entlassen, aber weder bei der Polizei angezeigt noch an seiner Universität gemeldet wurde (um seine Laufbahn als Pharmazeut nicht zu gefährden). Irgendwie brachte er Usifo auch dazu, dass er ihm im Vertrauen gestand, die Tabletten für dich gestohlen zu haben, weil er meinte, du würdest an einer posttraumatischen Belastungsstörung leiden. (Von der Vergewaltigung erzählte Usifo ihm aber nie.)

Und so kam es, dass Lekan, der dich nie gesehen oder kennengelernt hatte, anbot, deine Sitzungen bei der Psychiaterin der Klinik und jegliche verschriebenen Medikamente zu bezahlen.

Auf diese Weise lerntest du Lekan kennen – im Krankenhaus, wenn du zu deinen Therapiestunden kamst.

Lekan behandelte instinktiv jeden Menschen mit unglaublicher Liebenswürdigkeit. Er besaß ein ansteckendes Lächeln und ein unbändiges Lachen. Der gesellige, witzige und schelmische Lekan. Er leistete sich ein Riesenherz und strahlte die Zuversicht aus, dass weder sein Leben noch sein Heimatland es jemals auf Dauer brechen könnten. Rückblickend war er vermutlich der einzige Mensch, dem es gelingen konnte, deine Mauern zu durchdringen. Einfach aufgrund seiner Persönlichkeit und weil er es so sanft tat, dass du es gar nicht merktest.

Zuerst wartete er, bis deine Therapie abgeschlossen war. Zu dem Zeitpunkt fühltest du dich bei ihm sicher genug, um trotz eures Altersunterschieds von zwölf Jahren eine Art Freundschaft mit ihm einzugehen.

Dann fing er an, dich zu Anlässen einzuladen, die du heute als Dates betrachten würdest, obwohl sie sich damals nie danach anfühlten. Immer waren viele Leute zugegen, oder es handelte sich um Familienfeiern wie Taufen, Grillnachmittage oder sonntägliche Mittagessen. Oft wurde auch einfach nur als Gruppe bei ihm zu Hause ferngesehen, englischer Fußball der Premier League oder Spiele der Champions League, Netflix-Filme oder Serien, Big-Brother-Entscheidungsshows oder -Finale.

Du wusstest, dass sich etwas geändert hatte, als du eines Tages Aunty Philo um ihren Eyeliner und Lippenbalsam batest, weil du mit Lekan und seinen Cousinen bei ihm zu Hause *Breaking Bad* schauen wolltest. Es war Jahre her, dass du Make-up benutzt hattest, also besaßest du keines mehr. Du bemerktest ein verstohlenes Lächeln, als sie dir den Stift und das Döschen gab. Erst da wurde dir bewusst, dass du Lekan mochtest, und das verwirrte dich sehr.

Bei ihm zu Hause ergab sich ein Moment, in dem nur ihr beide in seiner Küche wart, um Teller und Gläser zu holen. Plötzlich stießt du hervor: »Du weißt, dass ich immer noch kaputt bin, oder?«

»Du weißt, dass mir das nichts ausmacht, oder?« Ohne sich aus dem Konzept bringen zu lassen, hielt er dir die Teller hin.

Dann kehrtet ihr zu den anderen im Wohnzimmer zurück. Irgendwann im Laufe des Abends saßest du neben ihm. Da schobst du deine Hand in seine. Ihr verschränktet eure Finger, als wäre es das Normalste der Welt. Und es fühlte sich schön an. Du hattest den Eindruck, dass der nächste Tag, vielleicht, ganz gut werden könnte.

Zwei Jahre später heiratetest du ihn. Nach neun Jahren Ehe und mit einem siebenjährigen Sohn sah er dich immer noch an, als wärst du der Hauptgewinn.

Und irgendwann im Verlauf von alldem wurdest du froh, nicht gestorben zu sein.

♡—♥—♡

Heute dachtest du an den Tod.

Vor allem dachtest du darüber nach, Charles zu töten. Er saß mit Funke zwei Reihen hinter dir in der Schulaula. Du hattest das Gefühl, er hatte sich hinter dich gesetzt, damit du ihn nicht anstarrtest. Trotzdem war er nur ein paar Schritte entfernt. Du trugst immer noch ein Schablonenmesser in deiner Handtasche mit dir herum. Bevor jemand dich überwältigen würde, könntest du ihm zwei, drei Stiche in den Hals zufügen. Aber dann kämst du nie mehr nach Hause, könntest niemals deinen Sohn großziehen, deinen Mann nicht mehr lieben.

Mrs Nwokedis Stimme riss dich aus deinen Gedanken. »Im Namen der Schulleitung und des Kollegiums möchte ich allen Eltern und Gästen danken, die gekommen sind und unseren Kulturtag mitfeiern. Insbesondere möchte ich einer unserer Eltern danken, Mrs Osa Akindele, deren Vorschlag es war, den diesjährigen Kulturtag inklusiver zu gestalten. Sie hat uns mit ihren wohlüberlegten und praktischen Ideen sehr unterstützt, um dem Event zu mehr Spaß und Erfolg zu verhelfen. Ich weiß, dass sie sich lieber im Hintergrund hält, aber in meinen Augen ist es nur recht und billig, wenn ich sie nun bitte, ein paar Worte im Namen der Eltern zu sagen. Begrüßen Sie mit einem herzlichen Applaus Mrs Osa Akindele.«

Es wurde geklatscht, als du auf die Bühne gingst. Du hattest keine Rede vorbereitet, dir aber ein paar Stichpunkte zurechtgelegt. Es würde nur kurz werden.

Man reichte dir das Mikro. Mrs Nwokedi umarmte dich und murmelte etwas. Doch du konntest sie nicht hören, weil es in deinem Kopf ohrenbetäubend dröhnte und dein Herz so laut hämmerte. Deine Hand zitterte jedoch nicht.

»Vielen Dank, Mrs Nwokedi. Guten Tag allerseits. Wir feiern heute die Unabhängigkeit, Diversität und Komplexität unseres Landes. Deshalb finde ich es wichtig, dass alle Menschen und jeder Einzelne die Zeit und den Raum erhält, sich auszudrücken, zu äußern, die eigene Geschichte zu erzählen. Wenn all das passiert ist, können wir vielleicht als Nation und als Individuen beginnen, den Weg zu Respekt, Empathie, Heilung und Einigkeit zu beschreiten?« Du zucktest fragend mit den Achseln.

»Apropos eigene Geschichte. Ich habe eine zu erzählen. Schon im Voraus möchte ich mich entschuldigen, weil ich das alles idealerweise nicht erzählen sollte. Doch eine Laune des Schicksals hat mich in diese außergewöhnliche Lage gebracht, in der ich, mit Gottes Hilfe, einfach sprechen muss.«

Du holtest tief Luft. »Vor sechzehn Jahren hat mich ein Mann unter Drogen gesetzt, geschlagen und vergewaltigt. Lange konnte ich nicht darüber sprechen, doch eben habe ich ihn hier gesehen. *Ah Osanobua*, bei Gott, deshalb muss ich reden.«

Du zeigtest mit dem Finger auf ihn. »Charles Adesulure! Jetzt bin ich bereit, darüber zu reden, was du mir angetan hast. Charles, hör auf, dich hinter deiner unschuldigen Frau zu verstecken, und sieh mich an, wenn ich mit dir rede. Du willst wohl nicht mehr darüber reden, was, Charles? Wo willst du hin? Ich will nur reden. Warum läufst du weg? Warum läufst du weg?«

DANK

Als Erstes möchte ich all den Frauen danken, deren Storys mich täglich inspirieren.

Besonderer Dank gebührt Professor Olorode, den ich verehre. Tiefsten Dank schulde ich Eniola und Dunni – ihr seid die besten Freundinnen, die ein Mädchen haben kann. Danke, dass ihr mir Halt gegeben habt, als ich mir die Augen ausweinte, weil ein verrückter Mann versucht hat, mich zu brechen. Danke, dass ihr mich immer weiter ermutigt. Ich bin dankbar, dass es euch gibt.

Ich muss meinem guten Freund Stanley Osi danken, dessen freundliche Worte und Geduld mir an Tagen halfen, wenn ich vergessen hatte, an mich selbst zu glauben. Du bist etwas Besonderes, Stan.

An Captain: Es gab eine Zeit, als du alles in Worte fassen konntest. Diese Erinnerungen bleiben bestehen. Danke. Dieses Buch ist für deine Kinder, diejenigen, die ich schon kenne, und diejenigen, die ich noch kennenlernen werde. Ich liebe sie heiß und innig. Daran hat die Zeit nichts geändert.

Vielen Dank an Chimeka Garricks. Dafür, dass sie auf dieser Reise meine Mentorin war, und für das brillante Lektorat – ich bin und werde immer ein Fan von dir sein. An Tahirah Sagaya für all die Zeit und Mühe, die du in das Manuskript gesteckt hast, und dafür, dass du meine Worte zum Funkeln gebracht hast. Danke. Besonderer Dank geht an Chimamanda Ngozi Adichie. Als ich sechzehn war, sagte sie bei einer Lesung von *Half of a Yellow Sun* (dt. *Die Hälfte der Sonne*) zu mir, ich solle all meine Zeit nutzen, um mein erstes Buch zu schreiben. Ich hoffe, dass sie es liest und stolz auf mich ist.

Ich muss auch meiner verstorbenen Aunty, Professor Foluke Ogunleye danken, die mich immer angefeuert hat. Mögest du bei den Engeln ruhen, Aunty. Du fehlst mir.

Ewig dankbar bin ich Othuke Ominiabohs, weil sie an mich geglaubt hat. Wir teilen ein Feuer, das hoffentlich nie schwächer wird. Danke der Familie von Masobe Books, die mich aufgenommen hat, als ich noch nicht einmal wusste, dass ich eine Heimat in der literarischen Welt finden würde.

Großer Dank an meine Mutter Oluremi, das ungebrochene Rückgrat. Maami, du bist meine Heldin. *Kare iya mi, Abake, e kpe fun wa o. Amin.*

Niemand ist diesen Weg mit mir schon länger gegangen als Gott. Und er wird mich weiter auf ihm begleiten. Ich danke IHM für alles, was ich bin. Er ist mein Alles.

Glossar der Wörter aus dem nigerianischen Pidgin-Englisch und den Yoruba-Sprachen, Begriffe und Abkürzungen

abeg	bitte
abeti aja	traditionelle Kappe der Yoruba
abi	echt, wirklich, stimmt's?
agbada	traditionelles Gewand der Yoruba
ah	oh
ashawo	Hure, Prostituierte
asun	Yoruba-Grillfleischdelikatesse
ASUU	Academic Staff Union of Universities
atarodo	rote Paprika
awon weyrey	diese Verrückten
baddie	Bad Bitch
buka	Garküche, Imbiss
chale	Anrede für einen Freund
coconut head	Dummkopf; gleichzeitig aber auch mit Selbstbewusstsein gewählte Bezeichnung für die eigene Community
crase	verrückt
dashiki	locker sitzendes, farbenfrohes Hemd der Yoruba
dey	sein
ebuluku	weißes Gewand der Bini
e ma binu	sorry, tut mir leid
ewa	typisch nigerianisches Bohnengericht
fila	Kappe der Yoruba
GRA	Government Reserved Area
haba	bitte
ifemi	meine Liebe

iyawo mi	Ehefrau
JAMB	Joint Admissions and Matriculation Board
jare	komm (schon)
jeje	easy
jòó	(ich) bitte (dich)
juju	Schwarze Magie
LASU	Lagos State University
LASUTH	Lagos State University Teaching Hospital
kai/chey	ach!
Kalo-Kalo	Gaming-Plattform
mad o	cool! Oh!
mi	mein(e)
mogbe	oh nein
mumu	Narr, Dummkopf
na	so ist das; das ist eben …
na wa o	das ist überraschend
nko	und dann?, was dann?
NEPA	National Electric Power Authority
NYSC	National Youth Service Corps, Arbeits- und Einsatzdienst für Jugendliche
ode	Narr
oga	Boss, Chef
ohemaa	Königin
ojukokoro	gierig
omo	eines der häufigsten Füllwörter im Nigerianischen; kann von »äh« über »oh!« und »hm« bis »Mann, Alter!« alles Mögliche heißen
omo ase	unklug
omugwo	Betreuung der Mutter nach der Geburt des Kindes
onigbese	Kreditnehmer, Schuldner
Osanobua	der Name Gottes in der Sprache der Bini

oya	also gut, na dann
oyibo	weiß
punani	Bitch, Schlampe
razz	mit Mühe dazugehören wollen
sachet	in kleinen Plastiksäckchen abgepacktes Wasser, verbreitet in Westafrika
sef	meine Güte
sha	wie auch immer
shebi	stimmt's?
shokoto	Kleidungsstück (Hose)
talmbout	talking about
umunna	Linie männlicher Vorfahren
WAEC	West African Examinations Council, ein Prüfungsausschuss
wahala	Ärger, Tumult
wor-wor	hässlich
yellow	beleidigende Bezeichnung für eine Person schwarzer und weißer Herkunft

Die Übersetzung aus dem Englischen wurde gefördert von Litprom e.V.
in Kooperation mit dem Goethe-Institut

LITPROM
LITERATUREN
DER WELT

MIX
Papier | Fördert gute Waldnutzung
FSC® C014496

Die Originalausgabe erschien 2021 unter dem Titel *Nearly all the men in Lagos are mad* bei Swift Press, United Kingdom.
Die deutsche Ausgabe erscheint nach Vereinbarung mit Swift Press über Randle Editorial & Literary Consultancy.
Übersetzung: Henriette Zeltner-Shane
Lektorat: Antje Steinhäuser
Korrektorat: Julia Sailer
Umschlaggestaltung: Magdalene Krumbeck, Wuppertal
Satz: Graphium Press, Wuppertal
Druck: GGP Media GmbH, Pößneck
ISBN 978-3-7795-0767-3

Sie möchten in Kontakt mit dem Peter Hammer Verlag bleiben?
Abonnieren Sie gerne unseren Newsletter und folgen Sie uns auf Social Media.
www.peter-hammer-verlag.de

Peter Hammer Verlag GmbH
Föhrenstr. 33-35, 42283 Wuppertal, Deutschland
info@peter-hammer-verlag.de